语文课程标准课外读物导读丛书

教育部《全日制义务教育语文课程标准》建议阅读书目

曹文轩◎主编

化身博士·金银岛

[英] 史蒂文森 著

杨 冬 译

北京大学出版社
PEKING UNIVERSITY PRESS

图书在版编目(CIP)数据

化身博士·金银岛/(英)史蒂文森著;杨冬译. —北京:北京大学出版社,2007.6
(语文课程标准课外读物导读丛书,曹文轩主编)
ISBN 978-7-301-12457-4

Ⅰ.化… Ⅱ.①史…②杨… Ⅲ.长篇小说－作品集－英国－近代 Ⅳ.I561.44

中国版本图书馆 CIP 数据核字(2007)第 088979 号

书　　　名:	化身博士·金银岛
著作责任者:	[英]史蒂文森　著　杨　冬　译
责 任 编 辑:	马惊飙
标 准 书 号:	ISBN 978-7-301-12457-4/G · 2127
出 版 发 行:	北京大学出版社
地　　　址:	北京市海淀区成府路 205 号　100871
网　　　址:	http://www.pup.cn
电　　　话:	邮购部 62752015　发行部 62750672　编辑部 62767346
	出版部 62754962
电 子 信 箱:	zyl@pup.pku.edu.cn
印　刷　者:	北京大学印刷厂
经　销　者:	新华书店
	890 毫米×1240 毫米　A5　10.125 印张　182 千字
	2007 年 6 月第 1 版　2007 年 6 月第 1 次印刷
定　　　价:	16.50 元

未经许可,不得以任何方式复制或抄袭本书之部分或全部内容。
版权所有,侵权必究
举报电话:(010)62752024　　电子信箱:fd@pup.pku.edu.cn

导　　读

　　罗伯特·路易斯·史蒂文森（1850—1894），英国19世纪后期新浪漫主义文学的奠基者与杰出代表。他出生于苏格兰的首府爱丁堡，祖父与父亲均为著名的灯塔建筑师。1867年，史蒂文森进爱丁堡大学读土木工程，后转学法律，于1875年取得苏格兰律师资格。但史蒂文森真正喜欢的是旅游、看书、写诗，早期出版的《内地游记》（1878）、《骑驴漫游录》（1879）就是这种生活的记录。19世纪80年代是史蒂文森创作的黄金时代。他认为"生活是丑陋的，没有清楚的界限，不合逻辑同时又杂乱无章……因此艺术要承担的任务是使作品变得明确、完整、合理……"。为了和平庸、灰色的当代英国现实保持距离，他经常把小说的背景推向古代，搬到异域他乡。史蒂文森的小说有两个鲜明的特点，就是历史题材和异国情调。15世纪玫瑰战争中的侠盗复仇故事，18世纪活跃于苏格兰高地的爱国者的生活斗争纪实，在他的作品里色彩斑斓，如火如荼。《新天方夜谭》（1882）、《金银岛》（1883）、《化身博士》（1886）、《诱拐》（1886）、《黑箭》（1888）等脍炙人口的小说展现了作者不可多得的才华和旺盛的创作能力。

　　史蒂文森自幼体弱多病，大半辈子在肺结核和神经衰弱的纠缠中度过。1876年，史蒂文森在巴黎东南枫丹白露与美国人苏妮·奥斯本一见钟情，两人于1880年结为秦晋之好。为了避开困扰他健康的严峻的气候环境，1887年，他离开欧洲，举家赴美。1890年后，又迁居到南太平洋西萨摩亚的首府阿皮亚。1894年12月3日，史蒂文森突然中风，当晚即与世长辞。按照史蒂文森生前的愿望,他被安葬在陡峭的瓦埃亚山上,墓碑上刻着他所作的《安魂曲》中的诗句:"他安卧在自己心向往的地方,好像水手离开大海回故里,又像猎人归心似箭下山岗。"

本书收录了他最有代表性的两部小说《化身博士》和《金银岛》。

《化身博士》在英美是一部家喻户晓的作品,当年刚出版就经常被盗印,据说牧师们讲道也用上此书,后来数次改编为舞台剧或搬上银幕。高大正直的杰基尔博士在实验室里研究出一种"分身"药剂,只需吞一点药剂,他就能随心所欲地变成另一个肉身——寻欢作乐、放纵自己的坏人海德——或作恶之后变回为正人君子杰基尔博士。这真是一件常人难以想象的事情,再加上前面一系列扑朔迷离的情节事件,这部作品有了"科学小说"和"神秘小说"的声誉。

《金银岛》又译为《宝岛》,既是史蒂文森的成名作,也是他的代表作。小说的中心情节是一个古往今来最著名的海盗故事,作者无意向读者指出两帮人围绕宝藏而进行你死我活的争斗究竟有什么寓意,他要做的是通过脉络清晰、波澜迭起的惊险故事,自始至终吸引读者的注意力,教人非一口气读完不可。针对这部成功的惊险小说,史蒂文森后来回忆道:"这是一个给男孩们读的故事,不需要十分讲究心理描写或优美的文体。"这当然是作者的自谦之辞,实际上整部小说塑造了一系列鲜明生动的人物形象:例如两面三刀、心狠手辣但又狡猾多端、见风使舵的约翰·西尔弗;又如霍金斯太太的固执与坦率,她数死去的海盗留下的钱币时,"不同意在收回欠她的账之外多拿一个铜板,又顽固地不肯少拿一个子儿"。

目 录

化 身 博 士

关于门的故事 …………………………………………（2）
寻找海德 ………………………………………………（10）
杰基尔博士临阵不乱 …………………………………（20）
卡鲁凶杀案 ……………………………………………（23）
信件风波 ………………………………………………（28）
拉尼翁大夫奇怪的死 …………………………………（33）
窗口一幕 ………………………………………………（37）
最后一夜 ………………………………………………（39）
拉尼翁医生讲述的事情 ………………………………（53）
亨利·杰基尔的自我表白 ……………………………（63）

金 银 岛

第一部 老海盗
第一章 老航海待在本葆将军客店时 ………………（84）
第二章 黑狗的突然出现和失踪 ……………………（91）
第三章 黑票 …………………………………………（98）
第四章 水手的箱子 …………………………………（105）
第五章 瞎子的最终结局 ……………………………（111）
第六章 船长的文件 …………………………………（117）

第二部　船上的厨师

第七章　我到布里斯托尔 ……………………………… (125)

第八章　望远镜酒店里 ………………………………… (132)

第九章　火药和武器 …………………………………… (139)

第十章　旅程 …………………………………………… (145)

第十一章　我藏在苹果桶里偷听到的 ………………… (152)

第十二章　军事会议 …………………………………… (159)

第三部　上岸后的惊险遭遇

第十三章　我惊险的岸上之旅的开端 ………………… (166)

第十四章　第一次惊吓 ………………………………… (173)

第十五章　岛上居民 …………………………………… (179)

第四部　村寨

第十六章　放弃帆船 …………………………………… (187)

第十七章　舢板的最后一次航行 ……………………… (192)

第十八章　第一天的战绩 ……………………………… (197)

第十九章　守护寨子的人 ……………………………… (202)

第二十章　西尔弗来商谈 ……………………………… (208)

第二十一章　强行进攻 ………………………………… (214)

第五部　我在海上的历险

第二十二章　我的海上历险是如何开始的 …………… (222)

第二十三章　潮水急退 ………………………………… (228)

第二十四章　小艇巡游 ………………………………… (233)

第二十五章　骷髅旗被我扯了下来 …………………… (239)

第二十六章　伊斯莱尔·汉兹之死 …………………… (246)

第二十七章 "八个里亚尔！" …………………………………（254）

第六部 西尔弗船长
第二十八章 身陷敌营 ……………………………………（261）
第二十九章 又是黑票 ……………………………………（270）
第三十章 君子之言 ………………………………………（277）
第三十一章 寻宝记 ………………………………………（285）
第三十二章 猎宝记 ………………………………………（293）
第三十三章 首领宝座的倾覆 ……………………………（300）
第三十四章 尾声 …………………………………………（308）

化身博士

关于门的故事

厄塔森律师是一个长得又高又瘦、相貌粗豪的人。他总是绷着脸，面无表情，不喜欢说话，也不爱和人打交道。这让人觉得他有些无聊——可是话又说回来，他这个人还挺受欢迎的。在几个好朋友聚会的时候，如果酒喝得对了味儿，他的眼中就会有一种宽厚的柔情流露出来。从他的话语中你无法分辨他这个人的性格，不过吃完饭后他木无表情的面容倒正好表现了他的性格，当然你从他的行动上更能了解他的品格。他对自己要求十分严格，一个人的时候他只喝杜松子酒①，这样做是为了缓解一下心中那渴望琼浆玉液的酒瘾。他热爱戏剧，但二十年来他却连剧院的门都没进过。可是，对于别人他却非常宽容仁厚，虽然他时常对有些人喜欢胡闹的生活态度表现出兴趣，甚至好像还有嫉妒的成分。但是不管那些人怎样胡闹，他都宁愿尽力帮助他们，而不想对他们的行为批评指责。他总是很幽默地说："我从不反对该隐的旁门左道②，我撒开手放我的兄弟到撒旦那儿去。"这种性格的他，只好做那些穷途末路之人的最后一个正派的朋友，在最后时刻争取还能发挥一丝比较好的影响。到他家来的这些人，不管哪一个，他的态度都是一视同仁的，不掺杂任何势利的成分。

---

① 杜松子酒：一种中档价格的酒。

② 该隐的旁门左道：《圣经》上说，亚当和夏娃的长子该隐是个"不信神的恶棍"，总跟他"虔诚和善"的兄弟亚伯争吵，最后竟然把亚伯杀害。

毫无疑问,厄塔森先生这种天生乐善好施的品性,是因为他是个不爱自我表现的人。可以更进一步地说,他是在一种乐于为善的信仰上构建他的友谊的。他为人处世谦虚恭谨,安心地停留在命运给他设置好的社交圈子里。而作为一个律师,他的交友之道就应该是这个样子。他的亲戚和相识多年的熟人占了他朋友数量的一大半。他那常青藤一般的感情,随着年代的久远而越发繁茂,但他对他的朋友却没有什么更多的要求。所以说,无可置疑,他和他那个有名的远亲——浪荡公子理查德·恩菲尔德——之间的友谊也是按照这种形式构成的。有很多人对这一点感到纳闷。这样的两个人之间能有什么共同爱好呢?他们到底喜欢对方哪些方面呢?那些看见过他俩每个礼拜天一起散步的人说,他们之间根本没有一句话,非常的沉闷。只要碰上一个认识的人,两人都会大舒一口气。虽然如此,这两个人却仍然很珍惜他们每星期天在一起的散步,把它当做一个星期里最重要的活动。只要散步时可以不被烦扰,他们不但可以抛开其他一切娱乐,就连个人必要的重要事务也可以先放到一边。

有一天,在他们散步的时候,发生了这样的事情。那天,他们走到位于伦敦闹市区的一条小街道上。街道很狭窄,不过还比较宁静。这里除了星期日,平时的生意可以算是热闹兴旺。这条街上的居民看上去差不多都比较富裕,而且还眼巴巴地盼着能再富一些才好。所以他们用盈余的钱来装饰门面,这使得大街两边的橱窗更加琳琅满目,就像坐着两排满脸笑容的女店员。在星期天,那些绚烂多彩的橱窗都已罩上帘幕,路上的行人也稀稀落落。即使是这样,同旁边那些脏乱破烂的街道比起来,这条街依然像森林里的一把熊熊火焰一样闪着光辉。新漆过的百叶窗,擦得闪亮的黄铜把手,干干净净,井井有条,色彩鲜艳,把行人的注意力都吸引过去,给人以平静舒畅的感觉。

向左转，经过两家店铺，可以看见墙上开着一扇通往一个院子的门。院子里有一幢看上去很丑陋的两层楼房，它一面墙临街，没有窗户，在第一层有一个门，从门楣往上是早就掉了色的墙面，就跟没长眼睛的光额头似的。每一个角落都显示出这个地方已有些日子没打扫了，脏乱不堪。门上连门铃和门环都没有，门也因漆皮起泡而显得凹凸不平。门边上慵懒地躺着个流浪汉，拿一根火柴在门板上划出火花，而孩子们则在门前的台阶上摆起了地摊；小学生在墙角凸出的地方试小刀。大概过了一个时代那么久，从没见过有人出来赶走这些不知从何处冒出来的人们，也不见有人把破坏的地方重新装修……

此时，厄塔森律师和恩菲尔德先生走到这道门的正对面。恩菲尔德举起手杖指着那道门说：

"您以前留意过这扇门吗？"他问。厄塔森律师作了肯定的回答，恩菲尔德接着说："这扇门让我回忆起一个很有些古怪的故事。"

"噢？"厄塔森说，他的声音变得有些奇怪，"那是个什么样的故事？"

"嗯，是这样的。"恩菲尔德开始讲他的故事，"有一个冬天，在一个伸手不见五指的黑夜，大概凌晨3点钟，我刚刚从世界的某个角落归来。除了街灯，一路上看不到任何东西，街道一条接着一条。人们都早已进入了梦乡，街道就像一座空荡荡的教堂。我一个人走啊走啊，心中油然生出了一种渴望：要是能有一个警察出现就好了。正想着，突然有两个人影出现在我眼前。其中一个是个矮个子男人，正向东疾走。另外一个是个小女孩，看上去八九岁到十岁那么大，正拼命地从一条街上横着飞跑过去。你可以猜得到，这两个人一定会在街道拐角撞上的。然后吓人的事情发生了，那男人神情自若地踩着那小姑娘的身体迈过步去，而对躺在地上的孩子的惨叫声置之不理！听上去好像没有什么大不了的，不过当时那番情景真是吓死人了，这种事真不是人干的。他就像印度教的神车①碾过人的身体一样。我大叫了一声，猛地扑过去，攥住那位绅士的脖领，把他拽回事情发生的地方。这时那个惨叫的孩子已经被好大一群人围住了。可是这个人却异常镇静，没有任何反抗的意思，只是瞪了我一眼，目光是那么的狠毒，瞪得我出了一身冷汗。那些听到惨叫声赶来的人是女孩的家人。过了一段时间，大夫也赶到了现场。原来那小姑娘就是被家里派去请大夫的。大夫说，这孩子的状况还不算太严重，只是受到了过度的惊吓。也许你觉得故事就该结束了吧？可是事情就奇怪在这里。我从第一眼就对这位绅士感到厌恶，那小孩的家人自然不用提了。可是那个大夫竟然也有同样的感觉，这让我感到很困惑。那个大夫就和其他普普通通的医生一样，从外表看不出有多大岁数，长相也平平常常。操着一口爱丁堡②口音，就跟一管苏格兰风笛给人的感觉一样，冷冷的。喂，先生，可是那个大夫也和我们一样，只要瞧上那个人一眼就会有作呕的感觉，脸变得惨白，就好像要干脆一刀干掉那个人似的。我知道他心里是怎么想的，当然他也了解我的想法。那么既然把他干掉是不可能的，我们就采用中庸之策。我们对那个人说，我们可以把这件事情大肆宣扬，让他在整个伦敦臭名昭著。如果他是在社会的交际圈里走动的，那他原有的那点儿信用马上会消失得一干二净。我们就用这种方法对他进行威逼和恐

---

① 印度教的神车：印度教大神毗瑟拿的神像，供奉于一个建造于12世纪的宏伟神庙中。每年宗教盛典时，这神像被放置在一辆面积约三十五英尺，高四十五英尺，有十六个轮子的大车上到另一个神庙去接受朝拜。据说印度教信仰者在节日最后一天神车返回时常常会扑到神车直径七英尺的巨轮下，把生命结束于那里，用这种真诚来换取永乐。

② 爱丁堡：苏格兰城市名。

吓；一面尽量把女人们挡在最外圈，因为她们一个个都变得跟疯叫狂喊着的女妖似的。我以前从没见过一张张充满愤恨的面孔这么紧紧地挤成一圈。而这个被疯狂的人们包围在中间的家伙却泰然自若，阴沉着一张脸，好像在戏弄我们这群人——我以为他也被吓得够呛——可他却自如地面对着这一切。先生，这人简直是个魔鬼，他什么都无所谓。他说。'如果你们要以此来勒索我，我当然没辙。哪一个正人君子也不想被坏了名声。你们直截了当地说个价好了！'哼，我们就强迫他赔给那个小姑娘家一百英镑。他当然不乐意，可是看到围着他的这群人一个个怒气冲天，只等着跟他算账，他也只能答应下来了。接下来就是用什么方式付钱了。你猜我们跟着他到了哪儿？就是这个门口！——他掏出钥匙，打开这扇门走了进去，出来的时候手上有十镑金币，其余是一张开给库茨银行的支票，上面写着'见单即付持支票人'，下面签着一个名字，这个名字我现在不能说，尽管这是这个故事的一个主要内容，不过这名字可以说是家喻户晓，并且经常可以在报纸上看到的。这笔钱的确不算是个小数目，但是如果这个签名是真的话，那么它会比这笔钱更加值钱。我唐突地对那个绅士表示出我对这张支票的怀疑。哪有一个人能在凌晨四点钟闯进别人的家里，然后拿出一张将近一百镑的支票！可是他冷淡地笑了一下，说。'请放心，我会和你们在一起，等到银行开门，我自己拿这张支票去提取现款给你们。'于是我们朝银行的方向走去。大夫、小姑娘的爸爸、一帮朋友，还有我，大家先到我家里坐到天亮。第二天一大早，我们吃了早饭，就一起去了银行。我亲手把那张支票递进去，并且说我可以百分之百地确定这签名是假的，可是结果出乎意料，支票居然是真的！"

"啧——啧！"厄塔森也觉得吃惊。

"看看，我那会儿的感觉就跟你一样。"恩菲尔德说，"对，这个故事可真不怎么样。一个是让人憎恶讨厌的混蛋,一个活该下地狱的坏家伙,而另一个签支票的人却腰缠万贯,远近闻名。还有更糟的,他竟是你们这些可以说是有所成就的人中的一员。要我说,这是桩敲诈案。一个老实人必须为他年少时闯的祸付出代价,所以这个门里的房子可以称为敲诈堂。不过虽然可以这样解释,有的地方还是让人不太明白。"他说完他的这一大堆话,又陷入了思索之中。

突然,厄塔森提出一个问题,把他从沉思中叫回到现实里来:"你知道吗,签支票的人是不是就住在这座楼里?"

"按理说应该是住在里面,不对吗?"恩菲尔德说,"可我却很偶然地注意到了他的家,他住在另外一个广场。"

"你从来没问过是什么人住在那座楼里?"厄塔森问。

"没有。先生,我做事还知道个分寸。我倒很想弄个一清二楚,可这就跟参加末日审判似的。你要是这么一问,就好像在山顶上推下一块石头,然后平静地坐在山顶眼睁睁看着那块石头滚下去,碰撞着别的石头一起下落,用不了多少时间,一个无辜的人(你绝对意想不到的人)就会在他自己的后院里被石块砸中脑袋,那时候这家就得换主人了!不,先生,我有我自己的规矩。越是感到离奇,就越要少问。"

"这条规矩不错。"律师说。

"但我对这里进行过观察,"恩菲尔德说,"它跟别的楼房不太一样,只有这么一个门,也不见有人进出,要隔上好些日子,才能看到我那故事中的男主角进出一次。一层没有窗户,二层楼上对着那块小空地的方向有三个小窗子,擦得很干净,可总是紧闭着。还有个烟囱,多半时间都冒着烟,由此可以判断房子里肯定住着人。不过这也很难说,那个院子里房子挤着房子,谁也不知道哪幢跟哪幢是连着的。"

俩人又沉默着走了一阵子。厄塔森突然说:"恩菲尔德,你的那条规矩真是不错。"

"的确,我觉得也是。"恩菲尔德答道。

"虽然是这样,"律师接着说,"我还是很想知道一件事,就是那个踩着小姑娘的身子迈步的人到底叫什么名字。"

"那好吧。"恩菲尔德先生说,"我想这不成问题。那个人名叫海德。"

"噢!"厄塔森说,"他长得怎么样?"

"这很难说!他有的地方长得挺怪,就是一种使人难受,使人憎恶进一步说是惶恐的东西。我从没有如此强烈地厌恶过一个人,可我也不知道到底是因为什么。他大概有的地方长得畸形吧,让人有一种很严重的畸形的感觉。可是我说不出究竟是哪个地方不对劲。他的长相十分特别,但我形容不出具体是什么地方和常人不同。不,先生,这我可帮不了你,我真的无法形容。不是因为没记清楚,我可以说就是现在他的那张脸还清晰地浮现在我眼前。"

厄塔森先生又沉默了,接着走了一段路,看起来又陷入了沉思,最后他问:"你能肯定他是拿一把钥匙开的门?"

"您这个问题是什么意思?……"恩菲尔德奇怪得无言以对。

"是的,我知道。"厄塔森先生说,"我知道我这个问题是很奇怪。其实我并不是要问你另一个人的名字,因为我心里已经知道了。你看,理查德,你讲的故事正是整个事件的节骨眼。如果你在哪个细节上说得不太准确,最好赶快纠正过来。"

"你干吗不更早一点提醒我。"恩菲尔德有点生气地回答,"我精确得像个陈腐透顶的学者。那个家伙有把钥匙,而且,现在他还带在身上,上个星期我还看见他用它开过门。"

厄塔森先生重重地叹口气,没说话。于是年轻的恩菲尔德又接着说:"这是对我的一个新教训。我说得太多了。真让人羞愧。咱们说定,以后谁也别再提这档子事了。"

"我非常同意。"律师说,"理查德,咱们握握手,就这么说定了。"

寻找海德

那天晚上,当厄塔森先生回到他独居的家的时候,心里烦透了,吃饭的时候一点食欲也没有。他每星期天都有这样的习惯:用过晚饭后,坐在火炉边,桌上放上一卷乏味的神学著作,一直到附近教堂的钟敲过十二下,他才去上床睡觉,觉得舒坦踏实,心里满怀着对上帝恩德的感激。可是这个晚上,桌布撤下去后,他就带着一支蜡烛进了他的办事处,从保险箱里最保密的角落取出一份文书,在文书封皮上写着:"杰基尔博士遗嘱"。他坐下来,阴着一张脸琢磨着文书的内容。这份遗嘱是立书人亲笔立下的。厄塔森先生虽然被托付负责执行已经立好的遗嘱,但是在最初立遗嘱的时候他却没有给予帮助。在这份遗嘱上不仅规定了当拥有法学博士、医学博士、民法学博士、皇家学会会员等等诸多头衔的亨利·杰基尔博士逝世时,他的全部财产将转入他的"朋友和恩人"爱德华·海德之手,而且还规定如果杰基尔博士失踪,或者不明不白地接连三个月没有消息时,爱德华·海德也可以马上继承亨利·杰基尔的财产。除了几笔留给博士亲属的小数目以外,再无其他任何附加的条件或义务。

这份遗嘱一直使律师非常头疼。作为律师来说,他对这样的规定感到气愤;作为一个有清醒的头脑、尊重别人生活习惯的人来说,他也感到气恼。就他的看法,莫名其妙地胡思乱想不是正派人的所为。更让他恼火的是,一直到昨天,他还从没听说过这个叫海德的人!可是今天,情况发生了 90 度的转变,他对海德有所了解,这真气坏了他。本来,当这个名字还是一个无人知晓的谜时,事情就糟糕得可以了；可现如今，拥有这个名字的人居然还有着这样恶劣的品性，事情就更糟了。

现在，一个实实在在的魔头从那些一直以来恍恍惚惚遮掩他视线的迷雾中，一下子跳了出来！

"我从前还以为这是疯了。"他一边自言自语，一边把那封令他厌恶作呕的文书放回保险箱，"现在我倒要开始恐慌这是一件没有面子的事。"

说完这句话，他把蜡烛吹灭，穿上大衣，向卡文迪许广场走去。那儿有一座医学城堡，里面住着他的朋友——著名的拉尼翁大夫和他的家人。四面八方的病人都赶到他这里向他求救。"拉尼翁是唯一有可能知道些情况的人了。"他心里想。

那个一脸正经的管家认识厄塔森律师，请他进门，没有按一般规矩去通报一番，就直接带他到餐厅去。拉尼翁正坐在餐厅里喝酒。拉尼翁大夫是一个和蔼可亲、性情开朗、讲究衣着、面色红润的绅士，他那一头过早花白了的头发乱蓬蓬的。他嗓门粗大，态度坚定。看到厄塔森先生，他站起身来，伸出双手表示欢迎。那种殷勤就跟在演戏似的，不过这种感情是真心的，因为他俩是老朋友了，是中学同窗，还是大学校友。两人都自尊心很强，而又对对方十分敬佩，所以每回见面都十分愉快。

闲聊了一会儿，律师就把话题引到那个使他心烦的问题上。

"要我说，拉尼翁，"他说，"咱们俩应该算是亨利·杰基尔最老的朋友了吧？"

"我倒情愿咱们是年轻点的朋友，"拉尼翁先生嘿嘿一笑，"不过我想应该算是吧。有什么问题吗？这段时间我没怎么见到过他。"

"是吗？"厄塔森说，"我还以为你们俩兴趣挺相投的。"

"那是从前了。可是从十年前起，我就觉得亨利·杰基尔简直是荒唐得出了格。他的脑袋里出了毛病。虽然看在从前是朋友的分上,我还是很友善地对待他,可是从那时起就很少见到他了。"说着说着,大夫的脸突然涨得通红,激动地说,"就凭他那通不合乎科学的胡乱理论,就算是生死之交也得分手!"

听了大夫这段小小的发作,厄塔森反倒放下心来。"原来他们的分歧只是在科学的领域中。"他想。他本人对科学(除了有关财产转让那方面的问题)并没有多大兴趣。他甚至还认为:"不过就是这么回事!"他停顿了一会儿,等他的朋友平静下来之后,就把他专程来询问的那个问题提了出来:"你可曾见到过他挺看重的一个人——那个海德?"

"海德?"拉尼翁重复着,"没有,从没有,我自打一生下来就没听说过这么个人。"

律师从大夫那里带回到他的大床上的,就这么点儿情况。他整夜翻来覆去,直到日出东方,整整一夜他那运转了一天的头脑也没有得到一分钟的休息。他的思绪在一片漆黑中痛苦地翻腾,这样那样的问题把他给团团包围了。

教堂临近厄塔森的住处,钟敲七下时,他还在为那个问题辗转反侧。而从前,他只是百思不得其解而已,现在却连他的想象也乱在里面了。说得更准确一点,他开始被这个问题折磨了。他躺在床上来回地翻身,在伸手不见五指的黑夜,在挂着窗帘的房间里,恩菲尔德的故事浮现在他的脑海中,像一组接连不断的画面。他看到了那个深夜的城市,一排排的街灯,还有一个人快步地走过去,一个小女孩刚从医生那里回来,然后两人撞在一起,那个混蛋从孩子身上踩过去,继续往前走,对孩子的惨叫充耳不闻。或者是他看到一个装饰得十分华丽的房间,他的朋友正躺在床上做着美梦,在梦中露出微笑,突然房门打开,帘帐被掀起来,梦中的人被叫醒,一看,眼前正站着一个人,一个拥有特别权力的人,而他此时不得不起床按照他的指令做事。一个人物、两段情节,整夜在律师脑海中交替上演。有一次他昏昏沉沉地好像要睡着,却看到那个家伙更加贼眉鼠眼地在人们熟睡着的房子中来回穿越,走得更快了,更快了,快得使人感到头晕。那家伙穿过城市灯光组成的迷宫,在每个街角拐弯处撞翻一个小姑娘,听任她们躺在地上尖叫。但是这个家伙的脸厄塔森却不能一眼就认出来,甚至有时候梦中的这个人连脸都没有,或者说只能看到一张模糊的,在他眼前越来越淡的面孔。于是,律师心里对这张脸产生了极强的好奇心,这种可以说有些过度的好奇心使他不亲眼看看真正的海德先生就不能安心。他想,只要能实实在在地看一眼那张脸,就可以揭晓秘密的一部分,说不定还能完全揭开,就好像所有看上去稀奇古怪的事只要认真检查都会真相大白一样。这样他就可以知道他的朋友到底为什么要做出这样的决定,或者说要承担这样的义务(你怎么说都可以),更进一步还能看出遗嘱上那些令人心头一颤的条款到底是怎么一回事。最起码,这么一张脸,一个丧尽天良、没有人性的人的脸,一张只要瞅上一眼就让那位很难动情的恩菲尔德长期以来都会感到憎恨的脸,还是有看看的价值的。

从那以后,厄塔森就开始不时地到那条布满小店的街道上去,在那道门附近转悠。不管是在早上上班以前,在中午工作最繁忙的时候,还是在深夜,在笼罩着薄雾的月光下。总的来说,不分昼夜,不分时间,不管是悄无人声之时,还是熙熙攘攘之际,总可以看到律师在他固定的那个位置上徘徊。

他心里想。"他是无踪君子①,我偏要做索命太岁。"

他的执著终于没有白费。那是一个没有雾气的清澈的夜,冷霜侵骨,街道像舞池的地板一般光亮洁净,没有一丝风,所以路灯

---

① "无踪君子":英文"海德"与"躲藏"同音,此处是双关语。

连成了一排排笔直的光影。大约到十点钟,商店都下班了,小街上安静异常,虽然从伦敦城周边还传来隐约的喧哗,一点儿微妙的声音就能传到很远的地方,就连房子里人家干家务活的声音都传到街的两边来,一个行人的脚步声在隔得很远的地方就可以听到。厄塔森先生已经在那个他选定的位子上站了好一会儿了,这时一种奇怪的轻飘飘的脚步声从远处传到他的耳朵里,而且越来越近了。这段时间他每天晚间都出来,对于这种一个行人还在远方、脚步声却已经先传过来的情景已经习以为常。那声音总是从城市沉闷的呜呜声里猛地迸出来,突然清清楚楚地钻进人的耳朵,可是这次的脚步声与众不同。它是这样尖锐、有力,吸引了他的全部注意,他直觉地、甚至有些迷信地预感到这回将要有结果了。他躲到了楼群间的那块小空地。

脚步声迅速地前移,在街角拐了个弯,突然响亮起来。律师趴在墙角往外看,很快就看清了他一会儿将要打交道的到底是个什么人。那是个矮个子的人,穿着一身素色的衣服;他的那张脸,即使离得那么远,都会让看到的人感到一种极强的厌恶。那人径直走向那扇门,为了节约时间,斜着穿过马路。当走到门口时,他和其他回到家的人一样,从口袋里掏出钥匙。

厄塔森先生向前迈出一大步,在那个人经过身边时,碰了一下他的肩膀:"我想,您是海德先生吧?"

海德一下子缩紧身体,倒吸了一口凉气。但他只是恐慌了那么一瞬间。他侧过头去不看律师的脸,冷冷地答道:"我是,您有什么事吗?"

"我看到您正要进门去。"律师说,"我是杰基尔博士的一个老朋友——在贡特街居住的厄塔森——您应该听说过我。在这样的一个情况下来和您见面,还希望您可以谅解。"

"您不会见到杰基尔的,他不在家。"海德一边说,一边把钥匙插进锁孔。猛然间,他连头都不抬就发问了:"你从哪儿知道我

的名字的？"

"我也有一事向您请教，可以吗？"厄塔森说。

"很愿意效劳。"那人回答，"什么事？"

"可否容我看看您的尊容？"律师说。

可以看出海德有一瞬间的犹豫，可是他突然一甩头，带着一脸挑衅的神情，面对着厄塔森，这两个人仿佛凝固了，互相对视了好几秒钟。"很荣幸与您相识。"厄塔森说，"也许会有好处。"

"的确是。"海德先生说，"既然我们已经认识了，我可以顺便把我的地址告诉您。"他说出索荷①区一个街名和门牌号。

"我的上帝。"厄塔森想，"他一定也惦记着那份遗嘱吧！"但他没有显出一点迹象，只是嗯了一声，表示他听明白了那个地址。

"那么，"那个人说，"您是怎么认识我的呢？"

律师回答："是从别人那里听说的。"

"是哪个人？"

"我们有个共同的朋友。"厄塔森说。

"共同的朋友？"海德先生嘶哑地重复念叨这几个字，"您指谁？"

"打个比方，杰基尔。"律师说。

"他并没有告诉过你！"海德大叫起来，愤怒使他涨红了脸，"没想到你居然还骗人！"

"喂喂，"厄塔森说，"请说话客气些。"

那人的吼叫变成一声狂笑，刹那间他身手敏捷地打开门，然后就消失在里面。

海德先生消失后，律师仍然在那儿愣了一会儿，他心里乱极了，慢慢地顺着街道往回走，每走一两步都要停下来，把手搁在额

---

① 索荷：伦敦一个区名。

头上,就像是一个心中满是疑惑、正在苦苦思索的人。他一路上在心里不停斗争着的问题可并不十分容易得到答案:海德身材矮小,面色苍白,他让人有一种畸形感,但又说不出来到底是什么地方畸形。他的笑容叫人厌烦,他让律师觉得他是一种既胆小又莽撞的可怕组合。他说话的嗓音沙哑,声音低沉,好像嗓子坏掉了,这一切都预示着不妙,但这些统统加在一块儿仍然不能概括出厄塔森看到他时感到的那种无法形容的反感、憎恶和恐惧。"一定还有其他的地方,"律师心情低落地自言自语,"一定还有其他的地方,不过我说不出到底是怎么一回事。天哪!这个人简直看不出有人性,倒好像包含了人猿之类的什么东西在里面。该怎么说呢?难道这又是一个弗尔博士的老故事①?还是只因为一个丑陋灵魂在身体里膨胀着想要钻出来,而使包在灵魂外面的这层肉体有了变化?假如真是这样,哦,我可怜的哈里②·杰基尔,如果说有一张脸的前面罩着恶魔的影子,那这张脸就属于你的这个新朋友。"

从小街的尽头转弯可以看到一个广场,那里有很多优雅古旧的建筑,可是现在那曾经华贵的地位早已不复存在,这里的单间或套间里住着三六九等的人,有地图刻制者、建筑工程师、行踪不定的律师、皮包公司的代理人等等。然而从边上数第二幢的那所房子,现在还是被一家独占。即使是在这种夜幕降临的时分,这所房子的大门还颇具当时那种雍容华贵的傲气,一丝光亮从门楣上

---

① 弗尔博士的老故事:约翰·弗尔博士(1625—1686),基督堂修道院院长。传说他想把一个爱说笑话的修道士汤姆·布朗开除出去,除非他能把一首很难的希腊警句诗翻译出来。布朗当场口译道:
　　弗尔博士,我恨你,
　　我也说不清个中缘由,
　　但有一点我完全明了:
　　弗尔博士,我恨你。
这里借用此典故表现他对海德无以名状的憎恶。
② 哈里:杰基尔的名字,亨利的昵称。

端的扇形窗户里透出来。厄塔森先生停在这家门前敲门,开门的是一个穿着合体的老管家。"杰基尔博士在吗,浦尔?"律师问。

"我去看看,厄塔森先生。"浦尔说着就请律师进了屋。这是一间宽敞的大厅,天花板低低的,用石板铺的地面,就像那种英国村庄的风格,火炉中的火很旺,名贵的橡木家具摆放在大厅中。

"先生,您先在这儿烤烤火吧,要不我点个灯您到餐厅里去坐坐?"

"就在这儿好了,谢谢你。"律师说。他坐到炉火旁边,背靠高高的围栏。现在大厅里只剩他一个人了,这间大厅完全是按照他的那位博士朋友充满爱心的幻想布置的。厄塔森自己以前也常常说这个舒适的房间就算在全伦敦也是数一数二的。可是此时此刻,他感到自己的血在颤抖,海德的那张脸笼罩住他所有的记忆,他想呕吐(他很少会有这种感觉),开始憎恶生命;他的精神压抑憔悴,即使在家具表面映射出的跳跃的光影中、在天花板上火光的窜动中,他都感到一种威逼的力量。浦尔过一会儿就会回来告诉他杰基尔不在家,他反倒轻松起来,他对自己的这种心情感到羞愧。

"我看到海德先生走进老解剖室了,浦尔,"他说,"杰基尔博士不在时,海德也可以这么做吗?"

"是的,厄塔森先生,"浦尔回答,"海德先生有这儿的钥匙。"

"这么说来你的主人对这个年轻人挺器重的嘛,浦尔。"厄塔森边想边问。

"是的,不错,是这样的。"浦尔说,"主人命令我们都听从他。"

"我记得我好像没有在这里见到过海德先生吧?"厄塔森又问道。

"哦,上帝,一定是没见过,先生,他是不在这儿吃饭的。"那仆人回答说,"其实我们也很少能在屋子里看见他,通常他都走实验室的门。"

"那好吧。再见,浦尔。"

寻找海德

"再见,厄塔森先生。"

律师走在回家的路上,心绪烦乱:"可怜的哈里·杰基尔!"他想,"他一定很痛苦,他的日子一定很不好过吧!在他年轻的时候是有过一段放荡不羁的经历,但那是多少年前的事了。的确,但是上帝的法律是没有时间限制的。唉,一定是这样的:那是曾经犯罪的灵魂,那是躲在地下的屈辱长成的恶魔。虽然过了这么久,自己早已忘记了这些事,早已原谅了自己,但是无可避免的惩罚还是缓缓地到来了。"

想到这儿,律师的心中充满了恐慌,他开始追溯自己的过去,在自己的记忆里翻箱倒柜,生怕自己也会有一个多年的凤孽像个抽屉里的鬼①似的猛然跳出来。他的过去简直可以算是一尘不染,几乎没有人能够像他这样几乎没有恐惧地翻阅自己的历史;即使这样,想起过去做过的许多事,他仍然会感到无处可躲的惭愧;再想到那许多他就要动手幸好又及时打住的事,心中更是生起一种悲喜交加的感恩的心情。然后,当他再一次陷入沉思时,他的心中刹那间燃起了一线希望。他想:"这个海德先生,如果认真考察一下,一定可以发现他的狐狸尾巴。那张脸,一定有见不得天日的秘密。和他比起来,可怜的杰基尔做的最坏的事也可以算作光明正大了。不能再让事态发展下去了,只要想到这个怪东西像老鼠一样溜到哈里的床边,我的心都要冻冰了。可怜的哈里,他在美梦中被人弄醒时,那情景一定很悲惨!而且一定会有危险!如果让海德知道了这个遗嘱,他大概是没有等待的耐心了!唉,只要杰基尔同意,我一定力挽狂澜!"他想着,"要是杰基尔同意就好了。"好像幻灯机播放出的图像一样,那遗嘱中一条条莫名其妙的条款又一一闪现在他的脑海中……

---

① 抽屉里的鬼:一种玩具。一打开抽屉,就有一个鬼脸弹出来。

杰基尔博士临阵不乱

运气不错,三星期后,杰基尔博士又请客了,客人是五六个最老的朋友,他们都是些功成名就的人物,同时也都是品酒专家。厄塔森故意在众人都离去之后多逗留一会儿。这样做并不是第一回了,大概怎么也得有几十次了——只要厄塔森在这个地方受欢迎,那就一定是非常热情的欢迎。当那些快言快语的客人都已离去,主人们却都喜欢留下这个沉默寡言的律师,他们喜欢跟他一起休息一会儿,不被烦扰,默默地相视。等那些热闹欢腾的气氛散尽,这个人的淡然乏味反倒像一股清新的空气提神醒脑。这条规律杰基尔博士也接受。现在他正面对炉火坐着——他是个高高大大、健康强壮、心宽体胖的人,大约五十岁上下,眼神中总带点狡猾的光芒,不过的确在各方面都有特殊能力,而且有一副柔软的心肠——他满脸洋溢着对厄塔森的真诚热爱的感情。

"我早就盼着能和你聊聊了,杰基尔,"律师开始说,"你还记得吗,你的那个遗嘱?"

只要用心观察你就会发现,博士对这个话题感到厌烦,他想说点轻松的话来转移话题。"我可怜的厄塔森,"他说,"真糟糕你有我这么一个委托人!我想一定没有一个人会像你这样为我遗嘱的事愁眉不展,那个古板的老学究拉尼翁,每回一说到科学上的那些邪门歪道时也像你这个样子。哎,我当然知道他是个好人——你不用皱眉头——他是个顶好的好人,我是希望可以多会会他,可就算是这样,他还是个刻板到家的老学究,没有知识偏又爱胡乱大做文章的老学究。我对拉尼翁真是极其失望。"

杰基尔博士临阵不乱

"你该知道我可从来没对你这个遗嘱表示过赞同!"厄塔森步步紧逼,对杰基尔制造的新话题置之不理。

"我的遗嘱?是嘛,是这样的啦,我知道,"博士说着,口气开始尖锐了,"你都跟我说过好多次了。"

"是的,可我还要再跟你说一次,"律师接着说,"这段时间我听到了一些关于年轻的海德的情况。"

杰基尔博士那张仪表堂堂的大脸刷地白了,连嘴唇也变得惨白,眼神一下子变得黯淡无光。"就到这里打住吧,"他说,"我们说好了对这事绝口不提的。"

"我听到的情况对你十分不利!"厄塔森说。

"这没什么关系。你不清楚我的处境,"博士说,他显得手足无措,"我的处境很为难,厄塔森。我正处于一个非常特别的地位——很特别很特别,对于目前这种状况,光是谈谈是于事无补的。"

"杰基尔,"厄塔森说,"你是知道我的,你可以信任我,你可以把你的心事告诉我,把发生的一切都告诉我,请相信我一定能帮你逃离苦海。"

"我的好厄塔森,"博士说,"你真是个好人,没有人对我会比你更好。我真不知怎么感激你。我对你极其信任,如果让我来挑,在所有活人中我最最依赖的就是你了。哎,甚至超过了我对自己的信任呢。但是,实际上,事情并不像你想象的那样,还没有那么惨。你的同情心暂时可以先收起来。有一件事我可以告诉你:不管什么时候,只要我乐意,我就可以一脚踹开这个海德先生,我向你保证。不过话说回来我还是要十万分地感谢你,而且我还要加上一句,我想你不会介意的:这完全是我的私事,我求你别再插手了。"

厄塔森愣愣地盯着炉火,若有所思。

"毫无疑问你是对的。"最后他说,站起身来。

"好吧。既然你挑起了这个话题,我就再表示一点最后的希望,"博士接着说,"我希望你能理解这一点,我真的对这个可怜的海德非常关注,我怕他会鲁莽行事,但我真的在非常热切地关注着这个年轻人,一旦有一天我死了,厄塔森,我希望你能向我承诺你可以容忍他,给他他所应该得到的,我想如果你了解个中缘由,你一定会这么做的,你要是答应我,我心里的一块大石头也就落地了。"

"我无法装出喜欢这个人的样子来!"律师说。

"我又没说要你喜欢,"杰基尔用恳求的口气说,把一只手搭在厄塔森的胳膊上,"我只是说法律上的正义,我恳求你在我死的时候,给我点面子,帮帮他。"

厄塔森长长地叹了一口气,接口说:"好吧,我答应你。"

卡鲁凶杀案

又过了将近一年，在18××年10月18日那天，一桩极端残忍的凶杀案震惊了整个伦敦。因为被害者地位极高，这个案子引起极大的轰动。关于案情的具体细节还不清楚，但已曝光了的一些情况就够让人毛骨悚然的了。

一个女仆独自住在河岸附近的一所房子。在晚11点左右，她到楼上去睡觉。虽然在那天深夜全城都起了浓雾，但上半夜天空却还依然晴朗。那个女仆的房间挨着一个小巷，被满月的柔光照得轻软通透。她好像是个极具想象力的女人，因为她思绪万千地坐在窗前的木箱上，就一直那么半梦半醒地坐在那儿。没有（她每回讲到这句话时，眼眶里的泪水都会不停地滴落下来），她从来没有过那一瞬间的感觉，觉得自己和世界上的所有人、所有思想都和谐统一了。就在她这样坐着的时候，她看到一个满头银丝、容貌清瘦的老绅士从小巷的那一端越走越近，而又有一个身材矮小的人迎着他走过去。刚开始的时候，她并没太在意这第二个人。当他们的距离缩短到可以互相说话（这个位置正好是这个女仆的眼皮底下），老绅士点下头打个招呼，然后很有风度地走上前去和那人攀谈。看上去那人并没有问什么要紧的事。他的手比比划划，大概是在问路。晴朗的月光柔柔地映在老人脸上，那女仆饶有兴趣地看着，因为老人的脸有一种天真而质朴的善良，同时又有一种高贵优雅的神态，好像他本来就应该如此怡然自得。然后她的眼光转到第二个人身上，她惊讶地发现那是海德，他曾经到她主人家拜访过，当时她就对这个客人有一种强烈的憎恶感。此刻这人正把玩着手中那根看上去挺沉的手杖,一言不发,似乎他的耐心并不是出于好意。突然,不知是什么激怒了他,他跺着脚,抡着那根手杖。老人向后退缩着,满脸诧异的表情,诧异中还带点愤怒。此刻,海德再也无法忍耐了,他什么也不顾,抡起粗手杖一棍就把老人打倒,然后他就跟个猿人似的,粗暴地不停在倒在地上的可怜老人的身上狂踩,接连不断地挥动着手杖。老人的身体撞击着路面,发出清脆的骨折的声音。这番悲惨情景、这种恐怖声音把那姑娘一下子吓昏了。

半夜12点钟,她苏醒过来,赶忙去报警,可凶手早已无影无踪。但被害者还躺在路上,早已没有人形,那副惨状令人心惊肉跳。那根作为凶器的手杖虽然是用罕见的坚硬的木材制成,在凶手施暴的过程中也断成两截,一半滚落在路旁的水沟里,另一半肯定在凶手手上。从被害者身子下面发现了一个钱包和一只金表,可是找不到名片或其他别的纸张,只有一封没开封的信,估计他正是要到邮局寄信的,信封上写着厄塔森先生的地址和姓名。

这封信在第二天一大早被送到律师那儿,那时他还没起床。他看完了信,听人们讲述了事情的过程,马上沉下脸,紧绷地闭起嘴唇。"让我先看看尸体,"他说,"我想这件事非同小可。请各位稍等,我去换件衣服,"他表情严肃,匆匆地吃了两口早饭,就坐上马车赶到警察局。尸体已经运到那里。他朝那小房间看了一眼,然后点点头。

"不错。"他说,"我认得他,我很遗憾,这是丹佛斯·卡鲁爵士。"

"天哪!"警官惊呼,"先生,这是真的吗?"但是强烈的事业心立刻从他眼睛里射出光芒。"好戏就要上演了!"他说,"也许你能帮我们找到凶手吧?"他简明扼要地介绍了一下从女仆那里得到的情况,然后把那截折断的手杖拿给律师看。

厄塔森早就被海德的名字吓得不轻,再看到这段手杖,就更没有别的可能了。虽然只剩下半截,但他仍然认得这根手杖是多年前他送给亨利·杰基尔的。

"这个海德先生身材怎样?"他问。

"非常矮小,面容凶狠,那个女仆是这样说的。"警官答道。

厄塔森陷入了沉思,然后抬起头说:"如果你搭我的车,我想我可以带你去他家。"

已经到了上午9点钟,那天恰好下了这一季的第一场雾,天空像张可可色的帘幕。只有风在不停地冲击着,用力吹开这厚重的浓雾。所以,当马车由一条街拐向另一条街时,厄塔森的眼前出现了各种色调的阴郁的晨光。有的地方一片漆黑,就像深夜一般;有的地方却是浓重鲜艳的棕红色,就像透过烟雾的熊熊火光;有的地方雾气正被风吹散,一抹惨淡的阳光正穿过螺旋的空当散到地面上。在这光怪陆离的光线下,索荷区那破旧的房子、那溅起泥巴的马路、那些穿得破破烂烂的行人、那些一直以来就这么昏昏暗暗地亮着却不能驱走黑暗的街灯,在律师眼中,这一切看起来好像是一个噩梦之城。这些还不算,这些森然恐怖的色调同时也充满了他自己的头脑。当他的目光转移到坐在他车上的警官身上时,那种对法律和执法官员的恐惧也一丝丝钻进他的思绪,因为,即使是最诚实的人有时也难免会受到法律的指责。

马车到达目的地时,浓雾才刚刚开始散开,一条肮脏的街道浮现出来。一家小酒馆,一个低档的法国饭馆,一家零售一分钱杂货、二分钱凉菜的小卖铺,一伙衣冠不整的孩子堆在门口,不同民族的妇女们进进出出,手里捏着钥匙,出来喝上一杯早晨的开胃酒。可过了一会儿雾又渐渐浓厚起来,变成了树皮那样的深棕色,把人们烘托在了那些脏乱低贱的环境之上。这里就是亨利·杰基尔的那个心爱朋友的家,正是这人将继承二十五万英镑的财产!

一个脸白得仿佛是象牙的白发老太太开了门,她相貌恶毒,不过在笑容的伪装下显得还算和气,举止也可以说得上是彬彬有礼。"是啊。"她说,"海德先生是住在这里,不过他现在不在。他昨天夜里回来得很晚,只待了一个小时就走了。这很平常,他的生活就是这样的,总是来去无踪。打个比方说,在昨晚他回来之前,他已经有两个月没回来过了。"

"好的,我们想进去看看。"律师说。但那老妇人不答应。于是厄塔森说:"我看你最好来认识一下这个人,这就是苏格兰场①的纽可曼警长。"

这个老太太的脸上立刻呈现出狰狞的恶笑:"啊,他出事了!发生了什么事?"

厄塔森和警长对视了一下:"看来这个人声誉很差。""那么,"警长说,"我的好太太,让我和这位先生去看看他的房间吧。"

现在这座楼房就住着这个老女人,海德占了其中的两个房间。但那两个房间布置得华美绚丽,而且雅致高贵。有一个装满了酒的柜子,盘子是银制的,素雅的餐巾,墙上还挂着一幅名画,这肯定是(厄塔森估计)亨利·杰基尔送给他的。杰基尔可是个美术品鉴赏家。地毯很厚,颜色很柔和。但这间屋子就跟刚被打劫过一样。衣服被扯出来扔在地上,衣兜翻在外面,抽屉大敞着没锁,炉架的一堆灰是刚烧掉不少纸的证明。警官从这堆灰烬中捡出一本绿色的还没被烧光的支票簿存根,在门后发现了另外半截手杖。警官因为他的推测得到了证实而惊喜欢呼。到银行去一看,发现这个海德有几千英镑的存款,这一点更使他肯定自己的判断。

"你不必担心,先生。"他对厄塔森说,"我已经完全掌握他

---

① 苏格兰场:伦敦警局。

了。看来他是折腾晕了，要不然不会傻到把那半截手杖落在家里，更不会把那支票簿烧掉。就是嘛，谁都嗜钱如命。我们只要在银行恭候他，再四处张贴追捕令就可以了。"

但是这计划的最后一句做起来可就难了，原因是与海德先生熟识的只有为数不多的几个人，就连他的女佣也只是跟他打过两回照面。无法找到他的亲属，况且他也没有照过一张照片。至于那几个自称知道他模样的人，从他们口中说出的并不是同一个人。不过这也没什么，人们的眼光通常如此。然而他们在其中一点上达成了共识，即扭曲的感觉，所有与这位在逃罪犯接触过的人都产生了强烈的扭曲感，虽然只是隐隐约约的，但却一直梗塞在人心里，叫人不能释怀。

信件风波

直到下午接近黄昏时，厄塔森才有空去杰基尔博士家。浦尔立刻带他走了进去，从厨房和一个曾经种过花草的园子中穿过。他们最后走进的那座房子，是集实验室与解剖室为一身的。它原本是一个很有名气的外科医生的遗产，后来被博士从医生继承人那儿买下了。他把最下面的一层用来放别的东西了，因为他并不喜欢解剖学，而是喜欢化学。律师这是头一回来到这位朋友住宅的这一层房间。房间没有开窗，光线昏暗，他好奇地往周围看了看，一种很别扭的怪怪的感觉涌上心头。走过阶梯教室时，他想起从前这里曾挤满了求知若渴的学员们，但如今只剩下一片死寂，甚至还有点恐怖。实验用品胡乱地放满了桌面，大大小小的箱子堆放在地上，而装瓶子时用的麦秆更是到处都有。那圆圆的房顶已经有些模糊了，但仍然透进了一些微弱的光线。走到教室的尽头，就踏上了一段楼梯，然后来到了一扇门前，厄塔森被领着打开门，走进博士的工作间。房间很宽敞，四面的墙壁上都放着有玻璃外壳的柜子。屋里的摆设还包括一面长长的镜子和一张办公桌。透过那扇铁栏极脏的窗子，可以看见房子外面的空地。由于那沉重的雾气都下到房子里面了，所以炉子里闪着火光，炉台上还燃着一盏灯。杰基尔博士正坐在那里，在离火很近的地方，一脸病容。他没有起身欢迎朋友，只是说了句话，同时伸出一只手来，他的声音听起来跟以前完全不同，手也很冷。

在浦尔退出去之后，厄塔森立刻问："那事你知道了？"

博士微微一震："他们在广场上那样大声地吵嚷！我在餐厅里

听见的。"

"简单说吧，"律师说，"你们都是我的委托人，卡鲁爵士和你。我想知道我该怎么处理。你不至于窝藏了这个老兄吧，你还没那么过分吧？"

"我可以指天为誓，厄塔森。"博士大声说，"我永远不想再见到他，我指天为誓，我指着自己的名誉发誓，我跟他已经彻底完了。什么都没有了。其实他并不稀罕我帮什么忙。对于他，你没有我知道得清楚。他此刻没有危险，一点儿危险都没有，有句话你听清楚了：他永远消失了。"

看着博士那副好像发高烧的样子，律师有点厌恶，而博士的话也让他纳闷。"你好像一点都不担心他。"他说，"我也但愿事情果真会这样，这是因为你的缘故，如果闹到法庭上，你也会被牵涉的。"

"我是一点儿都不担心他。"杰基尔说，"谁也不知道我的心思，但我认为我可以这么做。只是，我想求教您一件事，有——有一封信我拿不定主意该不该交给警方，厄塔森，现在我把它交给你，你一定会做出正确的决定。要知道，你是我最信得过的朋友。"

"如果我没猜错的话，你是不想让别人从这封信中得到关于他的线索吧？"律师问。

"不是。"博士说，"这个海德会得到什么样的结果，我根本不感兴趣，我说过跟他之间已经什么都没有了。我只不过不想让这种倒霉的事影响我的名誉。"

厄塔森沉默了。他一方面惊讶于朋友的自私自利，一方面也觉得轻松一些了。"那好，"他下了决心说，"把那信拿来给我看看吧。"

这是一封很短的信，署名爱德华·海德的写信人所写的字体因笔画僵直而显得很独特，他说他一直都对杰基尔博士感恩戴德，但却因不知如何回报而于心不安。现在，博士不必挂念他的安危，他已经打算远走高飞，去一个没有危险的地方。这封信让律师很高兴，因为比起自己以前的猜想，这封信无疑更清楚地表明了二人的关系。他开始觉得自己以前的一些想法有点失于偏颇了。

"信封在哪儿？"他问。

"我烧了。"杰基尔说，"我把它投到火里时并不知道自己的行为会产生什么后果。但这信是他叫人送来的，信封上并没有邮戳。"

"是不是让我带走这封信，然后小心地收藏着？"厄塔森问。

"我想请你帮我出个主意，"博士说，"我自己一点儿信心都没有了。"

"那好，我就帮你这个忙。"律师回答道，"我还有个问题：你遗嘱里那段提及失踪的话，是不是海德让你写的？"

博士听到这话，仿佛立刻晕过去了一阵，只见他紧紧闭着双眼点了点头。

"我早就知道，"厄塔森说，"他想干掉你，你如今是躲过这一劫了。"

"我所得到的不仅是生命，还有更重要的东西，"博士神色严肃地说，"那就是一个教训——噢，老天，厄塔森，这是怎样的一个教训！"他用手捂着脸，捂了很长时间。

律师出门时，跟浦尔说："对了，想问问你，"他说，"今天送信的人长什么样子？"但浦尔一口咬定今天上门的没有什么送信的人，而只有邮差。"邮差只送来了报纸而已。"他又添了一句话。

得到这个信息之后，律师走了，心里又一次感到了恐怖。可以肯定，有人从后门送来了这封信，这信也有可能就产生于博士的房间里，如果事情真是这样，那么这封信就是一个重点，得好好研究一番再认真作决定了。他听见大街上的报童喊得嗓子都哑了。

"头条！重大新闻！议员遇害！"——报上就是他的委托人，他的朋友的葬礼致辞。恐惧感再次涌上他的心头，他真担心这件见不得人的事会把另一位好朋友也卷进去，使那位朋友臭名昭著。起码，这件事很难办。他已习惯于独立行事，然而这次却希望有谁来指点迷津。他当然不能直接地问别人，但他想，也许可以委婉地征询一些建议。

过了一会儿，他已经和他所在办事处的主任盖斯特先生脸对脸地坐在自家的火炉旁边了。有一瓶在酒窖里珍藏多年的美酒正放在他们中间，离炉子距离适当的地方。浓厚的雾塞满这个城市里的每个角落。灯光仿佛扑朔迷离的红宝石。这座城市的生活穿越了笼罩大地的云层，沿自己的轨迹前行着，发出像风的怒吼一样的声音。然而这个房间里却有跳跃的火光，弥漫着温暖的气氛。酒瓶里的酸味和重彩已在漫长的时间里变成了幽香和缓和的色调。透过滑落着雾水的窗户，可以看见外面越来越重的天色。秋天午后的阳光已经在山坡的葡萄园里做好了准备，打算一泻而下，驱散笼罩着伦敦的浓雾。律师的身心刹那间觉得轻松了许多。只有在盖斯特先生面前，他才会讲述自己内心的秘密，有时候他怀疑自己是不是已经把不可告人的事情也泄露了出去。盖斯特由于工作的关系，经常去杰基尔家，也认识浦尔，他一定也知道海德先生，说不定还了解一些内幕。要不要把这封揭穿秘密的信也拿给他看看呢？何况盖斯特曾钻研过书法，在鉴定字迹这方面很有一手。所以，根据这些理由，是不是可以说这样做只有好处而没有坏处呢？再说，他是一个极有思想的人，如果他看了这样蹊跷的一封信，一定会说些什么的。而他的话正好可以为厄塔森做出下一步决定提供可靠的参考。

"真为丹佛斯爵士伤心！"他说。

"没错，先生，就是这样，如今外面众说纷纭，"盖斯特说，"这人真是不正常。"

"那么你作何感想呢?"厄塔森说,"我给你看一件他亲手写下的东西。你可千万千万要保密,绝对不能让第三个人知道,因为我对它还没有拿定主意。这事怎么说也是不光彩的。你看,这就是一个杀人犯亲手写的信。"

盖斯特来了精神。他马上坐下来,仔细地看那封信。"不是的,先生,"他说,"除了字体奇怪以外,再也看不出他哪点不正常。"

"许多人都说,这封信的作者的确很奇怪。"

这时,一个侍从进来了,给他一张字条。

"是杰基尔博士写来的吧?"这位公务员问,"如果我没认错这笔迹的话。厄塔森先生,有什么事不好让别人知道吗?"

"他只是想与我一起吃顿饭罢了。怎么?想看看?"

"我只看一下。非常感谢,先生。"这公务员把两张字条挨着放在一起,认认真真地看了看。"先生,非常感谢。"他说着,把那两张字条都还给了厄塔森,"这封信真的非常有意思。"

两人沉默了许久,厄塔森心里在翻腾着复杂的内容。"为什么你会想起对比这两封信呢,盖斯特?"他冷不丁地问。

"哦,先生,"这公务员回答道,"因为它们之间有奇怪的共同点,两种笔迹除了倾斜的方向不同之外,在很多地方都很相似。"

"真想不到!"

"没错,你说得对,是想不到。"盖斯特说。

"你知道,我不会让其他任何人知道这件事的。"

"是的,先生,我知道。"

当房间里只剩厄塔森一人时,他马上打开保险箱,把那信锁在了里面,永远地锁在了里面。"真不得了!"他暗想,"亨利·杰基尔冒充杀人犯写信!"他想着想着,不觉出了一身冷汗。

拉尼翁大夫奇怪的死

　　光阴一刻也不停地飞逝着，媒体把丹佛斯遇害这件事看做是对整个社会的警告，因而有关方面悬赏几千英镑捉拿凶犯。但警方再也没有得到过他的任何消息。这个人仿佛根本没有来过世上。他的一些历史被披露于世，但都是些很不光彩的事：有很多事情表明这个人已残忍到了灭绝人性的程度；他的朋友个个都很古怪，还说压根就没有谁欢迎过他。可无论如何，这名罪犯目前是不留痕迹地消失了。在他那天早上从索荷区的住所里走出去之后，世界上就完全没有了他的踪迹。

　　随着日子一天天过去，厄塔森心中的恐惧已渐渐地被平静取代了。他想，海德先生的失踪已大大超过了丹佛斯爵士的死亡所带来的影响，而杰基尔博士也可以重新生活了，因为罪恶的阴影正在慢慢消除。他走出他潜伏的地方，又来到了老朋友们中间。以前人们知道他是因为他是慈善事业的支持者，而现在，他则以诋骂宗教而闻名遐迩。他忙忙碌碌地奔波于公共场所之间，且颇有成就。他仿佛是为了减除内心的不安才去做善事的，因而总是精神抖擞。博士过了两个月的平安生活。

　　1月8日，厄塔森赶赴了博士家的小型聚会。在座的都是几位好朋友，拉尼翁大夫也在其中。主人一会儿看看厄塔森，一会儿看看拉尼翁，仿佛又回到了昨天，三个人仍是无话不谈的亲密伙伴。但12日，以及14日，律师却没被允许见到博士。"博士无法下床，"浦尔告知，"他不能会客。"他15日又来了一回，但还是没有见到。两个月以来，他几乎每天都与这位朋友在一起，而如今又成了独自一人，他不免觉得郁闷。第五天夜里他让盖斯特陪他共进晚餐，次日则去了拉尼翁家。

起码这里的门对他是敞开的，可当他走到房间里时，却吓了一跳，简直不相信看见的就是大夫本人。大夫的面容已显示他存活于世的时间不多了。他面容枯槁，不见了往日的红润，而是变得像死灰一样白，头发也掉了许多，整个人看起来老了二十岁。他的衰朽不仅表现在身体上，还流露在他的眼睛和他的一举一动上，他给人以透骨的恐惧感。虽然他是个大夫，但厄塔森不由得怀疑他如今对死亡是否无比惧怕。"没错，"他心想，"这位大夫明白自己的情况，他就快要死了。对这种情况的明了让他失去了一切勇气。"当厄塔森告诉大夫他看起来不太好时，大夫马上确凿地说自己已经一只脚踏进了死神之门。

"不久前我遇到了恐怖的事，"他说，"我不可能康复了，只有几个礼拜的余日。我爱这宝贵的生命。是的，先生，我一向都对生活充满热爱。有时候想着，如果这世界对我们已没有秘密可言，那么我们去世时会更加无牵无挂。"

"杰基尔也卧病在床，"厄塔森说，"你有没有见过他？"

拉尼翁的面色马上变了，他颤抖着抬起手："我再也不要听见杰基尔博士的名字，更不想见他！"他声音不小，但是很不稳定，"我跟他之间已经没有任何关系了。在我心里，他是一个死人，我请你帮帮忙，别再让我听见这个人的名字了。"

"唉——唉。"厄塔森叹道，之后缄默了很长时间，最后又开口道，"我能做的事是什么？拉尼翁，我们三个是好朋友，是彼此一辈子里最好的朋友。"

"没有办法。"拉尼翁说，"你去问他好了。"

"他不肯见我！"

"我想会是这样的。"大夫说，"厄塔森，在我死后，你会弄清楚这一切事情的原委的。但现在我对你无话可说。看在上帝的分上,如果你想说点别的什么,那么就请坐下来吧。而如果你除了这个话题就无话可说,看在上帝的面子上,你还是离开这儿吧,我要疯了。"

厄塔森回家后第一件事就是给杰基尔写信,质问他为何再次抛弃朋友,陷入孤独,为何与拉尼翁断绝关系。次日回信就到了,这是一封很长、充满忧伤的信,许多地方的语句含义模糊不清。他说与拉尼翁的结局已经成为定局。"我并不怨我们的好朋友,"杰基尔在信里说,"可他说从此永不相见,我完全赞成。我已想好了,从今以后将再不与任何人接触。尽管我的门将对包括你在内的所有人都关闭,但我仍请你不要惊奇,请笃信我们的友情。我要在我黑暗的路上独自摸索,请你放手。我这种不可细述的惩罚与险境完全是我自己造成的。我是罪恶的起源,但也受到了最深重的灾难。可以说我所受到的这种痛苦与恐惧的折磨是世上绝无仅有的。然而厄塔森,你什么都帮不了我,如果你想帮我分担痛苦,那么只有一件事可以做,即尊重我的决定。"

厄塔森愣住了,他一度以为那魔鬼的阴影已经不复存在了,因为博士已经恢复了原先的生活,又开始和朋友们交往,前途仿佛无限光明,博士看起来能安乐地享受长寿的晚年,而这仅仅是一个礼拜之前的事。可是不知何时起,这宁静的友谊、心境乃至整个生活都消失了。似乎只有发疯才能解释这种突如其来的惊人变化,可是拉尼翁的话和表情却分明提示着,事情并不是这么简单。

又过了一个礼拜,拉尼翁大夫已不能走动,半个月之后他死了。葬礼上的厄塔森极度哀痛。他一回来,就锁上办事处的门,就着昏暗的烛光拿出了一个信封,他刚刚去世的朋友用私人印章给这封信缄了口。信封上有一行手写的字:"私信;请加·约·厄塔森在没有别人在场时亲启;如果他已不在人世,请务必在拆阅之前销毁。"最后一句话下面点有着重号。律师看着这些字，不觉心慌意乱。"今天我刚刚失去了一个朋友，"他心想，"如果这封信再夺去我另一个朋友该怎么办？"然而他马上意识到了自己这种怯懦与对朋友的不信任。在拆开封口后，里面还有一层同样密封着的信封，上书："请在亨利·杰基尔博士失踪或去世后再拆阅。"厄塔森再次愣住了。没错，又是这个词——失踪——这个词紧跟在亨利·杰基尔的名字后面，就跟那份他早已交还给杰基尔的遗嘱一样。可是，那遗嘱里的这个词是海德那死东西的险恶用意，明显地透露出了不良的居心，而拉尼翁亲手写下的这个词又是怎么回事呢？这位律师不由得产生了强烈的好奇心。他曾想不管那行字，立刻就拆开那信，知道事情的真相。可是长久的职业习惯以及对已故友人的忠贞又使他感觉到了正义的责任，于是，他把这封信也锁在了个人保险柜最隐秘的地方。

然而，一时控制住了好奇心并不等于完全战胜了它。从那天起，厄塔森也许更加迫切地想要见到他还活在世上的那位朋友。他非常想见杰基尔，但又时常因为这种想法而烦躁不安，甚至觉得恐惧。他又去了博士家，仍然没见到博士，不过他反倒得到了一点安慰。也许他内心还是宁愿在光天化日下、在都市的喧闹中站在门口与浦尔说几句话，而不想被带进那个离群索居的人的房间里，面对那个古怪的人讲话。其实浦尔带来的并没什么新消息。博士看起来比以往任何一次都更严密地封闭了自己，整天整夜地藏在实验室楼上的工作间里。他几乎不说话，也打不起半点精神，好像心里有很多秘密压着。厄塔森每次得到的消息总是这些，他已耳熟能详了，后来，他到博士家的次数就越来越少了。

窗口一幕

事情发生时,是一个礼拜天。厄塔森和恩菲尔德又跟往常一样在街上散步,他们又来到了那条小巷,路过了那扇门。他俩不觉站住了脚,盯着那道门。

"哦,"恩菲尔德说,"事情结束了。海德先生消失了。"

"我希望是这样,"厄塔森说,"我跟你说过我曾跟他见过一面并像你一样对他产生了厌恶吗?"

"没错,有前者就必然有后者。"恩菲尔德说,"对了,你当时没把我当成个傻蛋吧,竟不知道杰基尔博士家的后门!你一定要对这事负责,尽管是我后来自己发现并搞清楚了这件事情。"

"这么说你已经知道了,是吧?"厄塔森说,"那么,我们就去那块空地吧,去看看那三排窗户。不瞒你说,我非常想见见杰基尔,即使是从外面看上一眼,我也能放心一点,而且对他也是有好处的。"

尽管太阳仍在放射着最后的光芒,但黄昏似乎已提前降临到了这片空地上,因而空气在冰冷中还带着些湿气。厄塔森看见三排窗中间的那扇半开着,杰基尔博士正倚窗而坐,像在透气。他看起来像个极其痛苦的囚犯,面容憔悴得可怜。

"杰基尔,是你!"他大声说,"我想你现在应该好点了吧。"

"厄塔森,我十分不好,"博士有气无力地说,"糟透了,哦,上帝,我快要死了。"

"你不该整天闷在屋里,"律师说,"出来走动走动吧,你看恩菲尔德和我。哦,杰基尔博士——这位是恩菲尔德先生,我的表弟。你戴上帽子,下来走一走吧。"

"你太好了。"博士叹息着,"我何尝不想下去,可是不行啊,不行,我不敢,也不可能,但是厄塔森,看见你真是一件快乐的事,说实话我非常开心。如果不是因为这里不太好,我真想让你和恩菲尔德先生上来坐坐。"

"没关系,"律师和气地说,"这样就够好的啦,我们就站在这儿跟你说会儿话吧。"

"这正是我要大胆请求的。"博士说着,露出了微笑,可是话还没落音,他的笑容就倏地消失了,并立刻换上了一副恐惧与绝望的表情,楼下两个人看得不寒而栗。窗户很快就关上了,他们还没来得及看上第二眼。然而只看一眼已经够了。他们默默地转过身走开了。他们一直默默地走着,穿过了马路,又走上了附近一条大街,那条大街永远是人声鼎沸的,在礼拜天就更加热闹非凡。直到这时,厄塔森先生才转向他的同伴。他们的脸上还充满了惊恐的神色,眼睛里满是恐怖。

"但愿上帝宽恕,愿上帝宽恕!"厄塔森说。

但恩菲尔德并没答话,只是沉重地点点头,就又一言不发地往前走了。

最后一夜

有一天，厄塔森吃过晚饭就坐在了火炉旁，这时令他非常意外的是，浦尔走了进来。

"上帝，浦尔，你怎么来了？"他大叫说，上下打量着浦尔，"你病了？或是博士病了？"

"不好了，厄塔森先生。"那人说。

"你先坐下把这酒喝了。"律师说，"别着急，来，慢慢地、仔细地告诉我。"

"先生，您是了解博士的生活习惯的，"浦尔答道，"他如何地封闭自己，您也知道。哦，近来他又躲在工作室里不出来了，我很担心，厄塔森先生，我非常不愿意看到他这种样子。"

"别着急，好人，"律师说，"说具体点儿，你担心什么？"

"一个星期以来，我的心都在悬着，"浦尔绕开了律师的问题，说，"我快疯掉了。"

他的举动开始不听使唤了，而他的表情正好为他的话作了注脚。他第一次说担心时还看了一眼律师，之后就再没抬过头。他现在只是呆呆地坐在那儿，目光定在墙角里，膝盖上放着那只盛着酒的杯子，但他并不曾喝下一滴。"我简直要疯啦！"他说。

"来来，"律师说，"浦尔，你似乎有事没说出来，跟我说说，到底出了什么事情，很严重吗？"

"我看事关凶杀——"浦尔的声音有些嘶哑。

"凶杀！"律师先是惊奇地叫了一声，之后又显得有点生气，"什么凶杀呀！你到底想说什么？"

"先生,我不敢说,"他说,"您可不可以跟我一块儿去自己看看?"

厄塔森没说话,只是马上站了起来,穿戴好外套和帽子。那管家带着宽慰的神情注视着律师做这些事,但律师却不明白他为何宽慰。他也不明白那管家为何放下那杯未曾少半滴的酒就跟他一起出去了。

时值3月,而这种冷风袭人、空气冰凉的夜晚也只属于3月。月亮是细细的一弯,可怜地倾斜着,像是被风吹歪的,又像一条飘在夜空中的纱巾或碎麻布。在这样的冷风中进行交谈是痛苦的事,一开口全身的血液就都流到脸上来了。厄塔森从未看见过伦敦是这么凄凉,街上的人们仿佛都被风卷走了。他满心盼望能多一些路人,他从来不曾像此刻一样急切地想看见更多的人、想跟更多的人接触。他尽力地控制自己,但却仍掩不住自心底升起的那种沉重的不祥预感。他们来到了弥漫着风沙的广场,在花园的栅栏里,只剩几片枯叶的树枝不停地碰撞着竹篱。浦尔刚才一直走在前面,此刻却在马路中间停下了,并且在凛冽的寒风中摘下了帽子,取出一方红色毛巾揩着前额。他不是在擦因急行而出的热汗,而是擦那种被痛苦逼出的冷汗,尽管他一路上一直快步地走着。他面无人色,用嘶哑的声音说着前言不搭后语的句子。

"先生,"他说,"我们到了,上帝保佑我们平安无事。"

"我也祈祷是这样,浦尔。"律师说。

那管家轻轻地敲了门,有人一边从里边开铁链,一边问:"浦尔?"

"是我,是我,"浦尔说,"快开门。"

他们走进了明亮的客厅,屋子中央有一大堆火。那些男女仆从们全部像山羊一样挤在火炉旁边。厄塔森一出现,一个女仆就拼命地哭了起来,厨师大叫着:"厄塔森先生来了,感谢上帝!"他迎了上来,仿佛想抓住厄塔森的胳膊。

"怎么?怎么回事?你们全在这儿?"律师有些愠怒,"这样不对呀,不好吧,你们主人会生气的。"

"他们都担心。"浦尔说。

在一片沉寂中,那女仆的哭声越发响亮了。

"别哭了!"浦尔恶狠狠地对她叫,声音里透出了极度的紧张。其实在那女仆猛然提高声音哭的时候,所有人都惊恐地往里面看,生怕有什么恐怖的事情出现。"哎,"管家跟小厨师说,"去取一支蜡烛,我们这就去看看到底是怎么回事。"接着,他请厄塔森先生随他一起去后院。

"过来,先生,"他说,"您尽量轻轻地走好吗?您来听听,可您得小心别被他发觉了。先生,我得先告诉您,万一他答应见您,您也一定不要进去!"

这种交代吓了厄塔森一跳,他几乎要失去控制。不过他迅速恢复了坚强,随着管家一起走过实验室,走过那充斥着瓶子的阶梯教室,来到了楼梯旁边。浦尔示意他就在这门边上好好听着,他自己鼓足勇气放下烛台,叫了一声之后踏上了楼梯,心神不定地叩了叩包裹着厚绒布的房门。

"先生,厄塔森先生求见。"他说。他说话的同时,还向厄塔森打着夸张的手势,让他仔细听。

有人在房间里说:"跟他说我谁也不想见。"语气里满是愤怒。

"先生,打扰了。"浦尔说话的口气里带着一些被证实的得意。他重新拿起蜡烛,带着厄塔森按原路回到了大客厅。那儿的火已经熄了,地上蹦着几只虫子。

"先生,"他盯着厄塔森说,"您听着说话的是我主人吗?"

"不大像……"律师也盯着他的眼睛,面色如死灰。

"不像?是的,我猜也是。"管家说,"我在这儿当了二十年的

下人,怎么会听不出来?不是的,主人已经死了,在八天前被人杀害了。那天他在里面大声地哭,我们都听见了。但是,里面的人会是谁呢?怎么总是在里边祈求上帝保佑呢,厄塔森先生?"

"浦尔,这事太离谱了,简直是个离奇的故事,我的管家!"厄塔森咬着手指说,"不过,如果你的猜测是正确的,也就是说如果杰基尔博士已经给人——呃——杀掉了,那么那个凶手又为什么还躲在里面呢?所以这种猜测自相矛盾,不能说是正确的。"

"那好,厄塔森先生,您一向都不肯轻易相信别人的话。您再听我说:近来一个星期——您知道吧——里面这个人,这个死东西——随您怎么叫里面躲的这家伙好了——他整天整夜地哭着要一种药,可又总是记不清楚。跟我主人一贯的做法一样,他也把他的指令写在纸上,扔在楼梯上。一个星期以来我们除了指令和紧闭的门之外,什么也没有看到。我们把饭放在楼梯上,里面那人会悄悄拿进去。先生,他每天——有时候一天两三回——都有指令扔出来,也扔出一些愤怒的话。我不得不跑遍全城所有的化学药品商店,可每一次我买回来之后,他总是又下指令让我把东西退回去,因为他嫌货色不够纯,让我再找纯些的,先生,您说他为什么这么急切地需要这种药品呢?"

"他是怎么写的指令,你见过吗?"厄塔森问。

浦尔到衣兜里摸索了一阵儿,掏出了一张破烂的纸,律师凑近蜡烛,看清了上面的字迹:

"杰基尔博士问候毛乌店号店主。他已经确定刚才买的那些药品纯度不够,不符合他的需要。18××年,贵店曾卖给杰基尔博士一批数目不小的药品,博士现在急需这种药,万望贵店尽心寻找,如果发现有剩余,无论多少都请马上送到他那里,价钱依您。"

只看这几句话,还可以说写信人是安定的,可是写到这儿时墨水滴了一滴,于是信的语句就开始躁动起来,写信人又加了一句:

"看在上帝的分上,就找找那批旧药品给我送来吧!"

"这字条真怪!"厄塔森质问浦尔道,"这信你怎么拆开的?"

浦尔连忙分辩道:"先生,是毛乌店号的人们一怒之下把它扔到我脸上的,像扔垃圾一样。"

"你看这不正是博士自己写的吗?"律师再次发问。

"我看着也许是。"管家忧郁地说,可又马上用另一种语气,"就算是他亲手写的又如何?这个人我看见过!"

"那人你看见过?"厄塔森不由自主地跟着说了一遍,"你说什么?"

"确实看见过!"浦尔说,"事情是这样的:那天我冷不丁地从花园走到了阶梯教室里,看见工作室的那扇门敞开着,他可能是出来找什么药品或者别的东西。他在翻腾教室那一端的篓子,听见我走进去,他抬了一下头,然后嚎叫一声就飞快地跑进了工作室。虽然我只瞥了他一眼,可是我的头发顿时全都竖起来了,跟猪毛差不多!先生您说,那人要真是我的主人,那他为何还蒙着面具呢,他要真是我的主人,又怎么会尖叫着一见我就跑?我在他这儿干了这么多年,所以——"他没有再说下去,抬起手擦了擦脸。

"这事太奇怪了。"厄塔森先生说,"听你说了这些情况,我觉得事情已经有点眉目了。浦尔,你主人很可能得了一种奇异的病,这种病使人备受折磨、身体变形,所以他的声音才不像原来,面貌也完全改变,他才把自己完全封闭起来,只是一个劲儿地想要那种药品。这个不幸的人以为这种药会让他恢复原样,他还抱有一线希望——愿上帝保持他的希望。我就是这么认为的。哦,浦尔,这事虽然非常恐怖,但总算弄清楚了,合乎逻辑,没有矛盾,我们就别再为此惊恐了。"

"先生,"管家的脸一会儿红一会儿白,"可是那人确实不是我主人,这是真的。我主人——"他说到这儿,看了看周围,才压低声音说，"个子很高，可里面那人很矮。"厄塔森正想再找理由，浦尔却大叫起来："唉，先生，您说我在这儿待了二十年还认不清自己的主人吗？您说我不清楚他进门时往哪边扭头吗？您说我不知道这么多年来他每天早晨都在哪儿出现吗？先生，不是的，里面那个人肯定不是杰基尔博士——鬼才知道他是谁。总之他不是杰基尔博士，我已经完全相信这是一桩凶杀案。"

"浦尔，"律师说，"如果是这样，那么我就有必要弄清楚这件事情了。你主人的心理我很想了解，但我不明白的是这张条子，它表明你主人还没死。可我想我应该把门弄开。"

"哦，厄塔森先生，这话才像您说的！"管家高声说。

"目前第二个问题又来了，"厄塔森又说道，"这事由谁来干呢？"

"还有什么问题？我们两个呀！"浦尔坚定地说。

"好！"律师答道，"不管出现什么麻烦，都由我来处理，你不会受苦的。"

"阶梯教室里有一把斧头，"浦尔说，"那根拨火棍可以作为您的武器。"

律师拎了拎那根笨重的武器，说："浦尔，你要明白，我们两个正一步步逼近危险。"

"先生，没错，我知道是这样。"

"那好，我们就开诚布公好了。"律师说，"其实我们俩都有话隐瞒着对方，咱们索性全都挑明了吧，你看见的那个蒙面具的人，你认不认识他？"

"哦，先生，他跑得飞快，还弯着腰，我不敢说我看得很分明。"管家答道，"不过，如果说您是问那家伙是不是海德先生——我看，就是他！想想看，也是那样的身材，那样敏捷的身手！除了他，谁还能进实验室呢？先生，也许您还记得吧？发生那次凶杀案时他还有钥匙呢！而且，我想问，您碰到过那海德先生吗？"

"碰到过，"律师说，"我还和他谈过一次。"

"那么，我想您也应该像我们一样，感觉到这位先生身上带着点特别的东西——甚至可以说叫人心惊胆战的东西——我说不清楚该怎样形容他才好，先生，我说的还远远不够，他简直可以使你的每根骨头都打颤，甚至凉到骨髓里。"

"我也感觉到了一些，就像你说的那样。"厄塔森先生说。

"事情就是这样的！"浦尔回答说，"想想吧，当那个蒙着面具的家伙在我眼前出现，又从一堆药物里钻出来，像只猴子似的灵巧地逃进屋子时，我仿佛觉得，一桶冰水从我后背上流了过去。啊，是的，我明白这些都不是什么证据，厄塔森先生，这点最基础、最浅显的道理我还是懂的，但是，一个人总还是有感觉的，我可以向上帝发誓，这个人一定是海德先生。"

"呀，呀，"律师说，"我担心的就是这一点。一旦犯下过错，我想应该就有报应的。啊，真的，我相信你的话，我相信可悲的哈里已经永远地离开了我们，我也相信那个杀人犯（天知道他究竟是为了什么）还在这个可怜人的屋子里翻来翻去，来吧，我们一起去给他报仇。让布拉德肖过来一下。"

那个仆人被叫了过来，他面色苍白，表现出很紧张的样子。

"振作一点，布拉德肖！"律师说，"我知道，这件说不清道不明的事情，使你们大家都心里不舒服，但是现在我们下定决心要把这事搞清楚。这里有浦尔，我也在这儿，我们从门那边冲进去。如果没出什么差错，我这肩膀还算结实，应该能扛起所有责任。但是，为了避免一些遗漏，或是某些家伙在打后门的主意，打算从那儿逃走，你带一个小伙子，拿两根粗大一点儿的棍子从那边的角落里绕过去，守在实验室的后门，从现在起，十分钟之内到那里站好,动作快一点。"

布拉德肖离开后,律师瞅了瞅自己的表。"好了,浦尔,现在轮到我们上了。"他一边说着,一边把拨火棍夹在胳膊下,领先一步迈进院子。这时候,空中四散的雾遮住了月光,光线变得晦暗。风在这些筒状的楼房间游来荡去,时断时续,歇一阵又忙一阵地吹着。他们登上了台阶,烛焰在风中不停地跳动着,一直等到他们进了阶梯教室才算是没有了风。他们坐在那里,开始了静静的等待。在他们的周围,整个伦敦城肃穆地挺立着,发出嗡嗡的响声。但是,从那间办公室里传出的脚步声打破了这份宁静。

"他一天一天地就这么来回走,先生,"浦尔小声对我说,"唉,即使是夜深人静时,他也这么不停地走来走去,只有药品店送过来一种新药时,他才会停下来一会儿。他心里肯定是有什么事儿,所以才一刻也停不了。唉,先生,他走的每一步都像是在受折磨啊!听,您再听听,靠过来一些——注意听,仔细地,厄塔森先生,您听,这像是博士的脚步声吗?"

这脚步踩得很轻,很奇怪,听起来像是还有点左右摇晃,虽然走得一点也不快。这确实与博士一贯的脚步声不同,博士的脚步是沉重的,地板都会被踩得吱吱响。厄塔森深深地叹了一口气,问:"还有什么特别之处吗?"

浦尔点了点头。"有一回,"他说,"那天我听见他在屋里哭。"

"哭?什么样的哭?"律师问,突然,他感觉到一阵冰凉刺骨的恐惧包围了他。

"像个女人那样哭,或者像个无主的野鬼那样悲伤。"管家继续说,"我马上就离开了,心里特别不好受,也有一种想哭的冲动。"

这时,十分钟已经过去了。浦尔在那一堆包瓶子的麦秸堆里抽出斧头,把蜡烛挪到附近的一张桌上,帮他们照亮屋子,好开始行动。他们屏住呼吸,慢慢靠近那间整天都传来脚步声的屋子。

"杰基尔,"厄塔森高声地叫起来,"让我见见你!"稍微停了一会儿,但是没有人回答。"我是在帮你!现在我必须提醒你,我有太多的疑惑,你必须和我见一面,不见不行!"他接着说,"如果不能正常地见,那我就只有采取点儿措施——你要是不出来,我们可要使硬的啦!"

"厄塔森,"一个声音从里面传出来,"瞧在上帝的面子上,你千万不能这样做!"

"呀——这不是杰基尔——是海德的声音!"厄塔森喊了起来,"浦尔,把门砸开!"

浦尔高高地举起了斧头,狠狠地一击,整座房子都跟着震动了,罩着红绒布的门在锁与铁链的拉扯下跳动着,这时,一声凄惨无比的叫声传来,就像是一头惊惧异常的怪兽所发出的一样,在屋里响起。斧头又一次挥过肩膀,门板被砸裂了,门框还依然在晃动着,这样挥了四次斧头,但是这门的木材是如此坚硬,而且设计得那样严谨,直到斧头第五次重重落下,锁才被彻底粉碎,那扇破门板砰的一声倒在了房间里的地毯上。

这两个攻击者也被自己粗蛮无比的行动以及紧接而来的沉寂惊呆了。他们不约而同地退了一步,向房间里看去。一切都呈现在他们眼前:在昏暗的灯光中,炉子里有一团火在燃烧着,木柴在炉火中噼里啪啦地跳动着,水壶正演奏着简单的乐曲;排着一两个空空的抽屉,办公桌上一些纸张整齐地摆着;在靠近火炉的一侧,陈列着茶具……你只会感觉到,这只是一个最为宁静的房间,如果没有那些放满化学药品的玻璃橱,这里就是在伦敦随处可见的一个很平常的房间。

屋子中央,一个人正躺在那儿,整个身子因为痛苦而不停地抽搐着、扭曲着、蜷动着。他们两个轻手轻脚地走到那个人身边,把他的身体翻转过来,正是爱德华·海德的一张脸!海德穿了一件比他的身材不知肥大多少倍的衣服,却正是博士那么大个儿才可以穿的。他脸上的肌肉还像个活人那样紧张地不停抽动着,但显然灵魂已经走远了。他的手里,抓着一只小瓶,空中弥漫着一股刺鼻的苦杏仁味①。厄塔森马上意识到,在他们面前的是一个最残酷的自杀者的遗体。

"我们来迟了,"厄塔森阴沉着脸说,"不管是赶来抢救,还是跑来报复,都太迟了……海德已经得到了他应有的惩罚。现在,我们该去找找你主人的尸体了。"

这座楼房的主要内容就是那间阶梯教室,几乎占据了整个底层,光是从上面照射下来的,也从工作室经过。工作室设在二楼的一侧,正对着外面的一块空地。阶梯教室和小街之间有一条长廊连接着,而房间里也有一条楼梯伸到街上。除此之外,还包括几间黑屋子,都不大;还有一个面积很大的地窖。所有这些地方他们都找遍了。其实每间房子都是随便看一眼就行了,里面几乎什么也没有,并且每间房子的门都是敞开着的。只有地窖里塞满了一些稀奇古怪的收藏品,却都是博士这房子以前的主人——那外科医生放在这里的。但是他们把地窖门一拉开,就发现在那里找东西是没有任何希望的,因为门口横着的那张厚厚的蜘蛛网,就像是织工织成的一张席子,把入口全给封上了,而亨利·杰基尔,依然没有找到,也不知是否还活着。

浦尔在长廊的石板上狠狠地跺着脚,然后仔细听着那声音。"一定是把他埋在这里了。"他说。

"或许他已经跑了!"厄塔森说,转身到那扇通往街道的门旁

---

① 很多有机剧毒的药品都有苦杏仁味。

边检查。在离门口不远的石板上,他们发现了一把钥匙,但是已经锈迹斑斑。

律师拿起来看了一会儿说:"似乎很长时间都没使用过了。"

"没用过,"浦尔说,"先生,您注意了吗?钥匙中间有个裂缝,就像是被人狠狠地踩了一脚似的。"

"的确是这样,"厄塔森接着说,"而且裂开的地方一样也长了锈!"这两个人吃惊地互相看着。"浦尔,这事儿真是太莫名其妙了!"律师说,"我们再去屋子里好好找找。"

两个人一起默默地走了上去,每过一会儿便会不由自主地充满恐惧地望望那具尸体。他们又对这房子进行了一次更为彻底的检查。一张桌子上的痕迹显示这里曾做过化学实验,不同数量的白色盐类装在玻璃盘子中,像是正在准备一次实验,而那个可悲的人却没能把它完成……

"这些都是我帮他买的药剂。"浦尔说。水壶就在他正说着话的时候响了,喷出水来,吓了他们一跳。

这声音使他们都围到了火炉边。一张躺椅摆在火炉边上,看起来很舒服。在椅子一侧放着茶具,坐在椅子上的人伸手就可以拿到,杯子里已经放好了糖。几本书摆在一个架子上,有一本就放在茶杯旁边,已经打开了。厄塔森十分吃惊地发现,那是一本神学专著,杰基尔曾经多次极为虔敬地称赞过这本书,而如今这本书的书页上却写满了极端不敬的、污辱神明的句子,而且均是他自己的笔迹。

然后,他们一路检查着,来到了那张大落地镜前。内心充满恐惧的他们向镜子里张望着,但里面却什么也没有,只有映在天花板上的那些玫瑰红的火光,闪烁的炉火在柜子玻璃上映出的各种图像,他们不安地低头看着自己的面孔。

"这镜子里一定有鬼,先生。"浦尔小声说。

"它本身就已经够奇怪的了!"律师也一样轻轻地说,"为什么杰基尔"——刚一提到这个名字,他就马上被吓了一跳,但是他又立即压住了自己的懦弱——"杰基尔拿这东西能干什么呢?"

"这倒是真的!"浦尔说。

然后,他们又进了办公室,那些纸依然整齐地摆放在桌子上。一个信封放在这些纸的最上面,是博士亲笔写下的厄塔森先生的名字。律师打开了信封,里面装的好几封密封好了的文件,一起掉在了地板上。第一份是份遗嘱,内容和六个月前他还给博士的那份一样怪诞不经:假如其失踪,则成为馈赠文件,但是在过去签着爱德华·海德名字的地方,现在却赫然写着加百里·约翰·厄塔森的名字,律师简直有些不相信自己的眼睛!他望了望浦尔,接着又瞧了瞧手中的文件,然后还看了看地毯上躺着的凶手。

"我可真是被搞糊涂了……"他说,"他在这儿待了那么长时间,发现了这份文件,已经是没有任何可能再信任我了,他发现自己的名字被换成另一个人的名字,一定会勃然大怒,但是他却留下了这份文件!"

厄塔森又拿起了另一份文件,是博士亲手写的一个便条,上面还签着日期。"哦,浦尔,"律师说,"他今天还活着呢,就在这里,还没过多长时间,他不可能被人谋害,他一定还活在世上,一定是跑了!但是,干吗要躲开呢?又是怎么逃出去的呢?既然事情是这样的,我们又怎么能如此冒失地肯定这就是自杀呢?唉,我们一定要慎重一些,我有一个预感,可能就因为我们而把你的主人带到了一个悲惨的境地!"

"您怎么不继续读了,先生?"浦尔问。

"我很担心,"律师很严肃地说,"希望不是因为我而造成了如今的这种情形。"他心里想着,抽出信来,信写的是如下的内容:

我亲爱的厄塔森：

　　当你拿到这张纸时，我应该已经失踪了，但是具体发生了一些什么事，我现在还无从得知，不过，依据我的推断，以及现在我不能解释的遭遇，这个结果已是不能避免并且近在咫尺了。请你现在读一下拉尼翁曾经警告过我他将托付给你的那份文件，还有如果你还想多知道一些事情，那就请再读一下我的自白书吧！

你的可怜的有辱你的朋友
亨利·杰基尔

　　"还有一封吗？"厄塔森问。

　　"是这一封，先生。"浦尔把一包盖满封印的、看起来很沉的大纸包递了过来。

　　律师接过来装进了口袋："现在我还不想看这东西，假如你的主人真的跑了，或者是被害了，我们唯一能做的就是挽救他的声誉。已经10点钟了，我必须回去好好读读这些材料，半夜前我再回到这儿来，那时我们就一起去叫警察。"

　　他们离开了那里，重新关上阶梯教室的门。厄塔森告别了那些围坐在火炉边的仆人，又一次钻进大风中，步履艰难地赶回了他的办事处，去研究那两份应该可以使这件怪事水落石出的文件。

拉尼翁医生讲述的事情

1月9日，即四天以前，晚间邮件中，有我的一封挂号信，信封上很明显地印着我的同行兼同学亨利·杰基尔的字。我十分吃惊，因为我们之间从未通过任何信件。而且我刚刚才遇到过他，事实上前一个晚上我们俩还在一起共进晚餐。无论如何我也搞不清楚还有什么话要如此煞费苦心地用挂号信送过来，而且信上所写的内容更是让我吃惊得不得了。信的内容是这样的：

亲爱的拉尼翁：

应该说你是我交往时间最长的一个朋友了，虽然在科学研究上我们存在着不同的意见，但至少我认为，我们之间从来没有过任何感情上的摩擦。不可能会有这些发生。当你告诉我说："杰基尔，我的生命、我的声誉、我的一切，都看你的了"的时候，我一定会不顾一切地去帮助你。拉尼翁，如今是我，我的生命、我的声誉、我的一切都依赖于你的帮助了。若是你今夜没能成功，我就全完了！读了以上这段话，或许你会以为我是在要求你去做什么见不得人的勾当，你还是自己去考虑吧。我希望你今晚能取消自己的一切约会——即使是皇帝要召你去看病。要是你自己的马车没时间，那你就叫一辆出租马车，就拿这封信作为行动安排，一直来到我家。我已经给我的管家浦尔下了命令，让他找一个锁匠等在那里。之后你们要不择手段地打开我工作室的门，但最后只能你一个人进去，左边有一个标着E字的玻璃柜，把它打开，如果柜子上了锁,你就把锁撬开,从上往下数第四个,或者从下往上数第三个抽屉(其实是一个抽屉),你把它拉开,把它里面的所有东西一个不少地拉出来。现在我心里害怕极了,我有一种胆战心惊的恐惧,生怕自己会把究竟是哪一个抽屉说错了,不过,就算我说错了,你也可以根据抽屉里装了一些什么东西来推算我要你开的是哪一个。抽屉里会有几种药粉、一个小瓶、几个记事本。我希望你能把这个抽屉原封不动地拿到你在卡文迪许广场的家中。

  这是我冒昧恳请你帮我做的第一件事。第二件事要如此完成:如果你已经拿到此信,马上出发,那样的话在半夜时你就可以赶回自己家了,不过,我还是在时间上给你留了一点儿富余,一来为了避免在出现一些难以预料也防不胜防的事故时,时间不够,二来,也是想等你的仆人都在床上一小时后再继续完成我们下面的工作。在午夜的时候,我希望就你一个人等在你自己的门诊室里,亲自为一个人开门并放他进来。他会以我的名义来介绍自己,然后你把从我房间里拿回来的那个抽屉交付到他手中。这样,你就完成了我恳求你所做的全部事情,你所做的这些将令我终生难忘、感激涕零。再过五分钟,假使你希望得到我对这些事情的解释,那么你就会理解我对这些事情的安排是多么的关系重大。这些虽然看起来毫无道理,但是要是有一个步骤出了差错,你就必须背负谋杀我或者是让我失去头脑的罪名。

  我完全相信你,坚信你不会轻视我的请求。但是,即使是想到有任何一种可能,我的手就会抖个不停,我的脉搏就会停止跳动。你可以想象一下我此时的处境:情况危急,焦虑不已。我所受的痛苦的煎熬,处境危险的程度,是你无论如何也无法想象的。而且,我也清楚地知道,假如你能不出任何差错地依照我的请求来完成这些事,我所担心的危险处境就会变成一个讲完了的故事远远地离开我。你必须帮我!亲爱的拉尼翁,你必须救救我!

你的朋友

H·J

18××年12月10日

又及:——封好信后,我又想起了一种可怕的可能,恐惧使我立刻惊悸异常。也许邮差会出什么差错,可能明天早上你才会收到这封信。如果发生了这种事情,亲爱的拉尼翁,你一定要在明天白天随便什么时候帮我把这件事办完。我派去的那个人同样会在午夜到你那儿取货。但是,如果第二天夜里那个人没有出现,那么你就会知道,你现在读的就是亨利·杰基尔一生中所写的最后一封信了。

看完这封信,我已经彻底相信我的同行确实是有些精神失常了。但是,即使我已确定他不正常,我还是应该按他说的去为他完成这件事,尽一个朋友的义务。越是不能理清这一团乱麻,我就越是不能判断这件事情的重要程度。但是这封信的措辞如此严重,让我觉得意义重大,绝对不能随便处理。于是,按着他的吩咐我放下自己的工作,叫来一辆马车,径直坐到了杰基尔的家中。管家已经在等我了,他也是收到了晚班邮件中的一封挂号信,信中对他做了几点相应的命令。已经有人去请了一个锁匠和一个木匠,在我们正交谈的时候,这两个匠人也赶来了。我们结伴来到老丹芒医生的阶梯教室。从那儿(相信你已经十分了解了)到杰基尔的工作室是最方便的捷径。门实在是坚硬无比,锁也肯定是最优质的。木匠在那儿抱怨说他的工作简直无法进行,假如一定要进去,那就一定会弄坏许多地方才可以;锁匠的耐心几乎已经被磨没了,不过,好在这个锁匠的技术非常不错,在两个小时后,门被打开了。标有 E 的那个柜子并没锁上,我找到那个抽屉,用麦秸把它包好,又用一张床单把它包了起来,一起拿到了卡文迪许广场。

回到家我就检查了一下里面的物品,药粉打磨得相当细致,但是比起店里的药剂来还差一些,看样子像是单晶盐类。之后我发现了那个小瓶子,里面装着半瓶血红的溶液,散发出异常刺鼻的气味,我认为里面应该混有磷和一些具有挥发性的醚类药物。至于还有什么成分我就猜不出来了。那个记事本是一个很平常的笔记本,里面所记的东西并不多,是一连串的日期,一直延续了几年,我发现到了大约是一年前的时候,记录就终止了。在一些日期下面也零散地记了一些不长的句子,最常见的只有两个字:"两倍";在这几百个的日期中,这两个字出现的次数高达六次。在最初的一条批注上画了几个感叹号:"彻底失败!!!"这所有的一切强烈地吸引着我,但是却没有任何东西可以明确地告诉我这是一些什么内容,除了一些药剂,一包盐类物质,一份实验的连续记录,别无他物,根本就不能(就像杰基尔其他一些研究项目一样)得出任何有实际意义的结论。放在我面前的这几样东西又是怎样关系到我那位总有一些怪想法的同行的声誉、理智甚至是生命的呢?若是他派的那个人真的会来这儿找上我,那为什么他不能直接去他家里完成任务呢?即便是他有什么不可言明的考虑,那又为什么一定要我亲自在这儿秘密招待这位先生呢?越往下想,我就越是觉得自己面对的一定是一桩严重的精神病病例。我早早地就让仆人回去睡觉了,然后拿出一支旧左轮手枪上好子弹,以备万一有事发生时自己还可抵挡一阵子。

12点的钟声还在伦敦上空回荡,一阵轻轻的敲门声就传到我的耳中。我走过去打开门,见一个身材矮小的人,蜷缩着身子,斜倚在门廊里的柱子上。

"是杰基尔博士让你来的吗？"我问。

他马上紧张地打了一个手势，告诉我"是的"，当我让他进来时，他并没有立刻移动，而是先扫了一眼后面那片黑暗的广场，这附近站着一个警察，正提着只灯笼在那里巡逻。我注意到那位使者被这警察吓了一跳，便急急忙忙地跟进屋里。

我不能隐瞒，发生的这些事情让我很不舒服，当我陪着他一起走进灯火通明的门诊室时，我的手一直就没离开我的武器。直到走进屋里，我才得以认真地打量一下这个人。我从未见过这个人，这是毋庸置疑的。就像我前面说的那样，他身材不高，另外，脸上表现出的一种非常狰狞的神情也令我异常吃惊。他身体很弱，但是肌肉很发达，活动能力很强，并且——这是其中最为突出的一点，也是最后的一点——只要接近他，我就会产生一种主观上的紧张反应，那感觉好像是刚开始发烧时不住发冷而打颤的情形，而且伴有十分清晰的脉搏减弱趋向。当时我认为这些反应只不过是因为我个人的一种独特个性而产生的厌恶，不过，就是搞不清楚为什么这反应会如此强烈。但是，以后我发现了原因，并且深信这个原因就埋藏在这个人的本质之中，而我的反应也不是因为厌恶，而是由于一个听起来更为堂而皇之的原因。

所以，这个人才一踏进门，我就对他产生了一种暂且称之为讨厌的好奇心的东西。他身上的那身衣服，要是穿在一个普通人身上，那肯定是很有喜剧效果的。应该说，他的衣服质料高贵，做工精细，颜色也是雅致异常。但是穿在他身上却是没有一处不嫌太大的，裤子是挂在腿上的，为了不让裤角拖在地上只好卷了起来，大衣的腰部已经垂到了臀部下面，大领子正好扛到肩膀上。说来也是特别，他如此滑稽的打扮竟然一点也没能引发我的笑声。相反，由于在这家伙骨子里有一种异样的让人讨厌的东西——一种可以让人冷到骨头里甚至让人不得不憎恶的东西——所以这些穿着打扮上的怪异反而与他骨子里的特别相配,并且加深了我对他所形成的反感。所以,我除了对此人性格的关心之外,又添了一些好奇心,追切地想弄清楚他的来历、生平,及其财产身份等等一些问题。

以上这番打量,虽然记录下来颇费笔墨,但是实际上那时候也是几秒钟就完成的事。我的客人就像火烧眉毛似的着急。

"你已经拿到了吗?"他嚷道,"你已经拿到了吗?"他的耐心似乎已被耗尽了,折磨着他,他几乎想抓住我的胳膊摇我了。

我把他拉到一边。一接触到他的手,我就感到一种彻骨冰凉的痛苦在我的血管里来回流动。"唉,先生,"我说,"您也许忘了,您还没介绍您自己呢,请坐下说吧。"虽然那时候时间已经很晚,我心里又满是许多纷乱又恐惧的想法,加上这位客人又使我异常害怕,但我还是强打起精神。我示范给他看,先坐在了我平常习惯的那个位置上,并竭力做出平常接待患者时的神情和姿态。

"我想您应该原谅我,拉尼翁先生,"他十分恭敬地对我说,"您说的话都在理,我是太着急了,所以失了分寸,我是按照您的朋友亨利·杰基尔的吩咐,到这儿来完成一件非常重要的事情。据我所知——"他停顿了一下,用手摸着他的咽喉,我看得出尽管他拼命强迫自己镇静,但是他的本质已经处于歇斯底里的边缘了——"据我所知,有一个抽屉——"

如今,对这位客人,我已从刚开始的害怕转为了一种可怜,或者是因为我的好奇心愈发强烈的结果。

"都在这儿,先生。"我说,向他指了指放在一张桌子后面的地板上、还用床单包着的那个抽屉。

他一下子跳到那里,一只手按着自己的胸口。由于激动,他的嘴打着颤,牙齿也在其间紧张地磕碰着发出声响,他的脸扭曲得像个魔鬼一样恐怖。我担心起来,为他的生命,也怕他会就此疯掉。

"镇静一下！"我说。

他冲着我可怕地笑了一下，然后，像是不顾一切地，一下子扯开了床单。望着抽屉里的东西，他竟放声呜咽起来，把我整个人都吓呆了。过了一会儿，他问："量杯在哪儿？"这时，他的声音已经得到了很好的控制。

我用了好大的劲儿，才勉强从椅子上站起来，把他需要的东西递给了他。

他向我笑了一下，感激地点了点头，倒出少许药水，然后添了一种药粉在里面。刚开始时这种溶液还呈现出一种淡红色，随着药粉慢慢被溶解，颜色逐渐变得更浅了，然后是沸腾的声音，继而，一小股烟冒了出来，忽然，就在同一秒钟，气泡停止了沸腾，溶液一下子就变成了深紫色，接着又是逐渐变浅，最后渐渐变成了淡绿色。我的客人看着这反应的全过程，笑了起来，重新把杯子放回桌上，向我转过身来，看着我，又像是在研究我。

"好了，"他说，"现在该做的就是咱们之间的了结了。你想不想成为一个聪明人？你是不是想知道一切的究竟？你是想让我带着这个杯子就这样从你的房子里出去，一走了之，不再烦你？还是想让你的好奇心主宰一次你的理智？你得仔细考虑一下再回答我，否则，决定之后再反悔就迟了。如果你的决定是前者，你的生活还和过去一样，不会更有钱，也不会变得更聪明。当然，你的那种对深受病痛折磨的患者的献身精神，也可以算得上是一笔宝贵的财富了。相反，如果你的决定是后者，那么你就会看到一个知识的崭新领域、荣誉与地位的美好图景。现在，就在这个房间，就是此时，发生的奇迹不仅会让你不再信任自己的眼睛，而且会让一个鄙视世界的魔王也甘拜下风的。"

"先生，"我说，故意做出一副不在乎的表情，跟我的实际心情根本不同,"您是在摆迷魂阵。要是我对您说,您刚刚的那番话并未使我有一点相信,您或许并不会生气吧!但是,今天我一直在最不明就里的情况下替你做事,我已经参与得太多了,必须得到结果,否则,我不能让自己停下来。"

"很好,"客人说,"拉尼翁,你必须发誓——将要发生的事情,用我们的职业道德来担保,绝不向任何人泄露。我得告诉你,长久以来你都把自己绑在最狭隘、最实际的观点之中,你总是不肯承认超越药剂的功能,你嘲笑那些比你有才华得多的智者——那么,就让你来亲眼看看吧!"

他拿起杯子放在嘴边,一口喝完,随之就大吼了一声,一下子转了一个圈,向前抢了几步,然后扶住桌子努力站稳。他的眼睛向外鼓着,大口大口地喘着粗气……我聚精会神地关注着发生的一切,变化就在我眼前出现了:他整个的身体似乎都在膨胀,脸一下子就变黑了,就连五官都仿佛在融化,又似乎在改变、扭曲——我突然跳了起来,身子向后仰,贴在了墙上。我伸出手试图蒙住我的眼睛,不敢再继续看这件怪事,我的心已被这恐惧团团围住。

"哦,上帝!哦,上帝!"我一遍遍地叫着。因为,我面前站着的那个人,面孔毫无血色,浑身发抖,差不多就要晕过去,两只手试探地在前方挥舞,极像一个刚刚从死神那里逃回来的人——出现在我眼前的,却是亨利·杰基尔本人!

然后,他花了一个钟头的时间给我讲了一件事,但是我却无论如何也不能提起精神描述下来,我看到的太多了,听的也太多了,我的灵魂甚至直到今天还会感到恶心。如今,发生的这些事情已经变得模糊,但当我问自己是否依然还相信它时,我仍然无以作答。我生命的基座已经开始动摇了,我不能入睡。最可怕的恐惧每日每夜都游移于我的左右,我仿佛觉得,属于我的日子已经为数不多了,我已经走到了死亡的边缘,但是到死我也不会相信发生的这一切。关于那个人向我阐释的道德的沦丧与丑恶,即使他已经流着泪水向我表示他的悔恨,我一想起这件事,在回忆中,依然会被吓得胆战心惊。我还想说一件事,厄塔森(如果你可以让你的脑子相信的话),这件事就足以说明一个问题:那天夜里很神秘地造访我家的家伙,已经得到了杰基尔的肯定,就是现在全国追捕的谋杀卡鲁的凶手,名字就是海德!

哈斯梯·拉尼翁

亨利·杰基尔的自我表白

我于18××年来到这个世界,命运赐予我大量的财产,除此以外,我还具有许多天赋,并且非常勤快,我常常沉浸在那些心地善良而又聪慧无比的人对我的仰慕之中,所以,理所当然地,命运已经为我安排了一个辉煌无比的前途。说实话,我那及时寻乐的性格是我唯一的也是最坏的毛病,许多人因为这种性格得到了快乐,我却因此而无法适应自己那种高高在上的高傲而又正直的性情。所以,在别人的眼中,我总是一副很特别的样子。我变成了另外一个人,不得不随时抑制着寻欢作乐的欲求。等到我能够独立地思考,就用自己的眼睛仔细地观察这个世界,暗暗地估算着我将拥有的前途以及社会地位。这时的我在这两种截然相反的性格之间徘徊。我做了反常的事儿,还会有很多人把它吹捧一番。可是我早已习惯了孤芳自赏,我把这些事当做一种羞耻,所以我尽力地对此进行掩饰。我变成现在这副样子,如果说是我那一天天严重起来的毛病造成的,倒不如说是我那狂妄自大的性格造成的。在别人身上,善恶彼此排斥,从而构成一个人的两面性。但善与恶在我身上形成的鲜明对比却异乎寻常。这时的我不得不进一步在深层次上去探究人生的残酷法则。这法则正是宗教的基础,是一般的痛苦的来源。我虽然是一个无可挽救的两面派,但我绝对不是一个伪君子。我在这两个方面都是很真挚、很诚心的。当我摆脱一切束缚时,我便是我自己,沉浸于无耻的寻欢作乐之中;可是当我在白天为了促进科学知识的发展而认真地工作,或者是尽心尽力地去减轻人们内心的痛苦时,我就更是我自己了。巧合的是我的科学研究方向正好全集中在神秘的超越这一问题上,这也清楚地表明了我的内心长期以来没有间断过的斗争。日子一天天过去了,我思维的两个方面,即道德方面和智力方面,都在不断地向那个真理靠近。但是关于这个真理,我只了解小小的一部分,所以命运为我安排了这样令人伤心的结局。这个真理便是:事实上,人不是单一的,而是双重的。之所以说是双重,是由于我的研究成果尚未超越这个水平,在这个方面,会有人追上我并且超过我的。我们不妨这样设想,人类最终将被发现是一个由不同种类的互相排斥的移民所组成的政体。可是我,对于我自己来讲,出于本能,我将朝着一个方向勇往直前,决不退缩,只朝着那一个方向。通过自己的道德和亲身经历,我知道了怎样认识人的彻底的原始的双重性。我的良心在这两种天性之间徘徊,就算我被说成是其中之一,也只不过是由于我生来就具有这两种天性。在很久以前,可以说在我通过我的科学发现确定了创造这种奇迹的可能性以前,我已经学会了完全沉浸于另一个世界,如同做白日梦一般安静地专注地思考,从而区别这些因素。我这样告诉自己:假如每一种因素都能在不同的个体之中存放,那么生活将不再是这么残酷,坏人去做他的坏事,他善良的孪生兄弟没有必要前来干预。他的伟大的理想也不会有任何损害,他能够一路顺风、平步青云,他可以自行其是,再也不会为了那些违心的劣迹而羞愧难当。这些被强迫绑在一起的不相容忍的木柴给人类带来了灾害——在良心的战场上,这两个处于极端的孪生兄弟之间战斗不息。所以,目前最重要的问题是怎样使这两者分离。

　　我那时就是这样想的。就在这当口,我刚刚已经说过了,实验室里的结论从侧面为我提供了线索。我不得不比刚才述说的想法更深一层地去思考:我们这个外表看似健壮的在衣服里晃来晃去的身体,事实上有一种飘忽的、不可捉摸的不定性,有一种如烟似雾的易变性。我发现一些化学药品能震动并紧缩我们的外衣，就像风可以吹动亭子的帘幕一样。我在这篇自我表白的文字里不想进一步论述我的研究结果，有两个很重要的原因：首先，我不得不认识到命运为我们安排的一切，将永远束缚着我们的行为。企图抛弃它的结果是它再次回到我们身上。这时压力已远远超出了我们的负荷能力，越来越吓人了。其次，接下来我会很明白地告诉大家我的发现只是一部分，唉！所以，我不得不这样说道：我不但认识到了老天赐予我们的只不过是那些组成心灵的力量所散发出的气息和光芒，而且还研制出了一种药剂，它可以使这些力量从高高在上的地位一落千丈，并且换用其他的形式、其他的外表来代替。这后一种形式我也能够适应，因为它们是我心灵的低级成分的一种表现形式，并且深深地烙上了这些成分的印迹。

　　我在实践这种理论之前犹豫了很长时间。我清醒地意识到我将随时面临死亡，因为拥有这种如此震撼人心的药剂，一不小心，多用了一点，或者选择的时机稍有不当，我想象中将要改变的那如烟似雾的肉体就被彻底毁掉了。可是，科学发现的令人着迷的诱惑力最终战胜了我的恐惧心理。后来，我开始尽心地配制这种药剂，我在一家化学药品批发商店那里一次性买回了大量的某种盐类，实验结论中得知这种盐是最后必须放入的成分。在某个让人咒骂的晚上，我总算配齐了各种成分，眼睁睁地看着它们在杯子里翻滚、冒烟。当杯子里的东西平静下来时，我便鼓足勇气把它们全部咽到了肚中。

　　接下来是一种撕心裂肺的疼痛：好像有什么东西在骨头里磨来磨去，让人恶心得要吐；还有一种精神上的恐惧感，就像是出生或死亡时的痛楚。这些痛苦都没有维持多长时间，我像是大病初愈一样，头脑渐渐清醒起来。我有一种奇特的感觉，一种言语难以表达的陌生的感觉，这种新鲜感让我体会到一种梦幻般的幸福。

我觉得自己更加年轻，身材更加敏捷，也更加精神振奋了，我的内心产生了一种晕晕乎乎的莽撞的冲动，那种眩晕的感觉像风车一样在我的幻想中不停地转动，所有义务感的束缚在刹那间都化为乌有。我感到一种陌生的，但并不是真诚纯洁的心灵的自由。当崭新的我开始呼吸第一口空气时，我就知道自己已经变得无比邪恶了，就像是出卖了自己，成为了这种邪恶的奴仆。这种想法，在当时，就如同酒一样让我激动万分，让我兴奋不已，我高举双臂，一种青春向上的活力让我高兴得忘乎所以。我刚一动，马上就发现自己的身材已变得又矮又小了。

当时我的屋里没有镜子。而现在的我写这些东西时，旁边已摆放着我后来特意为这种变形而购买的落地大镜子。那天晚上，夜已经很深了，几乎接近凌晨。黎明到来之前虽然一片黑暗，却阻挡不了拂晓的脚步——和我住同一住宅的其他人还未从梦中醒来。我的脸上因为胜利和希望而泛起了红晕。我下定决心以崭新的自我走到自己的卧室里去。经过群星照耀的院子时，突然想到自己是这些一夜没有歇息的星星生来从未见过的一类生物。穿过走廊后，我不再是家里人所熟悉的我了。我走到房间里，第一次见到了爱德华·海德的样子。

在这里，我仅仅想从理论的角度来剖析这个问题，我所讲的并不是我已弄清的科学事实，而是在我眼中最大的可能性。我的全部体格已经送给了性格中邪恶的那一面，这邪恶的一面与我最初摆脱善良的一面相比，又瘦又小，发育也较差。除此以外，我曾用了百分之九十的精力致力于工作，去完善道德和控制自己，但这些东西，现在几乎没什么用处了，所以精力也不容易耗费掉。也许这也正是爱德华·海德要比亨利·杰基尔矮小、灵敏并且年轻的原因吧。一张脸上闪耀着善性的光芒，同时另一张脸上也清清楚楚地写满恶性。而且，恶性（至今我仍然认为这是一种致命的品性）

亨利·杰基尔的自我表白

已在身上烙下了畸形和腐朽的印迹。可是，当我看见镜子里这个奇丑无比的相貌，我没有一丝厌恶，恰恰相反，却有一种很投缘的、遗憾没有早一点认识的感觉：这个人也是我自己，符合自然，充满人性。在我的眼中，它的身上更具有一种蓬勃向上的精神，与从前那个被称为自我的虽然并不完美却也一表人才的相貌相比，更直接、更纯粹一些。我做的这些分析毫无疑问是正确的，因为我发现我变成爱德华·海德以后，从来没有人能靠近我而不心惊胆战。这种状况发生的原因，在我看来，是因为我们所碰到的那些人都是善与恶的混合体，唯独爱德华·海德是纯粹的由恶所组成的人。

我在镜子前待了一会儿。但接下来的具有结论性的实验还有待于完成，我必须证实一下我能不能恢复原来的形体、是不是天亮之前就得逃离这座不再属于我的房子。我急忙回到工作室，重新配制药剂，喝了下去，又一次经受药物溶解的折磨，我终于变回了自身，恢复了亨利·杰基尔的身体和面容。

那个晚上，我徘徊在决定自己一生的岔道口上。假如我能以一种高尚的思想来对待我自己的创新，假如我不惜生命代价换来的发明是为了造福人类，所有的情形也就不一样了，我也能置那些生死折磨于不顾，成为天使的化身，而不是什么恶魔。药剂本身毫无偏见，魔鬼和天使都不是它的主人。它只不过打开了束缚我天性的牢狱之门，如同腓律比囚徒一样，关进去的早晚得放出来[①]。但是在当时，我身上善的一面在沉睡之中，邪恶的一面却因为野心勃勃而头脑清醒，它敏锐地抓住机会，制造出了爱德华·海德。

[①] 根据《圣经》记载，圣徒彼得在腓律比城传教时被当地长官抓了起来，到了夜里全城大地晃动，市民们大为惊骇，第二天早上地方长官便恭恭敬敬地把彼得送出了牢狱。

所以,目前虽然我有着两种人格和两种相貌,一个纯粹由恶构成,还有一个就是原有的亨利·杰基尔,但我早已清楚我是一个再也无法改变、无法改进的不和谐的混合体了。在这种情形下,一切事物都在朝着最糟糕的方向发展。

即使到了这个岁数,我仍免不了厌恶这枯燥的研究生活,常常想寻找别的快乐。至于我的爱好,说得好听点,是很有损于名声的,但我却名声很好,令人仰慕,并且随着年龄的增长,我的生活中这种自相矛盾的情形越来越让我心烦意乱。正因为如此,在新产生的能力的诱惑下,我变成了它的奴隶。仅仅是喝一杯,我就可以由著名的教授脱胎换骨而摇身变为爱德华·海德。每每想到这些我都忍不住开心地大笑。那时,我觉得这种想法很有意思。我很认真地准备了一番,我在索荷区买下了那栋你跟踪海德时曾呆过的房子,购置了家具,还雇了一个女仆,我告诉她海德先生(我描绘了一下这个人的相貌)在这个房子拥有一切权力。为了防止意外,我还登门拜访过自己,让第二个自己成为家中的常客。此外,我还立了一份遗嘱,即你尽力反对的那份,这样的话,假如杰基尔博士遭到不测,我还可以摇身变为爱德华·海德,经济上也不会有什么损失。一切安排妥当以后,我就可以因为自己的特殊地位获得豁免权,从而捞到不少的好处。

以前曾有人雇一些不要命的家伙去杀人放火,而自己的地位和名誉却没有丝毫损伤。我是第一个为了追求快乐而这样做的人,真的是前无古人。我可以在大众面前辛苦工作,声名卓著,转眼间,又像一个孩子一般脱掉借来的衣服,在无边的海洋中畅游。在外衣的遮蔽之下,我的身体百分之百地安全。你可以想象——我原本就不是真实的,只需在实验室里迅速配好药剂并且把它喝光,我就万事大吉了。随便我去做什么,爱德华·海德都能如同吹在镜子上的哈气一般在瞬间消失,取而代之的是静坐在家中,在书房中剪着烛花的亨利·杰基尔，对其他一切外来的怀疑都不屑一顾。

身着伪装的我急不可待地寻欢作乐，我都说了，那些事是有损于名声的。我并不想使用更恶劣的罪名，一到爱德华·海德身上，它们便成了凶残狠毒的化身。每次夜游归来，我都为这位代理人的卑鄙行为而震惊不已。这个脱离了我自己的灵魂并被我派出去寻欢作乐的友人，事实上是一个凶残无比的家伙。他的一切行动、一切想法，完全都以自我为中心，一切为自我服务。他带着兽性的欲望去寻求快乐，而给别人带来的一切痛楚和折磨他都不放在眼里。他如同石头般冷酷无情。亨利·杰基尔有时也会被爱德华·海德的行为吓傻。但法律对于这种罪恶毫无办法，连良心都能得到安慰，反正犯罪的是海德，跟杰基尔没有什么瓜葛。早上睁开眼睛他仍是一个德高望重的上流人物，没有一点损害。如果能有机会，他也肯弥补一下海德干下的罪恶，这样的话他的良心也无需再受什么谴责了。

我做过的那些有损于名声的事我不能详谈（直到现在我还不能接受这是我干的），我只想谈谈我怎么受到了警告，惩罚又是怎么找上了门。我碰到过一件小事，因为无关紧要，我也不想重提。我虐待过一个小孩，一位路人出于愤怒前来干涉，后来我发现他竟然是你的亲戚。医生和那个小孩的家人全部参战了，我为保住性命，为了平息他们的愤怒，爱德华·海德把他们带到那座房子前，并且用亨利·杰基尔的支票付了赔款。但是这类事件还比较容易对付。我在别的银行里以爱德华·海德的名义又开了一个账户，并且笔迹是向后倾斜的，我给另一个自己发明了一种签字形式。我不由得想，从今以后我不会再有什么危险了。

丹佛斯爵士遇害前的两个月，有一回我去冒险，很晚才回家。第二天一大早醒来时，产生了一种奇异的感觉，看看四周，房间、家具好像都没有什么变化，接着又看了看帐帷的花纹以及红木的床架，我觉得好像不是睡在家中，我睡错了地方，这好像是在索荷，在我一向以爱德华·海德的身份所睡的那个小房间里。我冲着自己笑了一下，无精打采地用心理学的方法剖析着刚刚产生的幻觉。在这过程中我居然还打了一个盹。当我又考虑这件事时，头脑渐渐清醒起来，目光落到了我的手上。你也很清楚，亨利·杰基尔的手是搞科学研究的，手掌宽大，皮肤白皙，特别有型，但现在在这伦敦清晨阳光的照射下，我看到了一只苍白瘦弱的、皮包着骨头并且长着一层黑毛的手半握着放在床上。这竟然是爱德华·海德的手。

看到这只手我都吓傻了，直到警钟在心中鸣起，我才害怕起来。我一下子跳下了床，灵魂都出窍了，浑身凉冰冰的。事实上，我昨天没忘记恢复成亨利·杰基尔，可现在却再次变成了爱德华·海德，这是怎么一回事儿呢？已经是上午了，仆人们都起了床，但药物还放在实验室里——得走很长一段路，经过两道楼梯，穿过走廊以及院子和那间阶梯教室。我呆呆地站在那儿。脸是很容易遮挡的，但身材变化太大了，怎么遮掩呢？过了一会儿，我突然想起仆人们早已习惯了我的第二个自我在这里出入，才算放下心来。我马上开始穿衣，并且尽可能穿得像那么一回事，飞快地穿过了屋子。布拉德被海德一大早就穿这种装束吓得倒退了好几步。大约过了十分钟，杰基尔博士已经变回了自己，满腹心事地坐在那里，装作要吃早饭的样子。

事实上我什么都吃不下。这件离奇的事打破了我以往的经验。如同巴比伦的手指，把对我的判决写到了墙上①。我不得不郑重其

---

① 巴比伦的手指：根据《圣经》记载，巴比伦王尼布甲尼贪恋酒色，不讲廉耻，上天愤怒无比，人民怨声载道。有一回举行宴会时，墙上突然出现了一根手指，并且写下了几句谁也看不懂的话。后来，有一位犹太先知解释道，墙上的字指的是："你的气数已尽，你将会死亡，你的国家就此灭亡。"那天夜里巴从伦王遭人暗害，巴比伦国从此四分五裂。

事地开始考虑我的双重身份所带来的各种各样的问题及其可能性。由于最近一段时间对于我变化出来的那一部分的锻炼和培养,我感觉到爱德华·海德好像在渐渐长大,并且(当我变成这种形体时)血气方刚,精力旺盛。我隐约感到了一种潜在的危险,假如就这么顺其自然的话,我的天性将永远倾向于另一个方面,并且将由自觉自愿变为强迫性的,爱德华·海德将成为一个不可改变的自我。药剂的反应表现得并不稳定。很早的时候,我就彻底地失败过一次,从那时起,我不得不多次加大药剂量,还有一次,我竟置生命于不顾,用了三倍的药剂量。直到现在,我还会为自己的发明而洋洋自得,但曾经的几次失败却表明我的研究还存在严重的问题。现在,因为今天上午所发生的情形,我做出了以下结论,刚开始如何挣脱杰基尔肉体的束缚是最大的困难,渐渐地事情有了变化,但毫无疑问是在向另一个方向转化。所有的一切都证明了这一点。我渐渐地失去了对于善的一面的自我的控制,而正在与恶的一面的自我亲密地结合为一体。

看样子我得从这两者中选择其一了。这两个自我有着共同的记忆,可别的能力却有着太多的不同之处。杰基尔(一个复杂的人)时而有着清醒的头脑,时而有着无尽的贪欲,可以转眼间变成海德,并分享海德冒险的乐趣;可海德一点儿也不关心杰基尔,有时想起他,只不过像是一个无恶不作的强盗想到了他能够避风的港湾而已。杰基尔对海德有一种胜于父爱的强烈的关切,可海德对杰基尔的漠不关心又远胜过任何一个不孝之子。如果我选择了杰基尔,就得金盆洗手,彻底与那些我一向在偷享着的、并且近来能够无所顾忌地大胆做事的嗜好告别;可如果我选择了海德,那就是说我的一生全完蛋了,我将为人们所痛恨,令亲朋好友们蒙羞。这份交易的倾向性似乎太明显了。可是还有一点不得不考虑到:杰基尔因为克制贪欲而饱受折磨,但海德却不把这当成一回事。虽说我处于一种特殊的地位,但这种抉择却是有史以来不断发生的;任何一个因为受到诱惑而恐惧的人,都必须在这两者中进行选择。而我,跟许多人一样,都选择了善,可是我知道要坚持到底是很不容易的。

确实,我也愿意做那个上了年纪的、有着无穷欲望的博士,德高望重,受人尊敬,抛弃我以海德的身份所享受的狂放不羁、大好的青春和轻盈的身姿、盲目的冲动以及隐秘的快乐等等。我虽然已经选择了善,但下意识地保留了余地,我还留着索荷区的房子,爱德华·海德的衣服也被我藏在柜子里。我坚持我的选择有整整两个月。在这期间我比以前更加严格地要求自己,我似乎听到了良心的赞美,心中充满了快乐。渐渐地,时间让我忘却了令人心悸的恐怖,让我觉得良心的赞美是理所应当的事。我又开始饱受欲望的折磨,就像海德在尽力地向外挣脱。最终,在克制能力脆弱的那一瞬间,我再次配制了变形的药剂,并全部喝了下去。

我想,当一个醉醺醺的人因为自己所犯的过错而与自己争论时,他就绝不可能摆脱他那野兽般的肉体对一切都无动于衷的影响。与此相似,我花了很长时间来考虑自己特殊的处境,却没有好好想想爱德华·海德的冷酷无情的罪恶行径以及对一切漠不关心的道德观念。因为这些我得到了应有的惩罚。我身上的恶魔因为久困笼中,所以一出来就难以收拾了。当时我一喝药,就马上明白我身上已产生了一种更狂放的行恶嗜好,这种嗜好让我的内心波涛汹涌,导致了我更加暴虐浮躁的脾气。当那个遭遇不幸的人很有礼貌地向我倾诉时,我的心中掀起了狂啸的风暴。我可以对天发誓,任何一个理智清醒的人绝不会因为这种不值得一提的小事而犯下那样的滔天罪恶,我动手做这些时,糊涂得如同一个孩童蛮横地摔碎一件玩具,我心甘情愿地抛弃了自己身上维持善恶平衡的本能。原本正是这种本能,使得世界上最最罪不可赦的坏人也能在诱惑心的驱使下稳步向前。可在那种情形下,即便是很小很小的诱惑都意味着总体的溃败。

于是,我身上恶的一面开始张扬并且趾高气扬。在莫名的兴奋驱使下,我践踏着那个没有反抗的人。每做一次,我都觉得痛快淋漓,直到达到兴奋的巅峰时,我才感到恐惧,心都凉透了。浓雾渐渐散去,我觉得自己很可能会把命送掉,才匆匆逃离了施暴现场。我又欢喜又恐惧,我贪婪的欲望已得到满足,并且受到了更强烈的刺激,所以我对生命的眷恋也达到了极致。我跑到索荷区的那栋房子,为了安全起见,我把那些文书全部烧毁了。接着我又再次穿越路灯照射下的街道,心中还是充满欢乐和恐惧,我因自己所干的罪恶行径而异常得意,甚至想放心大胆地再做上几次,但我却不敢停下匆忙的脚步,还不时地聆听后面是不是有人追来。再次配制药物时,海德乐得真想扯开嗓门唱上几句。为那死者祈祷吧,他喝下了一杯。尚且处于变形的剧烈疼痛中时,亨利·杰基尔早已满脸泪水、悔恨交加地跪倒在地,在上帝面前紧合双手开始祈祷了。狂放不羁的遮盖物已被揭去,我想起了我这一辈子,我回忆起了小时候父亲牵着年幼的我一起走路的情形;我也想起了多年来拼命克制欲望、通宵达旦地进行科学研究的生活。我又多次回想起那天晚上的恐怖情形,可总觉得那是一种虚幻。我痛苦得真想大喊大叫,满含着泪水不停地祈祷,想要忘却那些盘旋在脑子里的令人恐惧的情形。可是,在我祈求的过程中,我那蠢蠢欲动的恶的一面一直在偷窥着我的灵魂。当剧烈的疼痛完全消失,我不仅感到幸运。海德将不复存在了,我再也不用为何去何从而犯难了。无论我愿不愿意,我已经处于了生活中善的一面的控制之中。哦,每当想到这一点我就忍不住心花怒放!我略带羞辱地欢快地恢复了原来的自我!我是多么真诚地以一种悔过自新的心情关闭了我常常出入的那道门,并且把钥匙用脚踩得粉碎。

第二天便纷纷传言，说谋杀案已经有人着手调查，海德的罪行将向人们公布，而且受害人是一位德高望重的人，这不是一般的犯罪行为，而是一种残忍的罪恶行径。有人竟这样评论，让我很愉快，我认为这能成为促使我向善的一面发展的因素之一：被绞死的恐怖感让我别无选择。杰基尔目前是我的避难所，只要海德一出现，任何一个人都会伸手去索取他的性命。

我决定为了弥补我犯的过错而有所行动。目前，说实话我还是督促自己做了不少好事的。你也清楚去年的12月份为了减轻人们的苦难我是多么真诚地尽力去做各种各样的善事。你也清楚我为大家做了多少好事。在那期间，我心情平静，甚至可以说是无忧无虑，并且我对这种整日里施舍的清贫生活没有一丝厌倦。正好相反，我喜欢这样活着。可我还是无法摆脱那双重性的束缚。我刚刚决定改过自新的时候，以前令我陶醉的恶的一面的势头越来越弱了，而且遭到了囚禁，可是后来又变得不安分了，试图摆脱束缚，我忍不住又想变一次海德。我在诱惑的驱使下欺骗着自己的良心，就跟一个还没被揪出来的恶棍一样。终于，我再次拜倒在诱惑的面前。

凡事总有一个结局，任何一个器皿都能被塞满。这一次，我的罪恶行径彻底打破了我内心的平衡。我一点都不惊奇，堕落已是在预料之中，我做这项科研之前的那些日子仿佛又回来了。当时是1月份，晴空万里。在霜融化的地方略微有点潮湿，可一抬头却看见蓝蓝的天空。在这冬去春来之际，摄政王公园①里到处都是鸟语花香。我坐在长凳上晒着太阳，往事渐渐地浮上了脑海，却又神志模糊、昏头昏脑。总是在想着怎样才能更好地弥补过错，却从未想过着手去做。我不禁想，我又不是跟别人相差很远，不管怎么

---

① 摄政王公园：伦敦市内的一个著名公园。

说,我跟他们相比,我那些自愿主动的善行与他们对一切都漠不关心、懒洋洋的德性相比,我还是无愧于心的。这种虚荣心刚一产生,我便开始浑身发抖,恶心得要命,感到一种难以忍受的恐惧。发作完毕后,我昏倒在地上。但过一会儿头脑不再发晕了,心情也大不一样,我突然像吃了豹子胆一样肆无忌惮起来,什么危险、什么人世的束缚,全被抛到爪哇国去了。我低头一看,衣服也变形了,紧贴在我的身上,放在膝盖上的手毛茸茸的,青筋毕露。我又是爱德华·海德了。刚刚的我还在享受荣华富贵,受着别人的仰慕——餐桌已经摆好,就等我吃饭了,我却在眨眼间变成了一个逃犯,一个四处流浪、臭名远扬的杀人凶手,一个早就应该被绞死的家伙。

我头脑里一片模糊,但还可以勉强思考。我曾多次发现,我变成第二个自我时,能力出乎意料地得到了加强,我更加血气方刚、精力充沛了。所以不免有这样的情形发生:有些事杰基尔也许毫无办法,海德却能够做得很好。我的药剂放在实验室的一个柜子里,我现在怎么把它弄过来呢?我托着脑袋,认真地想着,我得采取行动。实验室的门已被我锁上,如果我走出大门,就会被自己的仆人送到警局。我想得有一个人帮我才行,我突然想起了拉尼翁。但我怎么告诉他呢?又怎么把他请来呢?如果我走在街上而被人认出来,我怎么走到他跟前呢?况且我是一个跟他素未谋面又令人深恶痛绝的陌生人,怎么才能说服他到他的同事杰基尔博士的书房里去取东西呢?就在这时,我突然想起原来自我的一个能力还没有改变,即字迹仍是原样。这个想法刚刚在脑海里闪现,我便计划好了整个的步骤。

我先把衣服整理得像模像样的,然后乘坐一辆出租马车前往我还能记起名字的位于波兰特街的一家旅馆。一见到我的打扮(说实话,模样是挺滑稽可笑的,虽然那不幸的遭遇掩藏在衣服之下），马车夫就忍不住笑起来。他竟然这么不讲礼貌，我不得不咬紧牙关来克制内心的怒火。但他的微笑并未维持多久，这对我们双方来讲都意味着幸运，否则，他再笑一会儿，就会被我从车上扔下去的。我来到旅馆里，向四周张望着，脸色阴森恐怖，服务人员吓得浑身发抖，他们甚至不敢拿正眼瞧我一下，全都毕恭毕敬地听从我的吩咐。他们为我安排了一个单间，并且送来了纸和笔。正在冒险的海德给我带来一种新鲜感。他因为愤怒到极点而哆嗦着，疯狂得想要杀人，有一种想要折磨人的欲望。但这个混蛋却很狡猾，拼命地抑制着心头的怒火，完成了两封重要的信：一封写给拉尼翁，一封写给浦尔。他需要确证：信确实寄出去了。因此他吩咐必须寄挂号信。

　　从那以后，他每天都呆在单间里，在火炉边咬着指甲度过。他吃饭时也呆在房间里，作陪的只有恐惧感。服务人员怕他怕得要命。天色一黑，他就搭乘一辆封闭的出租马车离开旅馆，四处去兜风——我之所以说"他"，是因为我不承认那就是我。那个该死的家伙残酷无情，此时此刻他的头脑里除了害怕和仇恨，什么都没有。后来他又怕遭到马车夫的怀疑，就打发走马车开始步行，但他那不合身的衣服却又成了显眼的目标。他跟那些夜间行走的人混杂在一起，那种卑劣的感情还在心中不停地翻滚。在恐惧心的驱使下他走得很快，低声地自语着，悄悄地穿过几乎没有人影的街道，暗暗地估算着还有多久午夜才会来临。曾有一次，一个女人与他搭话，据我看来，她只不过想让他买一盒火柴而已，却挨了他一个耳光，吓得她赶快逃开了。

　　我终于在拉尼翁家恢复了原形，我的老友那副魂飞魄散的模样却让我有点忐忑不安。可我想，这种不安与我想起那天的情景时的恶心与厌恶相比，就如同芝麻跟西瓜之比较，实在不值得一提。

我又有了新的变化，我并不怕什么绞刑架，我只怕再次变为海德。我恍恍惚惚地听完了拉尼翁的责备，梦幻般地回到家中，躺到了床上。我睡了一个白天，虽然我又紧张又害怕，仍然睡得很死，即使是噩梦也未能把我惊醒。第二天一早醒来，我很疲惫，但精力马上恢复了。我还在害怕心中的那个怪物，也不敢想象那阴森恐怖的未来，但我总算在自己家里了，药剂随手可以拿到。经历了这么一番折磨，我的心中涌起了无限的感激之情，我隐隐约约感觉到了未来的希望。

当我吃完早饭，懒懒散散地穿过院子，欢快地呼吸着清凉的空气时，我突然产生了那种变形之前的无可言说的预感。我刚一跑进实验室，马上就变成了怒气冲冲却又因恐惧而全身发凉的海德。这一回我喝了两倍的药剂量才恢复了原形。可是，唉！刚刚过了六个小时，当我伤感地在火炉边坐着时，剧烈的疼痛又开始了，我不得不再次服药。总之，从那一天开始，我想方设法地竭力保持这种平衡，却也只能在药物的短时间效应内维持杰基尔的相貌。无论是白天还是黑夜，我随时都有可能产生这种预感，尤其是我在睡觉，或者是在椅子上打盹儿时，醒来时往往发现自己又变成了海德。我真的快要完蛋了，现在又多了失眠的烦恼。我所忍受的精神压力之大远远超出了我的想象。这时的我，原来的自身已经饱受折磨，无论是精神上还是肉体上都痛苦不堪，衰弱了不少。我头脑里只有一件事：害怕成为海德。可是当我睡着，或者是药物已经不起作用时，不经过任何过渡（变形的剧烈疼痛在一天天减弱），我马上会变成另一个人，脑子里充满了恐怖的幻想，心中翻腾着憎恶与仇恨，身体衰老虚弱，像是马上会被压垮一样。海德的力量仿佛与杰基尔的病情正好成反比，他们现在都恨透了对方。杰基尔是因为求生的本能而产生仇恨。他已经完全看透了这个家伙，正是这个家伙与他共用一个大脑，还将与他共同踏上死亡的旅途。除了这些令他难过的相通之处，他所想象的海德虽然精力旺盛，但最多算一个东西，他不仅面目狰狞，而且毫无活力。这池塘中的淤泥竟然能够振臂高呼，这没有定形的灰尘竟然能够大摇大摆地走路，竟然还能够作奸犯科，这没有生命的东西竟然把他从生命的躯体中驱逐出来，真是太不可思议了。此外，这滚滚而来的恐惧与他密切地结合在一起，胜过夫妻之情，胜过骨肉亲情。他甚至可以听到恐惧在他的体内讲话，可以感觉到它想要摆脱束缚，在他脆弱的时候，在他每次大意地睡去时，恐怖便会打败他，夺取他的生命。

海德对于杰基尔的仇恨却跟这个不同。由于对死亡的恐惧，他一次又一次地被杀死，恢复为人的某一部分，而不再是整个的生命个体，他恨透了这种做法，他恨透了杰基尔目前那种不能自已的彻底绝望的情形，他恨透了杰基尔对他的憎恶，因此他不停地跟我捣乱，用我的笔迹在书上写满了亵渎神灵的话语，烧掉我的信件，毁掉我父亲的肖像。可以这么讲，假如他不害怕死亡的话，他早拉着我一起上西天了。可是，他对生命有一种真挚的狂热，这使得主动权落到了我的手中。每当想起他，我就恶心得想吐，并且浑身直打冷战。可当我想到他因为对生命的眷恋而心境悲凉，并且充满了渴望时，当我获知他是多么害怕我会通过自杀的方式来甩掉他时，我又忍不住对他多多少少产生了一点同情。

这种情形无需赘述，何况时间也没有多少了。我所遭受的苦难和折磨是前所未有的，这足以说明一切了。随着时间的一天天流逝，习惯已使得心灵对这些痛苦麻木不仁，使得心灵无言地认可了这种绝望，可是痛苦却未减轻一丝。我受到的报应可以延续许多年，却阻止不了灾难的到来，我和真实的自己被迫分离。做完第一次实验后，我再也没有买过那种必需的盐，现在它就要用完了。我便派人去买，然后用新买的盐配制药剂，也有沸腾现象，也有第一次的变色，却不再有第二次。我一口喝了下去，却没有任何反应。你问问浦尔就可以知道我怎样找遍全伦敦去买那种盐的,却始终一无所获。我才一下子反应过来我买的那批货并不纯,正是我所不知道的那种杂质,使得药剂产生了预料中的效果。

　　七天已经过去了,让我在最后一份旧药剂的效应下结束我的讲述吧。如果没有奇迹出现,这便是杰基尔最后一次用自己的大脑思考,最后一次在镜中看看自己的相貌(虽然已经改变了许多)!我一刻也不能拖延,必须马上搞定,我的这些讲述之所以能保留下来,全都是由于我的小心谨慎,还有几分侥幸。如果在我写这些时变形的剧痛突然来临,海德会把这一切撕得粉碎。但如果我有准备地先把它放起,中间留有一段时间,海德的自私心,以及当时的环境限制,倒很有可能让这封信脱离他的魔爪。事实上,我们俩的生命都已走到了尽头,他也发生了变化,整个人全垮了。三十分钟不到,我将再次变成那个让我憎恶的人,并且永远不可能恢复原形了。我明白我会躲在椅子中抽泣,颤抖,或者是直起耳朵,充满恐惧地认真聆听着,然后不停地在房间里徘徊,听着传来的威胁声。海德会被绞死吗?或者是他有勇气去结束自己吗?天知道。我不管这些。在这里,我把笔放下,站起来装好我的这份自我表白,与此同时,可怜的亨利·杰基尔的生命画上了一个句号。

金 银 岛

谨以此书献给
劳埃德·奥斯本

　　本书正是根据这位纯粹的美国绅士的趣味写成的,用来纪念曾与他共度的那些难忘的日子。

作者——他忠诚的朋友——
谨以一片至诚之心写下这些话

第一部 老海盗

第一章 老航海待在本葆将军客店①时

我应乡绅②屈利劳尼先生、李甫西大夫以及另外几位绅士的要求详详细细地没有一丝保留地写下关于藏宝岛的一切情况。但是鉴于该岛还蕴藏着待开发的宝藏，所以它的所在地目前还只能是个秘密。于是在公元17××年的今天，我拿起了手中的笔，于是我的父亲开设本葆将军客店的那个时代仿佛又回到了身边。那时候，老航海就住在我们的店里，他那红褐色的脸上有一道显眼的刀疤。

对于这个人，我现在仍记忆犹新，一切就像刚刚发生过的一样。我还清楚地记得，他是怎样一步一步地挪到了店门口，紧随其后的人用小车子推着他那只装着水手衣物的箱子。他身材又高又大，长得孔武有力，皮肤被晒成了红褐色，有点脏了的蓝坎肩上低垂着根油光发亮的辫子；两只手坑坑洼洼的，到处都是伤痕，指甲呈黑色，而且还断的断，缺的缺，磨损的磨损，简直没个样子；一处刀疤留在脸颊上，像永远洗不干净一样白里透着青。我还清楚地记得，他一个人一边吹着口哨，一边仔细地察看了一下店外这小小的海湾，突然间扯开嗓子唱了起来，他唱的是在后来的日子中

---

① 约翰·本葆（1653—1702）：曾任英国海军中将之职。在牙买加邻近一带的海域内与法国舰队有过激烈的战斗，后来死于重伤。此书的主人公霍金斯一家把他的姓氏作为店名。

② 乡绅：指英国的地主，它用来作为对这类人物的一种尊敬的称呼，相当于我国早期白话中"员外"一词。

第一章 老航海待在本葆将军客店时

他常常唱的一支流传久远的水手歌谣:

　　装着死人的箱子哟,十五个人忙着在扒——
　　哟呵呵,朗姆酒①来了,大家快点尝!

那历尽沧桑的调子曲折跌宕,跟转着绞盘的扳手唱号子时叫破了嗓门一样。接着,他拿起随身携带的类似撬棒一样的棍子使劲地叫门,当我的父亲答应着出来开门时,他便粗嗓门地喊着要一杯朗姆酒喝。等酒来了之后,他便一小口一小口地喝着,喝得津津有味,一会儿瞧瞧四周陡峭的石壁,一会儿望望我们的招牌。

"这地方交通便利,"他开始说话了,"在这儿开酒店真是个好主意。伙计,生意还可以吧?"

我的父亲说,令人可惜的是几乎没什么生意。

"那好,"他说道,"那我就住这儿了。咳,伙计!"他冲着那个紧随其后推着小车的人喊了一句:"来,放到这儿来,帮我一下吧,这些箱子都要搬到屋里。"他接着又跟我父亲说:"我可能会在这儿呆上几天,我没什么要求,只要有朗姆酒、熏猪肉、鸡蛋以及那个可以眺望往来船只的山崖顶就足够了。至于我的名字么,叫我船长就行了。噢,我知道你是什么意思。这些都给你,"三四枚金币被抛到了门槛上,"等我用完了这些钱,你就跟我说一声。"他说话的时候威严得像个长官。

说句实话,他穿得并不怎么样,也没有一点礼貌,但他看上去绝不像个一般的水手,而像是商船的大副或船长,喜欢命令别人,有时还会出手打人。那个推小车的人对我们说,昨儿上午他就搭乘邮车到了乔治国王旅馆,顺便问了一下海边都有些什么客店。可能是有人告诉他本葆将军客店名声很不错,环境又幽雅,所以就

---

① 朗姆酒:一种用甘蔗汁酿成的甜酒。

打算住到我们这儿来了。我们对这位客人的了解仅此而已。

他不怎么喜欢讲话,每天都在这一带跑来跑去,有时会携带一架铜管望远镜在峭壁上攀援。一到晚上,他总在客厅角落里的壁炉旁边坐着,喝那掺入了极少量水的朗姆酒。要是你和他说话,他一般不会搭腔,他会突然间死盯着你,鼻孔里哼出迷雾中的航船鸣号一般的声音。我们,还有那些住店的人没多长时间就明白了,还是让他顺其自然比较好。无论他哪一天散步归来,都免不了要问一句是否有水手经过这儿。刚开始的时候,我们都还以为他这么问是出于对同行的想念,但后来我们渐渐弄清楚了:他是为了躲避他们。如果在本葆将军客店有一个水手来歇息一会儿(有时会有这种客人顺着海滨大道想到布里斯托尔^①去),船长要在门帘后张望半天,才敢走进客厅。每次一有这种客人在场,他都怕得不行。我多多少少知道一点点原因,因为从某种意义上讲我也分担着这种恐惧。有一天,他约我到一个无人的所在,说是如果我肯"每时每刻警惕着一个丢了一条腿的水手",并且一见到这个人就马上告诉他的话,我就能在每个月的一号得到他的一个四便士^②的银币。每逢一号,我去找他要钱时,他常常只拿鼻孔出气,还狠狠地盯着我,吓得我不敢抬头。但是,他会在六七天之内转了另一个念头,送给我那四便士的银币,并且再三提醒我,让我注意一下那个"丢了一条腿的水手"。

像很多人想象的那样,我做梦都会梦到那个水手。在某个夜晚,狂风肆无忌惮地呼啸着,房角在风中摇来晃去,小湾里波浪汹涌,不断地拍打着陡峭的石壁,那个人变成了各种各样的形状,带着各种各样面目可憎的表情。他的那条腿时而断到膝盖处,时而

---

① 布里斯托尔:位于英国西海岸的一个港口。
② 便士:英国的辅币名。按照旧制一先令合十二便士,一英镑合二十先令。

第一章 老航海待在本葆将军客店时

断到屁股处,有时他会突然变成一个怪物,或者是干脆没有长腿,或者是在身体的中部长了一条腿。更恐怖的是在梦中他跨过树篱笆和水沟拼命地追赶我。一句话,每个月的四便士真的来之不易,这些噩梦便是我所付出的代价。

这个"独脚海上漂"虽然总让我心惊胆战,但是我却不像别的认识船长的人一样害怕船长本人。有几夜,他在喝那掺了水的朗姆酒时多饮了几杯,就酩酊大醉了,坐在那儿唱起了他那留传久远、热情奔放却粗俗不堪的水手歌谣,那模样显然已忘了周围人的存在。有那么几回,他要求所有的人都喝上一杯,还强迫他们心惊胆战地听他讲故事,要不就让他们给他的歌唱和声。常常是"哎哟哟,朗姆酒来了,还不快尝一口"的喊声都快把房子给震塌了。所有的人都怕死他了,纷纷加入进来,为了不至于遭到斥责,每个人都卖力地唱着,想让自己的声音超过别人。因为他发起酒疯来一点儿道理都不讲,真是个少见的地痞:他会一边狠狠地敲着桌子,一边命令大家安静下来;如果谁敢提出什么问题,他就会气得发疯;如果一个问题也没人问,他照样大发脾气,因为他觉得大家都没有认真听他讲故事;在他醉得晕乎乎的,一步一趔趄地准备上床之前,他甚至不允许别人离开。

他讲故事是件令人害怕的事。他总是讲一些关于绞刑、走板子①、海上的风暴、德赖托图加斯②、横行于加勒比海南部的海盗以及他们的老窝等等如此之类的故事,内容恐怖至极。他自己讲道,他曾经与世界上最不要命的歹徒一起生活了很长时间。他说话时使用的语言让我们这些没见世面的乡巴佬又是吃惊又是害怕,就

---

① 走板子:海盗虐待俘虏的一种残忍的方式,就是让人蒙着眼睛在伸向舷外的要板上行走,直至掉到海里。
② 德赖托图加斯:对墨西哥湾东部一群珊瑚礁的总称。

像他讲的那些罪行带给我们的感觉一样。我父亲常常唠叨着说客店马上就会倒闭了,因为过不了多久就不会有什么顾客肯光临了。谁会愿意白天受着船长的威吓,晚上还恐惧万分吓得睡不着觉?但是我觉得,船长也给我们带来了不少好处。虽说当时人们都觉得怕得要命,但事后一琢磨,还是挺有意思的;这就像是给平静得毫无波澜的农村生活投入了一服很好的兴奋剂。还有一些年轻人不停地恭维他,给他以"真正的老航海"、"精明能干的老水手"等称号;并且说正是因为这些人的存在,英国才能够在海上称霸。

他会让我们的客店倒闭,这种可能性太大了。好几个星期过去了,好几个月也过去了,他事先拿出的那点订金早用完了,我父亲却一直不敢找他索要。我父亲只要稍稍谈到这个,船长的鼻孔里马上就会咆哮如雷,而且还狠狠地盯着我那让人同情的父亲,把他吓得转身跑出门外。我亲眼看到他在遭受了这样的挫折后是如何地内心感到不安。我深深地相信,这种明明愤怒却又不敢表达的抑闷的心情在一定程度上加速了他的早逝。

船长呆在我们客店的那些日子里,穿衣打扮几乎毫无变化,除了从一个小贩那儿添置了几双袜子。他那顶三角帽上有道卷边垂了下来,从那以后虽然刮风时很是碍事,他却理都不理就让它那样垂着。我还清楚地记得,他的外衣是如何地破旧;他曾在自己的房间里一遍又一遍地缝补它,直到末了,上面只有补丁了。从未见他写过信,也未见他收过信;他除了醉得昏昏沉沉的时候和客店其他顾客说上几句外,一般从不与人搭腔。他的那只大箱子好像从未开启过。

我父亲病得快不行了的时候,他平生第一次受到了别人的顶撞。那是一个傍晚,李甫西大夫看过病人,吃完我母亲准备的饭食便到客厅里一边抽着烟,一边等候他的马从村子里牵过来,因为

第一章 老航海待在本葆将军客店时

我们本葆客店没有马房。我紧随其后来到客厅,我仍清楚地记得:大夫穿着整洁,神情潇洒,雪白的发粉洒满头顶,眼睛乌黑发亮、神采飞扬,举手投足都很有风度;乡巴佬们与之相比显得很是轻浮,尤其是那个怪模怪样、脏兮兮的海盗,体态臃肿不堪,喝了一肚子朗姆酒,醉醺醺地伏在桌上;他们之间的差异是何等的明显呀。突然间,他——那个老船长——又开始扯着破嗓唱起了那支老掉了牙的歌谣:

> 装着死人的箱子哟,十五个人忙着在扒——
> 哟呵呵,朗姆酒来了,大家快点尝!
> 剩下的一切都已被酒和魔鬼所俘虏——
> 哎哟哟,朗姆酒来了,还不快尝一口!

刚开始,我猜测前边楼上他房里的那只大箱子会不会就是"装死人的箱子"。在梦里,这种想法和我总挂在心头的"独脚海上漂"老是混在一起。但那个时候我们大伙儿早就觉得那支歌谣无所谓了,可李甫西大夫却是第一次听到。他颇为生气地瞅了船长一眼,接着又跟花匠老泰勒谈论风湿病的一种新的治疗方法,很显然他对这支歌谣毫无兴趣。船长唱得更加起劲了,最后在摆放在他面前的桌子上猛拍了一下,我们都明白那是让我们住口。所有的人都停止了谈话,除了李甫西大夫,他的声音还是那么清楚,语调也依旧亲切,而且还不时地吸上几口烟。船长恶狠狠地盯着他,再次拍击桌子,目光更加恶毒了,最后夹着句无耻的咒骂大喊一声:"不许讲话了,那边的人没听见吗?"

"先生,您是在跟我说话吗?"大夫问道。那个痞子又夹着句咒骂说是。"那么先生,我只说一句,"大夫说,"你要是再这样唱下去,用不了多长时间这世界又会少一个恶棍!"

老家伙都快气疯了。他暴跳如雷,把一口水手用的大折刀掏出来拉开,反复用手掂量着,恐吓大夫说他将被用飞刀钉到墙上去。

大夫保持着原来的姿势动都没动一下,扭着脸依旧用那种语调说着话,只是声音高了许多,这使得房间里每一个人都能听到。他声调平稳,语气坚决:

"如果你还不收起你的刀子,我敢说下一轮巡回审判被送上绞刑架的将是你!"

于是,他们彼此瞪着对方打起了持久战,可船长没坚持多久就认输了,乖乖地把刀子收了回去,重新坐下,活像一只落败的狗,不停地小声嘀咕着。

"先生,现在,"大夫又接着说,"跟你直说吧,既然你这个人已经生活在我的管辖区内,那么你也就处于我的日夜监视之中了。医生不是我唯一的职业,我也负责本地区的治安。如果有人跟我讲半句你的不是,哪怕仅仅是为了一点小事儿,我也会有所举措,抓了你然后再把你赶出去。其余的我就不说了。"

没过多久,李甫西大夫的马就被带到了,他便骑马离开了。那个晚上,船长一句话也没讲,从那以后接连好几个晚上他都是安分守己地度过的。

第二章　黑狗的突然出现和失踪

后来没过多久一连串神秘事件中的第一件便发生了，这帮助我们从船长的淫威下解脱出来，但是他给我们带来的烦恼却始终缠绕在身。朋友，等你读完了就会明白一切。

那是一个特别寒冷的冬天。积雪还未融化，猛烈的风却时时光临。起初我们就很明白，我那可怜的父亲可能见不到春天了。他的病情一天天地恶化着，母亲和我又为了店里的琐事忙得焦头烂额，竟然不自觉地忽视了那位并不讨人喜欢的顾客。

已经是1月份了，在一个寒冷的早上，小湾因为严霜的覆盖而显得灰蒙蒙的，波浪温柔地拍打着岸边的石头。正在缓缓升起的太阳即将抵达山顶，从远处照射着大海。船长起了一个大早，又带着那只望远镜走向了海边，帽子歪歪斜斜地扣在脑瓜上，那宽松的蓝色外衣下晃悠着一把弯刀。我还能记起，当时他一边走，一边从口里冒出如烟似雾的热气。就在他马上要走到大岩石的那一面去时，我还能听见他呼哧呼哧地愤怒地喘着气，就像是因为李甫西大夫的顶撞而久久不能释怀一样。

母亲要在楼上照顾父亲，我便在楼下开始为船长准备早餐。这时，客厅的门开了，一个陌生人走了进来。他脸色惨白，没有一丝活力，左手只剩三根指头了；他也带了把刀，但怎么看也不像是那种凶恶好斗的人。我一直都在留意是不是有一条腿或者两条腿的水手出现过，他的到来却让我一片茫然。他看起来不像一个水手，但又让人觉得他是以此谋生的。

我迎了过去，他要了一杯朗姆酒。我正准备走出去给他拿酒时，他却已坐在一张桌子上面，叫我回去，我便拿着餐巾停在了原地。

"孩子，回来，"他说道，"再往我这边走近点。"

我依言往前走了一步。

"这是给我的朋友比尔做的早餐吗？"他朝我斜视着问道。

我便说，我根本不认识什么比尔；至于早餐，是为住在我们客店的一位被称为船长的客人做的。

"这无所谓，"他说道，"比尔大副跟船长也没有多大区别。他脸部有一道刀疤，脾气很随和，酒醉的时候更是如此。这就是我的朋友比尔。为了向你进一步证实，我还能说出：你口中的船长脸部也有刀疤，并且是在右侧的脸颊上。我讲得不对吗？我就说是这个人嘛。那么你现在可以告诉我，我的朋友比尔是否就待在这个客店里？"

我对他说，船长出去散步了。

"孩子，到哪里去了？他是从哪条路走的呢？"

我便让他看了看那块大岩石。他问我船长是不是会马上回来，还要等多长时间，接着又问了一些别的问题。我都一一作了回答。

"哦，"他说，"用不了多久我的朋友比尔就会像是见到了上等的佳酿一样高兴的。"

他的脸上却没有一点高兴的神情，而且我深信，如果这位生客真的是这么想的，那么他就大错特错了。但我转念一想，这事儿跟我又没什么关系，何况我也毫无办法。这位陌生的客人就像是守在洞口正在等候老鼠的猫儿一样在店里的门口处不停地走来走去，视线总不离那个拐角。有一回我刚刚离开客店来到路上，就马上被他叫了回去。或许是因为我的动作太过迟缓，他那惨白的脸上立即流露出凶恶的神情；他让我立刻回屋去，还咒骂了一句差

第二章 黑狗的突然出现和失踪

点气得我跳起来的话。我一回屋,他马上转变回原来的态度,对我又是哄骗又是嘲讽,还拍着我的肩膀说我是个好孩子,说他非常非常喜欢我。

"我的儿子,"他说道,"就跟你像是从一个模子里刻出来的。他让我感到自豪。但是,男孩子必须服从纪律,孩子,必须服从纪律。如果你曾和比尔一起出过海,你就不可能等着别人第二次命令你,绝不可能。凡是和他一起生活过的人都清楚,比尔绝不会吩咐第二遍。快看,我的朋友比尔终于回来了,还带着望远镜呢,愿主降福于这个老头儿,我的上帝!我们还是躲到客厅的门后去吧,孩子,让我们给他一个突然的惊喜。我再次为他祈祷!"

说完后,我们便回到了客厅。他让我待在他身后,我们俩都藏在敞开着的门后的小角落里。不难想象,我是如何的不舒服,是如何的恐惧;看到那位陌生的客人也有些紧张,我更加害怕了。他把衣裙一掀亮出了弯刀的把儿,并且把刀刃往外拔出了少许。在那漫长的等待中,他喉咙里好像老哽着难以下咽的东西。

船长进来了,随手关上了门,瞧都不瞧一眼两边,就冲着客厅那边已为他备好早餐的桌子走了过去。

"比尔。"生客开口了。我不知他下了多大的决心才这样招呼着。

船长突然把身子转向了我们这一边;脸上毫无血色,鼻子都变青了。他就像是遇到了恶鬼或者妖魔,或者是更恐怖的东西——如果这种东西确实存在的话。说心里话,看到他在一瞬间衰老脆弱成这个样子,我突然觉得很同情他。

"咳,比尔,你还记得我吧。比尔,你不会忘记曾经共过生死的同伴吧。"生客说。

船长惊呆了。

"黑狗!"他从牙缝中挤出了两个字。

93

"除了我还会是谁呀？"生客渐渐地自在了起来,"老伙伴,从前的黑狗专程到本葆将军客店来看望你了。哦,比尔,比尔,我的两个指头弄丢后,我们可又有了许多经历。"他一边说着,一边举起了只有三个指头的那只手。

"没啥说的,"船长说,"你既然找到了我,知道我住这儿,讲讲看,你想怎么着？"

"你的脾气还没有变,比尔,"黑狗回答道,"比尔,你说的没错,我还是先让这个我非常喜欢的孩子送上一杯朗姆酒再说。如果你肯的话,我们就像老伙伴一样坐下来好好地畅所欲言一番。"

我回来送朗姆酒时,他们早在给船长备好早餐的桌子两侧坐了下来。黑狗侧着身子坐在离门较近的一侧,以便一边观察他的那位老伙伴,一边给自己留一条后路——我是这么猜测的。

他让我大开着门离开。"孩子,这不过是为了不让你偷窥。"他说道。我便从那儿走回了酒柜的后面。

当然我一直都在注意地听着,但是有好大一会儿,除了速度快得难以听清的低声细语,我一无所获。慢慢地,俩人的声音都高了起来,才有一句半句传入我的耳中,其中大多是船长的厉骂声。

"不行,根本不行；我们就谈到这儿吧！"有一回他忍不住喊了出来。然后说道:"如果要荡秋千①大伙就一起去荡,这便是我的回答。"

接着大串大串恐怖的咒骂声在一瞬间爆发出来,其中还夹杂着别的声响:所有的桌椅全给弄翻了,接着是刀刃相撞的乒乓声,最后有人痛得大叫起来。刹那间,左肩鲜血直冒的黑狗拼命地向外逃窜,船长紧追不舍,两个人手中都握着已经脱鞘的弯刀。到门口的时候,船长使出了全身的力气向黑狗砍去最后的一刀,如果

---

① 荡秋千:"上绞刑架"的另一种说法。

第二章 黑狗的突然出现和失踪

没有我们本葆将军客店的那块大招牌挡着,他恐怕早去见阎王爷了。那招牌底部的框子上的刀痕现在还留着呢。

这一刀结束了一场激战。黑狗虽然身受重伤,在路上却是跑得飞快,三十秒钟都不到就已跑到了小山的另一面。船长却精神失常一般瞪着那块招牌,眼睛都快揉红了,才又走回客厅。

"吉姆,"他说道,"上点朗姆酒。"说话时身形不稳,便拿一只手抵在墙上。

"你是不是受伤了?"我向他问道。

"上点朗姆酒,"他又一次说道,"我必须走了。快拿朗姆酒!朗姆酒!"

我赶快去拿酒,但刚才的事把我吓昏了头脑,最后弄破了只杯子,自己也撞到了酒桶的龙头上。我的身体尚未站稳,客厅里传来什么东西突然倒地的巨响。我跑过去,发现船长竟笔直地倒在了地上。正在这时,母亲碰巧帮上了我的忙,她是被刚才的大喊声和格斗声惊动到楼下来的。我们一人一边扶起了他的头。他呼吸的声音很大,也很艰难。两眼紧闭,脸色令人恐惧不已。

"噢,上帝哪!"母亲都快急死了,"这种不体面的事竟然发生在我们的客店里!更不幸的是,你父亲的病还没有好!"

我们不知道该怎么救救这位船长,也不明白到底发生了什么事儿,只是认为他在与那位生客的格斗中身受重伤。我取来朗姆酒给他灌了好几次,但是他牙关紧闭,如同铁铸的一样坚硬。正好李甫西大夫来为我父亲看病,我们才放下心来。

"噢,大夫,"母亲和我同时叫道,"我们能做些什么呢?他伤在哪儿?"

"伤?他连皮都没被蹭破一块!"大夫说,"像我们大家一样,没有受什么伤。这个浑蛋是中了风。很早的时候我就对他提出过警告。霍金斯太太,你还是到楼上去看看你的丈夫吧,尽量不要跟他讲这些。尽管这条命没什么价值可言,我还是会竭尽全力去挽救的。吉姆,你去取一个水盆过来。"

等我回来的时候,船长的衣袖都已被撕破了,一条颇有弹性的粗膀露了出来。前臂的好几个地方都刺有"平步青云"、"一路顺风"、"比尔·蓬斯万事如意"等等诸如此类的字样,字迹工工整整,清晰可见。在靠近肩头的地方刺着一座吊了个人的绞刑架的图案。在我的眼中,这种技艺很是高超。

"他还真有点预见能力,"大夫指了指绞刑架,说道,"比尔·蓬斯先生,假如这确实是你的名字,我们马上就会知道你的血究竟是什么颜色。吉姆,"他向我问道,"你怕血吗?"

"先生,我不怕。"我回答道。

"那好,"他说,"那么你负责端盆。"说完后,他拿出一根刺血针,在船长的静脉上一划。

血流了许多许多之后,船长才糊里糊涂地睁开了双眼。他第一眼看到的便是大夫,眉头紧皱了起来。接着又看见了我,好像有点放心了。但突然间又翻了脸,一边想硬撑着坐起来,一边口中嚷嚷着:

"黑狗呢,他在什么地方?"

"哪里有什么黑狗,"大夫说,"你自己背上倒有一条。①你是中了风,我早就警告过你了,谁让你不戒酒的。几分钟前我违心地将你从死亡的边缘拯救了回来。现在,蓬斯先生——"

"我又不是蓬斯。"他插嘴道。

"那我可不管,"大夫说,"我认识的海盗中有姓蓬斯的,为了省却许多麻烦,我就这么称呼你了。你给我听着:一杯朗姆酒送不了你的命,但你如果喝了第一杯,必定会一杯又一杯地接连喝下

---

① 在英语中,"背上有黑狗"是句成语,是"满脸苦相"的意思。

第二章 黑狗的突然出现和失踪

去。我敢发誓,假如你还不肯戒酒,你肯定死在它的手里。明白吗?正如《圣经》所讲,从哪里来便到哪里去。来吧,用力站起来吧。我把你扶到床上去,但这是特例,不会再有第二次了。"

我们费尽了力气才把他弄到了楼上安顿下来。他无力地靠在枕头上,一脸茫然。

"你要记住,"大夫说,"朗姆酒早晚会要了你的命。我只能做到这一步了。"

他挽了我的胳膊和我一起去看我父亲。

"不必害怕了,"他刚关上门就这么跟我讲道,"他的血被放掉了许多,很长时间内他都会安分守己的。先让他安静个六七天再说,这对你们双方都有利。但是,他如果再中了风,那就无可救药了。"

第三章　黑　票

到中午的时候，我往船长的房里送了一些具有清凉作用的饮用品以及药物。他还是照老样子躺在那儿，只不过身体抬高了一点点儿。他看上去无精打采，神情紧张。

"吉姆，"他说，"在这儿我独独觉得你最好了。我一直对你也不错，这你是知道的。我每个月都会送你一个四便士的银币。你看看，伙计，我病成了这个样子，也没有什么亲人在身边。吉姆，你给我取一小杯朗姆酒喝，行吗，伙计？"

"但是大夫——"我的话刚说了半截。

他马上阻止了我再讲下去，开始愤怒地低声咒骂大夫。"大夫都不是什么好东西，"他说，"你们那个大夫怎么能够理解我们水手呢？我曾在酷热得像沸腾的沥青一样的地方待过，那儿的水手因为患了黄热病而一个接一个地离开了人世，发生地震时平地也像海浪一样翻滚个不停——你们的大夫知道世上竟然有这样的地方吗？我跟你讲，是朗姆酒帮我度过了一次又一次的难关。对我来讲，它就像必须食用的水和肉一样，就像不可缺少的朋友和妻子一样。如果现在不让我喝朗姆酒，那跟一条被风浪掀翻又漂到岸上的破船又有什么两样呢。我死后化作厉鬼也不会放过你的，吉姆，还有那个混账大夫。"说完这些，他又开始了咒骂。"你看，吉姆，我的手老抖个不停，"他用哀求的声调接着说，"我怎么也停不下来。我今天滴酒未沾。你不要相信大夫的胡诌八扯，全是骗人的。如果我喝不到一点朗姆酒的话，吉姆，我眼前就会出现一些乱七八糟的东西。有些东西已经出现了。我看见了老弗林特就待在你身后的那个角落里,我看得一清二楚的。每逢这些恐怖的东西出现在我眼前时,我都免不了发疯、狂乱。你们的大夫自己也讲了,说是喝一杯不会有什么事的。吉姆,如果你给我一小杯酒,我可以给你一个金畿尼①。"

他闹得更凶了,我很担心我那病情严重、需要安宁的父亲受到惊吓,反正,大夫刚刚也说了不会有什么大碍,只是船长的这种贿赂手段让我觉得受了侮辱。

"谁稀罕你的钱,"我说,"你还清欠我父亲的那些钱就行了。我可以给你倒一杯酒,但你不能再要第二次。"

我刚把酒端来,就被他抢去一口喝完了。

"哦,哦,"他说,"这回感觉好多了。伙计,你告诉我,那个大夫说没说过我得像这样子躺上多长时间?"

"七天以上吧。"我回答道。

"真是见了鬼了!"他喊了出来,"七天!这怎么可能呢,他们会把黑票送来的。那些浑蛋正在四处找我呢;他们看不好自己的钱,就来别人身上动歪脑筋。难道这是水手们应该遵守的规矩吗?我又不是不节俭。我从不胡乱花钱,也不肯白白扔掉。我会再次甩掉他们的。我并不害怕他们。我会找到一条新的航线,伙计,我会让他们一无所获。"

他一边说,一边费力地从床上缓缓地直起身子,抓我的肩膀时过于用力,痛得我差点喊了出来。他吃力地挪动着那两条又笨重又沉硬的腿。虽然他说话时态度恶劣,一脸凶相,但声音却很低沉,这明显的差异真让人感到悲哀。折腾了半天之后他终于坐在了床边,便停下来歇口气。

"那个大夫真的害惨了我,"他的语气里充满了抱怨,"我的脑

---

① 一个畿尼合二十先令。

子里现在是乱哄哄一片。我想我还是躺着比较好。"

我还没有反应过来,他已经照老样子躺了回去,半天都没有动一下。

"吉姆,"他终于开口了,"你今天有没有见到那个水手?"

"你指的是黑狗吗?"我问。

"是的!黑狗,"他说,"他不是什么好人,但他背后的指使者不知比他坏多少倍。如果我无法逃离的话,他们早晚会给我送黑票的,切记,他们所做的一切都是为了我的那只水手箱。到那时,你就设法骑着马——你应该会骑马吧?——赶快去找……什么都顾不上了!你赶快去找那个可恶的大夫,让他尽可能把所有人马包括邻近一带负责管理治安的人等等都召集起来,来本葆将军客店抓捕弗林特一伙的余党。我曾做过老弗林特的大副,我是那地方唯一的一个知情者。在萨凡纳①时他亲口告诉我的,那个时候,他也躺在床上,马上就要离开人世了。但是在他们的黑票送来之前,在你再次见到黑狗或者那个独脚水手之前,你先不要去报告政府。吉姆,你必须特别特别地当心那个独脚水手。"

"船长,什么是黑票呀?"我问道。

"伙计,是通牒的一种。如果我收到了会让你知道的。你只须小心提防就是了,吉姆,我保证,那些东西咱们一人一半。"

他又糊里糊涂地说了一些别的话,声音渐渐低了下去。过了一会儿,他非常听话地把我递过去的药吃了下去,说道:"我是唯一的一个需要吃药的水手。"他终于昏睡了过去,我便悄悄地离开了他的房间。假如事情的进展没遇到什么麻烦,我会怎么做我自己也不知道。或许我应该告诉大夫有关这一切,当时我简直快被吓死了,很害怕船长会因为曾对我讲了实话而弄死我。最不幸的是,

---

① 萨凡纳:坐落于大西洋西岸的一个港口,位于现在美国的乔治亚州。

第三章 黑票

我的父亲偏偏又在这天的傍晚离开了人世。我什么都顾不上了。因为这种遭遇，我们又要忙着操办丧事，招呼前来哀悼的乡邻，又要忙着照顾店里的生意，船长早被抛到爪哇国去了，哪里还谈得上害怕他。

第二天早上他竟然起了床，还到楼下来吃早餐，吃的东西不多，但喝的朗姆酒却不少，当时他自己站在酒柜旁倒酒，脸色阴沉，鼻孔里呼哧呼哧地喘着粗气，没有人敢去管他。我父亲出殡的前一个晚上，他又醉得一塌糊涂。他在这种悲哀的氛围中唱起那支老掉牙的狂放而难听的水手歌谣，真的太不像样儿了。虽然他看起来那么衰老虚弱，我们还是被他吓得要死。大夫又突然被远方的人请去看病了，从我父亲死的那天起他就没在我家邻近一带出现过。我已经说过了，船长现在健康状况并不好；这是真的，他不但没有好起来，简直是一步步衰弱了下去。他上下楼梯要扶着栏杆，在客厅和酒柜之间来回走动时要依靠墙壁，有时会探头到门外去闻海的清新湿润的气息，艰难而急速地喘着气，好像正在攀援峭壁。他从未在没人时找我谈过话，我想他一定忘记了自己曾经说过什么。可是他的脾气却越来越坏了。就算是考虑到他的身体虚弱，他那脾气还要比从前恶劣浮躁。现在他酩酊大醉时又有一种更恐怖、更让人心惊胆战的习惯：自己面前的桌上总放着那把弯刀。但是，这时的他常常沉迷于只属于自己的世界，而忘了周围人的存在。举个例子吧，有一回他居然用口哨吹了支跟乡村情歌很相似的小曲儿，真是令人惊奇，可能是他在当水手之前跟人学会的吧。

这种情形一直持续到葬礼结束后的某天下午，大概3点钟左右。那天下午天气寒冷，迷雾茫茫，我就站在门口，正为以前的种种情形而伤感。就在这当口，一个从远处大路上慢慢走来的身影闯入了我的视线。他走路时老把一根拐杖探来探去的，明摆着是个瞎子。他的眼睛和鼻子都被套在额头上硕大的绿檐罩给遮了个严实;老是弯着身子,像是年老体弱之人;外面套了一件硕大无比的、破旧不堪的、还带着兜帽的水手大风衣,真是丑陋到了极点。从娘胎里出来到现在我还是第一次见到这种怪模怪样、令人恐惧的人。快到我家客店时他停了下来,怪里怪气地冲着他的前边大声说:

"愿上帝降福于我们的国王乔治!谁肯帮帮我这个不幸在英勇保卫英格兰祖国的战斗中双目失明的可怜的瞎子:我这是到了哪里?是我们国家的哪一个地方?"

"亲爱的朋友,这里是本葆将军客店,在黑山湾一带。"

"有人在回答我,"他说道,"还是一个孩子。善良的人儿,你肯不肯帮帮我,用你的手把我带进客店?"

我的手刚伸出去,那个语气柔和的瞎子马上就把它抓得紧紧的,像钳子一样夹住不放。我急得想要跑开,但被那个瞎子顺手一拽,我就被扯到了他面前。

"孩子,"他说,"请你带我去见船长吧。"

"先生,"我说,"放了我吧,我实在没有那个胆量。"

"嗳,"他冷笑着说,"你不敢!如果你不这样做,你的胳膊会被拧折的。"

他一边说,一边扭我的胳膊,我疼痛难忍喊了出来。

"先生,"我说,"我不过是为了你而已。船长已不是以前的船长了。他的弯刀已经出鞘,就放在他面前。以前也有人——"

"不要再啰唆了,快走。"他不让我再说下去了。我平生第一次听到这么冷漠无情而又狠毒无比的声音,与手臂的疼痛相比,它更让我震惊。我马上很顺从地带着他进门到客厅里去找正在生病的船长,那时他已经醉得不成样子了。瞎子牢牢地抓着我,一步一步地紧跟着我,整个身子几乎都压在了我身上,我简直快要受

不了了。"你直接把我领到他那儿去,我们进入他的视力范围内时,你就大喊:'比尔,你的朋友来看你了。'如果你不照办的话,你会得到这种惩罚的。"说着说着,他突然拽了一下我的手,我都快疼死了。这个瞎子给我带来的恐惧使得我把对船长的害怕早就抛到爪哇国去了,我把客厅的门打开,战战兢兢地照着瞎子吩咐的喊了一句。

不幸的船长在抬头的刹那间醉意全无。他的神情不是恐怖两个字所能形容的,那是一种垂死前难以言状的悲哀。看样子他很想站起来,但一切都是徒劳。

"比尔,坐着别动了。"瞎子说道,"我双目失明,但却能听到你在发抖。我们还是按规矩办事吧。伸出你的右手吧。孩子,你握住他的右手手腕,放到我的右手上。"

我和船长很顺从地做了。这时,瞎子挪出拿拐杖的手往船长手里塞了一件东西,船长马上把它紧握在手中。

"一切都了结了。"话刚说完,瞎子便松开了抓着我的那只手,马上以一种令人吃惊的速度从客厅走到了大路上。我呆呆地站着,直至那拐杖碰地时发出的声音渐渐远去。

好长好长时间过去了,我和船长才回过神来。我赶快松开了一直抓在手中的船长的手腕。他便细细地打量起那只手来。

"10点!"他大喊一声,"六个小时。还不算太晚。"他腾地站了起来。

但是他还没来得及稳住身子,就用手掐着自己的脖子东倒西歪起来。接着,伴随着一种奇特的声响,他头朝前栽到了地上。

我一边冲着他跑去,一边大叫我的母亲。光着急也解决不了问题。船长突然死于脑溢血。我的心情特别复杂:尽管最近一段时间里有些同情他,但我还是打心眼儿里厌恶他;可他一死,我的眼泪却控制不住了。我这已经是第二次跟死亡接触了,然而第一起死亡给我带来的痛苦到现在还没有减轻一丝。

第四章　水手的箱子

理所当然地,我赶快对母亲讲了所发生的一切。本来我早就该这么做了。我们很快就发现自己处于一种又难堪又危险的境地。假如船长有遗产的话,里面应该有我们的一份。但是,他的同伙们,特别是我所见到的那两个——黑狗和瞎子——他们不像有从自己掠夺的钱财中替死人还债的打算。我不得不想到,假如我听从船长的吩咐马上就骑着马到李甫西大夫那里去的话,我的母亲就得孤苦伶仃地一个人待在家中。但我们俩都没有勇气再待下去了:煤块掉落的声音,时钟滴滴答答的声音,都给我们带来无穷的恐惧。我们总感觉远处有脚步声正在渐渐逼近。想到船长那挺放在客厅地板上的尸体,想到那游荡在邻近一带、不定什么时候就会回来的可恶的瞎子,我就吓得浑身直冒冷汗。一定得想个办法。最后,我们决定俩人一起去邻村请求帮助。想好马上就出发。帽子都来不及戴上就跑了出去,一头扎进这层层迷雾之中。

我们要去的小村子距离我家只有几百码,但在我家却望不见它,它位于附近一个海湾的那一头。这让我鼓起了勇气:这跟瞎子来时的方向(他应该回原地去了)恰恰相反。我们一路上总是走不了几步就会拉住对方停滞不前,虽然我们静静地聆听了好几次,但是除了波浪温柔地拍打着海岸的声音,除了林中的鸟儿孤独而单调的叫声,我们始终一无所获。

我们到那儿时,家家户户都已亮起了灯。当我看见从屋里投射出来的橘黄的灯光时,心头涌上的那份狂喜将永远被我铭记在心。然而,这便是我们此行的全部收获。没有人肯陪我们回本葆将军客店去,也许你也正在为他们而惭愧吧。我们越是把处境讲述得艰难一些,村里的人——不管是哪一个——就逃得越远。我不知道弗林特船长这个名字意味着什么,那些人却非常了解,刚听了就惊慌失措。另外,一些必须到本葆将军客店邻近一带去种地的庄稼汉突然想起曾有些陌生人从大路上经过,那时候把他们当成了走私贩,便远远地躲开了他们。甚至还有个人在被我们称为基特海口的小湾中发现了一只小帆船。坦率地讲,随便拎出船长的一个船友,都能把他们吓得魂飞魄散。总之一句话,要是骑着马朝别的方向去找李甫西大夫的话还有几个人肯去,但愿意同我们一起回到客店的人,半个也找不到。

听人讲,胆小很具有传染力。从另一方面讲,争论可以使人变得勇敢起来。所有的人停止谈话时,我母亲便讲了如下一番话。她说她不能把原本属于没有父亲的我应得的钱放弃。"如果你们没有勇气,"她说,"吉姆和我会有勇气去做的。我们还按原路返回,不会再麻烦你们这群身强力壮却又怯懦无比的人了。为了打开那只箱子,我们会不惜一切代价,包括生命在内。克罗斯利太太,我们需要借用一下你的提包,我将用它去装回我们应得的钱。"

理所当然地,我说愿意和母亲一同回本葆将军客店,而村里的人吵吵闹闹地加以劝阻,说我们不要命了。即使到了这种地步,还没有人肯同我们一起回去。只是把一支已经装好弹药的手枪①借给了我们,以便遭遇不测时用来防身;还说要送我们马匹,可以帮助我们逃脱追捕。与此同时,一个小伙子骑马去找大夫求救了。

我和母亲再次行走在黑夜这充满危险的路途中,我像怀中揣了一只兔子一样忐忑不安。金黄色的圆月升了起来,穿越迷雾照射着大地,我们的步伐更快了;因为我们知道,等我们再次离开家

---

① 那时候的手枪,装一次弹药,只能开一枪。

第四章 水手的箱子

时,一切都将在明亮的月光下无处躲藏,我们也不例外。我们顺着树篱笆悄悄地走着,没有一点声响,动作异常敏捷,幸好没有什么东西来增加我们内心的恐惧,我们一走进本葆将军客店便关上大门,长长地舒了一口气。

我赶快插上了门。我们摸着黑喘了一阵子气。偌大的房子,只有我、母亲以及船长的尸体。母亲在酒柜里找到了一根蜡烛,我们拉着手来到了客厅。船长跟我们出去之前没有两样,仍然是脸朝上躺在地上,眼睛没有合上,还有一只胳膊伸着不动。

"吉姆,拉下窗帘,"母亲低声说,"否则他们还没进屋就会发现我们的。"我把帘子拉下来之后,她却说:"我们必须在这具尸体上翻来覆去地找钥匙了。但是,我们哪儿敢动他一下呀?"话刚说完,眼泪就啪嗒啪嗒地掉了下来。

我马上跪在了地上。我发现了一小片有一面被完全涂黑的圆形硬纸,就放在船长手边的不远处。这必定是黑票了。我拾起了它,看见另一面字迹工整地写了句:"今晚10点钟是最后的期限。"

"妈妈,10点钟他们就要来了。"我说。突然我们家的一个旧钟敲了起来。这把没有一点心理准备的人吓了个半死。幸好它只不过敲了六下而已。

"快点,吉姆,"母亲说,"快找钥匙。"

我便开始一一检查他的衣袋。几个小钢镚儿、一个顶针、一团线、几根大针、一条吸了半截的草烟卷、刀把已有裂纹的弯刀、一个小型罗盘、一只火绒盒——这便是他的全部家当。我失望极了。

"他是不是把它挂在脖子上了?"母亲提醒了我一句。

我拼命地抑制着自己,把他的衬衫领子撕开一看,真的发现了一根涂过柏油的绳子。我随手拿那柄弯刀割开绳子,取出了钥匙。这次小小的成功,点燃起我们希望的火花,我们立即跑到楼上他住的房间去。从他住店的那一天起，他的箱子就没再离开过这个地方。

表面看上去，这个箱子跟水手们用来装衣服的普通箱子没什么两样。有一个铁烙的B字印在箱盖上，箱角都磨坏了，像是已用了很长时间却又没有人保管一样。

"给我钥匙。"母亲说。锁有点锈了，她还是把钥匙转来转去，突然间盖子被掀了起来。

一套被洗得干干净净、叠得整整齐齐的质地不错的衣服映入了眼帘，它却阻挡不了烟草和柏油那股呛人的味道。听母亲讲，他从未穿过那套衣服。在它下面，堆了一些乱七八糟的东西：一架象限仪、一个铁罐、几条烟草卷、两支精致的手枪、一个银锭、一块旧式的西班牙表、一些值不了多少钱的饰物（多数还是进口货）、两只嵌在铜框里的罗盘以及五六枚取自西印度群岛的奇形怪状的贝壳。过了很长时间我还是想不明白，一个四处流浪、随时都会送命的海盗，要这些贝壳有什么用呢？

我们找到的唯一值钱的东西便是那个银锭和那几件饰物了。可我们需要的是现金。箱子的底部放着一件破旧的水手斗篷，不知在经过多少次出海以后变成了白色。母亲厌恶地拿起它扔在了一边，余下的东西便一下子出现在我们眼前：有一包东西被油布裹着，好像是文件；还有一个帆布口袋，里面发出丁当的撞击声的好像是金币。

"我要向那些浑蛋证明，我并不是个坏女人。"母亲说，"除了我应得的，剩下的我碰都不会碰一下。你去打开克罗斯利太太的提包。"她一边数着船长生前欠下的钱，一边顺手把它们塞进提包里。

这可不是一件容易的事，袋子里装满了各个国家的钱币，面值不同，有西班牙的杜布龙金币和比索——一个比索可以换八个里

第四章 水手的箱子

亚尔,有法国的金路易,有英国的金畿尼,还有一些我根本叫不上名字的,全都乱七八糟地堆在那里。这里边要数畿尼最少了,可我的母亲却只会用畿尼算账。

事情刚刚进行到一半,我突然伸手抓住了她的胳膊。在这寒冷而空旷的夜里传来一种声音,吓得我全身的寒毛都竖起来了。这是瞎子用拐杖探路的声音。声音渐渐地逼近,我们的呼吸也更加急促了。然后便有人用力地敲门,接着传来转门把和摇门闩的响声,可能是那个混账企图进入室内。再后来,店里店外都静了下来。拐杖探路的声音再次响起,并且越来越远,最后什么都听不见了。我们都快乐疯了,真是太幸运了。

"妈妈,"我说,"我们赶快带着钱离开这儿吧。"插上店门肯定早已引起了他们的怀疑,那群恶蜂一定全部出动来对付我们了。当初插上门是多么明智的举动啊!如果没有与这个吓人的瞎子打过交道,就不可能理解我现在的心情。

但是,我的母亲虽然也很害怕,她却绝不肯在她应得的钱之外再多拿一枚硬币,也固执地不愿意少拿一个子儿。她说,也不过刚刚过 6 点钟嘛。她觉得属于她的东西她就有权拥有。我们俩还在喋喋不休地争吵时,忽然,有一种轻微的嗯哨声从远处的小山上传了过来。这下可好了,我们俩立刻停止了争吵。

"我要先取走这些已经点过的钱币。"她说完后,从地上跳了起来。

"这个东西可以用来抵偿一部分债务,我也把它带走。"我一边说,一边把那个裹在油布里的小包拾了起来。

然后我们便一步一步摸着黑下了楼,蜡烛就扔在了箱子的旁边。我们把门一开立刻撒腿就跑,恨不得背上再长出一双翅膀。浓雾在慢慢地散去,月光把一切照得如同白昼。幸好还有一层薄如面纱的雾弥漫在谷底的中央和酒店门口,我们在它的遮蔽下跑出酒店，开始了逃亡。连抵达小村庄的二分之一路程都没有走完，就到了小山脚下，这意味着我们不得不在月光的照射范围内逃跑了。这倒也没什么，但这时从远处传来一阵急促的脚步声。我们刚一回头，便发现一点跳跃不息的亮光飞快地朝我们这边移动着。肯定那群人里有人提了风灯。

"噢，亲爱的孩子，"母亲突然对我说，"你赶快带着钱离开这儿。我已经浑身无力，再也挪不动半步了。"

我首先想到的是：这回我们俩算是倒霉了。我一边咒骂村里人的胆小怯懦，一边抱怨母亲的老实与吝啬。在客店时她是那么的固执，现在却又这样的懦弱。还好，一座小桥出现在面前。她在我的搀扶下一步一挪地来到了岸边。她长长地舒了一口气，把头靠到了我的肩上。我也不明白力气是打哪儿来的，仔细想想当时的动作可能太过鲁莽了，反正我把她扶下河岸又沿着桥洞走了一截儿。我们实在不能再往前走了，因为桥特别低，除了爬行以外再没有别的法子可以前行。母亲在月光的照射下暴露无遗。我们只好待在原地不动了，这里离客店并不远，我们还可以听到从那里传来的声音。

第五章 瞎子的最终结局

渐渐地,我在好奇心的驱使下变得不再害怕了。我待不下去了,于是再次爬回岸上,藏到了一丛金雀花后面,我们家门前的那条大路就在眼前。我藏好没多久,强盗们就来了。大概有七八个人吧,从大路上奔跑过来,步调乱得一塌糊涂,其中提风灯的那个人走在最前边。里面还有三个人是互相牵着手一起跑的,透过薄薄的雾,我认出了处中间的那个人正是瞎子。随后,他的声音让我更加肯定了这一点。

"干脆撞开门算了!"他喊了一声。

"好的,好的,先生!"有两三个人一边答应着,一边冲向了本葆将军客店,提灯的那个人紧随其后。我发现他们突然停止了前行,开始小声谈论,可能是大开着门出乎他们的预料吧。但没过多久,瞎子再次下达指示。他又着急又愤怒,嗓门大得出奇。

"快冲进去,冲进去呀!"他一边愤怒地骂着,一边责怪他们反应太过迟钝。

四五个人马上冲了进去,剩下两个人陪伴那讨厌的瞎子站在原地。过了一会儿,一声惊叫从屋里传了出来,接着有人大喊:

"比尔已经死了!"

但瞎子又开始咒骂他们动作不够迅速。

"你们这群懒货,还不快去把他的尸体检查一下!剩下的人去把楼上的箱子弄下来。"他大声嚷嚷着。

接着便传来他们踩着年代久远的扶梯上楼时发出的咚咚咚的脚步声,房子都快被震塌了。接着又传来一声惊叫。船长住的那个房间窗子大开,玻璃乒乒乓乓碎了一地。有个人把身子探出了窗外,他的脑袋和肩膀在月光下清晰可见。他冲着待在路上的瞎子大声喊道:

"皮尤,已经有人先来一步了。整个箱子都被人家翻腾了一遍。"

"东西丢没丢呀?"皮尤怒吼道。

"钱还在这儿呢。"

他又咒骂了起来。

"我指的是那件有着弗林特船长手迹的东西。"他大声喊道。

"压根儿就没看见。"那人答道。

"咳,你们那些待在楼下的,快找找是不是在比尔身上?"瞎子又大声喊道。

另有一个人,可能是搜完了船长的尸体,来到了客店门口。"比尔的尸体已被人搜过了,"他说,"什么东西都没有。"

"肯定是客店的人干的!是那个小浑蛋!我恨死他了,恨不得挖出他的眼珠子!"皮尤心有不甘地说道,"刚才他们明明还在这里:我来敲门时,他们插上了门闩。弟兄们,大家到处去找一找,务必把他们找回来。"

"说的是,他们的蜡烛还在这儿扔着呢。"待在楼上窗口处的人说道。

"都动手去找吧!就是挖地三尺也要把他们找回来!"皮尤再次下达了命令,并且用拐杖拼命地敲击地面。

我们的客店可倒了大霉了。里面的人来回走动,家具被扔得到处都是,所有的门被一扇扇踢开,弄得四周的岩石都发出了回响。后来,那些人又一个个跑了回来,说是不知道我们到哪里去了。这时,那种曾把正在数船长的钱的母亲和我吓得要命的唿哨声又响了起来,听得一清二楚的,但这一次响了两声。我原先还以为这是

第五章 瞎子的最终结局

瞎子召集他的同伙的信号，但我很快便发现嗯哨声来自小村庄对面的山坡那一边。这些海盗们的态度表明，危险正在一步步逼近。

"德克又开始打嗯哨啦，"其中一个人说，"连着打了两下！弟兄们！我们还是撤退吧？"

"撤退？你真是浑蛋！"皮尤骂了一句，"德克根本就是个又傻又笨又没有胆量的家伙，随他折腾去吧。店里的人肯定没有走远，也许就在我们附近。不能让到手的鸭子就这么飞了。再找找看，你们这群兔崽子！真是的，他妈的，"他怒吼道，"我的眼睛如果没瞎，什么事都好办了！"

这招还真见效，有两个家伙马上把那些已经砸坏的家具翻过来覆过去，四处寻找，但据我猜测他们不过是应付应付差事而已。他们一直挂在心头的只是自己的处境。剩下的几个人仍站在原地，还一时拿不定主意。

"发财的机会就在你们眼前，你们却仍然在犹豫不决！如果找到了那件东西，你们就能像国王一样有钱。你们明明也知道东西肯定没被带远，却没有勇气继续寻找下去。你们谁也不敢去见比尔，黑票是由瞎子我送到他手里的！这大好的时机就要被你们错过了！我只能继续乞讨下去，坑蒙拐骗地弄几个钱来换一口朗姆酒喝。但我本来有可能雇辆马车到处逛逛的！假如你们不是真正的浑蛋的话，就去给我把他们抓回来。"

"你还在埋怨什么呀，皮尤？我们得到了许多杜布龙呢！"一个海盗小声说道。

"没准儿那东西已被他们藏了起来，"另一个说道，"皮尤，这些金畿尼全都归你了，不要再瞎嚷嚷了。"

这是名副其实的狂叫。听了别人这些跟他意见相左的话以后，皮尤大发脾气，冲着站在旁边的同伴们就打了过去。他那笨重的拐杖击中的不止是一个人。

他们也开始大骂那个瞎子,用各种恐怖的话来威胁他,并且妄想夺走他手中的拐杖,可惜没能得手。

我们因为这场争吵而获救了。就在他们闹哄哄地乱成一团糟时,又有一种声音从村庄另一头的小山顶上传了过来——是正在急速飞奔的马蹄声。与此同时,树篱笆旁边有人突然开枪了,先看见火光,接着便听见了枪声。这预示着情况十分危险,海盗们一个个扭头就跑,作鸟兽散:有的顺着小湾跑向海边,有的沿着弯路奔向小山。三十秒钟不到,全都消失得无影无踪,就剩下皮尤还待在原地。至于他们把他一个人扔下是因为事情危急而忘却了他,还是因为他们想让他为自己刚才的那些狠毒的话语以拐杖的乱击付出惨重的代价,我无从得知。不管怎么说他被落到了最后,愤怒地用拐杖探着路,一边走一边喊他的那些同伙的名字。后来,他弄错了方向,从离我很近的地方跑向了村子里,还不停地喊着:

"约翰尼、黑狗、德克,"接着又叫了一些别的名字,"不要把老皮尤扔下,弟兄们,不能扔下老皮尤一个人啊!"

马蹄声从山顶上传了过来,月光下出现了四五个骑着马的人,正从山上飞奔而来。

皮尤刚弄清楚自己走错了方向,就惊叫着转过了身子,这回却冲着路边的小沟跑了过去,最后一头栽了下去。他一翻身爬了起来,想要再次逃走,没想到被飞奔而来的马蹄踩中了。

骑马的人试图去救起他,却为时已晚。伴随着皮尤那尖锐的惨叫声,马蹄踏过了他的身体。他先是侧着身子,接着头朝下缓缓地倒了下去,再也没有动过一下。

我赶紧跳出来跟那些骑马的人打招呼。这里发生的一切可把他们给吓坏了,他们赶快拉紧缰绳停了下来。我马上就弄清了他们的来历。最后边的是村子里那个去找李甫西大夫求救的年轻人,剩下几个都是缉私人员。那个年轻人非常聪明,走到半路上恰

第五章　瞎子的最终结局

好碰见了他们,就马上把他们带了过来。凑巧的是,基特港口有只帆船出现的情况已被督税官丹斯发现,他正打算晚上过我们这一带来呢。幸亏有这些人来救我们,要不然我们就死定了。

皮尤是彻底完蛋了。我的母亲被我们送到村子里,用冷水和嗅盐之类的东西救了过来。经历了这么一番风险,还好,我们都平安无事。但是,她总免不了为那些没来得及结清的账而感到可惜。

这时,督税官正在策马奔向基特港口。他的手下却不能再骑马,只好一边摸索着走向坡谷,一边手牵着马匹,一会儿不得不扶住它们以免滑倒,一会儿又害怕中了埋伏。这也难怪当他们赶到那个港口时,帆船都已经离开了,虽然并没有走多远。督税官想要喊他们回来。船上的人却回答说,如果他胆敢继续站在那里,子弹可是没长眼睛的。话没说完,随着"嗖"的一声响,一颗子弹从他的胳膊旁边飞了过去。过了一会儿,帆船就消失在了岬角后面。丹斯先生还站在原地,后来他形容当时的自己"像是条被扔上岸的鱼",不得不派人马上前往布里斯托尔请求增援快艇前去拦截。"说实话,"他说,"这根本没什么用。如果他们已经跑了就无论如何也追不上了。但是,"他又加了句,"皮尤先生竟然被我的马蹄给踏中了,我真是太高兴了。"我已经在他讲这话之前把整个事情的来龙去脉细说了一番。

他陪着我一起来到了本葆将军客店。房子里乱到什么程度是很难凭空想象得到的。他们气势汹汹地四处寻找我和母亲,时钟也被扔到了地上。他们只带走了船长的那只钱袋以及放在钱柜中的那些银币,别的还留在原地,但我马上就意识到:我们的财产全没了。丹斯先生则被看到的一切搞得糊里糊涂的。

"你是说他们带走了那些钱?但是,霍金斯,他们究竟还在寻找什么呢?是比这不知要多多少倍的钱吗?"

"哦,不,先生,他们不是在找钱,"我说道,"说实话,先生,我敢肯定放在我胸前口袋中的东西正是他们所要寻找的。坦率地讲,我希望它能得到妥善的保存。"

"是的,孩子,你讲得没错,"他说,"要是你肯的话,我可以保管它。"

"但我想,李甫西大夫没准儿……"我只讲了一半。

"你做得对,"他很高兴地接着说,"你做得对。李甫西大夫不但是一位绅士,还负责管理治安。这么着吧,我亲自跑一遭吧,得找到他或者乡绅讲述这一切。无论如何,皮尤先生也已经死了。我不是心里为此懊悔,但毕竟有一个人死了,也没准会有人去向皇家督税官追究责任。霍金斯,亲爱的,你要是乐意的话,我们就一起去吧。"

我对他的提议表示赞同,我们再次走回到那个停放着马的村庄。我正要告诉母亲我的打算,缉私人员都准备出发了。

"道格,"丹斯先生说,"你的马比较好,你和这孩子共骑一匹吧。"

于是我跳上马,搂住了道格的腰,督税官一声令下,我们便顺着大路奔向了李甫西大夫的家。

第六章　船长的文件

我们以最快的速度奔到了李甫西大夫家门前。眼前黑咕隆咚的。

丹斯先生让我下马去把门叫开。我踩着道格挪出来的一只马镫跳下了马,很快就有个女仆人前来开门。

"李甫西大夫在不在呀?"

佣人说没在家,他在下午回了一次家,但晚饭是在庄园那边吃的。他每晚都和乡绅待在一块。

"年轻人,我们马上向着庄园出发。"丹斯先生说道。

这次,我没再搭乘道格的坐骑,因为庄园就在前边不远处,便把道格的马镫皮带一拉,跑向了目的地,经过了一条被月光照得通亮的、两边的树都已变秃的大路以后,看见了一溜白色的房子,两边都是年代久远的大花园。丹斯先生便在这儿跳下了马。仆人为我们通报以后,主人便叫我们到里边去。

在一个仆人的带领下,走过一条铺着草垫的廊道以后,我们来到了一个宽敞明亮的书房里。书房里四周摆满了书柜,柜顶上放着好多半身的雕塑。烧得正旺的炉火两边分别坐着主人和李甫西大夫,他们的手中都握着个烟斗。

我还是第一次在这么短的距离内看见乡绅。他身材雄伟,个头高大,有六英尺多那么高呢。他长得坦诚粗犷,因为经常跑远道,风吹日晒的,红褐色的脸上布满了皱纹。他的眉毛又浓又黑,动起来异常灵敏,这导致了他不免常耍脾气,也不能说这是一种坏脾气,他不过是又骄傲又浮躁罢了。

"丹斯先生，到里边来吧。"他严肃地说道，摆出了一副高高在上的样子。

"丹斯，晚上好，"大夫向他点头示意，"吉姆小朋友，晚上好。你们好端端的怎么到这里来了？"

督税官两腿一并，念经似的一字一句地讲述了刚刚发生的一切。两位绅士身子微微前倾，一边听一边惊叹，完全沉浸在另一个世界里，烟也不抽了，只是互相望着对方。亲爱的朋友，你没有看到当时的那种场面真是太遗憾了。当故事讲到我母亲决心回客店去那一段时，李甫西大夫情不自禁地在大腿上拍了一下，乡绅则喊了一声："真是好样的！"结果手中又细又长的烟斗竟在炉栅上一磕，断成了两截。在烟斗没被磕断之前，屈利劳尼先生（大家应该记得吧，这是乡绅的姓氏）早就站起来一直在屋子里走来走去了。而大夫则因为听得起劲，把撒了白粉的假发摘了下来，他原先的小平头露在了外面，这使得坐在那儿的他显得更不一般了。

故事终于讲完了。

"丹斯先生，"乡绅说道，"你是一个人品高贵的人。至于那个无恶不作的恶棍被你的马蹄踏死，那是件让人痛快的事儿，先生，他的死是罪有应得。我相信，霍金斯小朋友的前途将不可限量。霍金斯，你把铃按一下好吗？给丹斯先生要杯啤酒。"

"吉姆，你说你身上藏着他们想要得到的东西，对吗？"大夫问道。

"先生，在这儿呢。"我一边说一边把那个裹在油布里的小包递给了他。

大夫先是仔仔细细地把它打量了一遍，一副想看看里边究竟装着什么的样子。可是他并未打开，只是神色镇定地把它装进了外衣的口袋中。

"屈利劳尼先生，" 他说，"丹斯先生把啤酒喝完就该去办公

第六章 船长的文件

事了。但是,吉姆·霍金斯不妨到我家去睡。假如你乐意的话,我想就让他把那些冷馅饼权且当做晚饭吧。"

"就这么着吧,李甫西,"乡绅说,"其实霍金斯应当吃比冷馅饼好得多的东西。"

于是,有人把一大块鸽肉馅饼送上了茶几。我都快饿死了,便狼吞虎咽地美美地吃了一通。在这中间,丹斯先生带着一大堆赞美之词满意地离开了。

"听我讲,屈利劳尼先生。"大夫开口说话了。

"听我讲,李甫西大夫。"与此同时乡绅也开口说道。

"我们还是一个一个来吧,"李甫西大夫不由得笑了,"弗林特这个名字对于你不是很陌生吧?"

"怎么可能陌生呢?"乡绅的声音很大,"我特别熟悉!他是世界上最残忍的一个海盗,从来没有人比他更恐怖。黑胡子与弗林特相比顶多是个三岁小孩儿。他把西班牙人吓得要命,但是说句实话,先生,一想到他是个英国人,就不由得为之骄傲。我曾经在特立尼达①邻近一带的海域中,远远地望见过他的船帆。那时我搭乘的那艘船的船长是个饭桶,胆小如鼠,他马上改变航向重新回到了西班牙港。"

"他在英国也是大名鼎鼎,"大夫说道,"可我只想知道:他到底有没有钱?"

"有没有钱!"乡绅神情激动,"丹斯所讲的一切你没有听到吗?那些海盗们想得到什么?不是钱是什么?他们一向挂念的不是钱是什么?他们这样地置生死于不顾不是为了钱又是为了什么呢?"

---

① 特立尼达:一个位于加勒比海东南部的岛屿,首府是西班牙港(现在已成为特立尼达和多巴哥的首都)。

"我们立刻就能证实这一点,"大夫答道,"但是你喋喋不休地慷慨陈词,我简直说不出半个字来。我只想弄清楚:如果装在我衣袋中的是有关弗林特藏宝之地的线索,他的那些东西是不是价值不菲呢?"

"一定高得惊人,先生!"乡绅的嗓门很大,"高得惊人。假如我们能得到你所谓的线索,我就去布里斯托尔码头弄一艘大船,然后你,我,还有霍金斯,我们全部出动。即使要用一年的时间,我也会尽力找到那些宝藏。"

"真是太好了,"大夫说道,"假如吉姆不反对的话,我们马上打开这个包看一看。"话刚落地,那包东西就被他拿到了桌上。

那个包被用线缝在里面。大夫不得不从他的医疗器械箱中取出手术剪子来剪断那些缝在上面的线。一共发现了两样东西:一本簿册以及一只密封的套子。

"先打开簿册看一下吧。"大夫说。

李甫西大夫招呼我离开吃晚饭时用的茶几来和他们一起探讨问题。我和乡绅站在他后面看得出了神。第一页上仅仅是一堆乱七八糟毫无干系的字句,就像是有人纯粹因为没事可干或者想试一下笔尖而随手乱划的。其中有一句跟刺在船长身上的字样完全相同:"比尔·蓬斯①万事如意"。另外还有一些 "大副威·蓬斯先生"、"戒酒"、"在棕榈沙②外他得到了他应该得到的" 以及别的与此类似的没头没脑的字句,其中大部分都是单词。我觉得万分迷惑:究竟是什么"得到了他应该得到的"?"他应该得到的"又是什么呢?莫非是让人在背后给了一刀?

"可能很难从这儿找到线索。"李甫西大夫一边说,一边翻到

---

① 比尔就是威廉。前者是后者的爱称。
② 棕榈沙:一个位于墨西哥湾东北部的小岛,在佛罗里达半岛西岸邻近一带。

第六章　船长的文件

了下一页。

紧接着的十到十二页记着一些很怪的账目。跟一般的账本一样,每一行的开始写着时间,末尾写着钱数。但中间部分却打了一些为数不等的叉叉,却无文字说明。比如:1745年6月12日明明有人已取走七十镑钱,但是却只画了六个叉叉,再没有别的说明。还有几笔账只是注上了"加拉加斯①邻近地带"诸如此类的地名,或者只写着例如62°17′20″,19°2′40″等等一类的经纬度。

账目记录的时间差不多有二十年,一笔一笔的金额渐渐大了起来。最后,经过五六遍的计算,得出了总数,并注明"蓬斯的一份"。

"我简直都分不清东南西北了。"李甫西大夫说道。

"这是明摆着的,"乡绅说,"这就是那个阴险狠毒的海盗记账的册子。他们捣毁的船只和掠夺的市镇便用叉叉代替。金额就是那个恶棍分得的赃款。他害怕搞错的地方,便会附注说明几句。例如:'加拉加斯邻近地带'就是指有一艘交了霉运的商船在那个地方不幸被击沉了。愿老天保佑那些个倒霉的船员吧,他们说不定早就尸沉大海了。"

"确实如此!"大夫说道,"旅行家到底见过世面,知识广博一些。确实如此!你看,他的收入与他的升职是成正比的。"

账册的最后只有一些地名以及一张法国、英国和西班牙的货币换算表,别的什么记载都没有。

"这个恶棍机灵透顶,"大夫说,"任何人都休想从他身上得到什么。"

"打开另一件吧。"乡绅说。

那只套子用火漆封了口,没有印戳,代之以顶针——也许是我

---

① 加拉加斯:位于南美洲北岸的一个港口,现在是委内瑞拉的首都。

翻找船长衣袋中发现的那个顶针。大夫小心翼翼地拆开了封口,把套子一抖落,一张某个岛屿的地图掉了出来,经纬度、水的深度以及山陵、海湾和港口的名称统统都标得一清二楚。关于安全登岛以及停泊船只所必须知道的一切细节,这里都有。这个岛屿大约有九英里长,五英里宽,看上去像是条站着的硕大无比的肥龙,有两个避风港四周都被平地所环绕,有一座小山位于岛的中央,上面标有"望远镜"三个字。还有一些别的注释是后来添上去的,但最引人注目的是三个红颜色的叉叉:其中有两个位于岛的北部,另一个位于西南部。在西南部的叉叉附近同样是红颜色的字迹:"大部分藏金都埋于此地"。写得娟秀细腻,这跟船长那歪歪扭扭的字样根本就不一样。

在地图的背面,同样是那种笔迹作了下面这些注明:

望远镜接近顶部的地方有一棵大树,方位北东北之北。
骷髅岛,东东南偏东。
大约十英尺。
银锭都北窖。你可以沿着东边那个圆形丘陵的缓坡,朝着黑色峭壁走去,在它的南边大约十英寻①的地方可以找到。
武器的寻找不必费什么力气,就在北汊角北尖嘴的沙丘里,方位是正东偏北四分之一罗经点。

杰·弗

仅仅只有这么点文字注明。这一点点的说明把我搞得晕头转向,却让乡绅和李甫西大夫神采飞扬。

"李甫西,"乡绅说,"你做医生就到此为止了吧。我明天就前

---

① 英寻:一种测量水深的单位,1英寻=2码=6英尺=1.829米。如在本书所附的那张藏宝图中标在海面部分的数字,就是指那个地方的水深为多少英寻。

第六章 船长的文件

往布里斯托尔。三个星期以后——不行,两个星期!不行,十天!——先生,我就可以弄到英国最好的船,配备上最精明强干的船员。霍金斯将以侍应生的身份随船出海。霍金斯,你将会成为一个一流的侍应生。而你,李甫西,跟着做个随船医生吧。我就是指挥官了。雷德拉斯、乔伊斯还有亨特也将和我们一道前往。我们很顺利地就能登上岛屿,很容易就能找到宝藏,那些钱足够我们吃一辈子,玩一辈子了。"

"屈利劳尼,"大夫说,"我会去的。我和吉姆也肯定会尽责尽力的。我只担心一个人。"

"是谁?"乡绅问,"先生,告诉我那个混账的名字!"

"是你,"大夫说,"因为你是一个大嘴巴。有很多人都知道这些文件。今天晚上闯入客店的都是些不要命的人,他们以及那些在帆船上接应的人(附近说不定也有),都拼了命想寻找宝藏。在我们出发之前,任何人不许独自一个人出门。在这段时间里,吉姆必须和我在一起,你可以带着乔伊斯和亨特前往布里斯托尔。至于这个秘密,无论是谁都不能向别人吐露半点。"

"李甫西,"乡绅回答说,"你讲得没错儿,跟以前一样,我一定会保守秘密的。"

第二部　船上的厨师

第七章　我到布里斯托尔

为了出海，我们做了很长时间的准备，远远超过了乡绅原先的预想，事实与我们原来的设想完全不同，计划全都未能实现，就连李甫西大夫想和我在一起也泡汤了。他不得不去伦敦寻找一个大夫来继续做他的工作；乡绅在布里斯托尔忙得团团转；我则留在庄园的房子里，猎场的老管家雷德拉斯照管着我，活像一个被关押的人；但是我的脑海中时常浮现着对航海的各种幻想，异域的小岛以及探险中可能的奇遇在我眼前幻化出极为吸引人的图景。我经常连续几个小时动也不动地仔细察看那张地图，上面任何一个最微小的细节都被我牢记于心。我坐在管家家里的火炉旁边，幻想着从不同角度去贴近那座梦想中的小岛。那小岛上的每一寸土地我都细细研究过了。我曾经上千次攀上那名叫望远镜的高峰，从上面俯瞰周围奇丽而富有变化的美景。有时岛上一个挨一个的全是那些未经开化的土著人，我们不得不和他们交火；有时，是我们在前面狂奔，身后跟着漫山遍野的猛兽。然而，我想象中的任何一次奇遇，都不及我们亲临其境时所遭遇到的那么怪诞和凄惨。

一个星期过去了，又一个星期过去了。终于有一天，有人送来了给李甫西医生的信，信上写着"如果本人外出，请汤姆·雷德拉斯或小霍金斯代为拆阅"。遵照这条命令，我们（事实上是我，因为猎场管家除印刷体字母外什么都不认识）从这封信中知道了下面的重要情报：

化身博士·金银岛

亲爱的李甫西：

因为不知你是否已从伦敦回到庄里，故将此信一式两份，分寄两地。

船已购置且已装备完成，目前整装待发。你大概不会想象到比它更优秀的纵帆船——就连小孩子都可以驾驭。载重两百吨，名为伊斯班奈拉号①。

我通过我的故交勃兰德里搞到这条船，他实在是个天下少有的大好人，就像奴隶一样尽职尽责地为我服务。事实上，在布里斯托尔，有关我们此行的目标——我是说去寻宝藏——刚被传开，这里每个人都很高兴为我们提供帮助。

"雷德拉斯，"读至此处，我停下来说，"李甫西医生肯定会生气，屈利劳尼先生到底把这件事搞得沸沸扬扬了。"

"你说说看，他们到底哪个说的话算数？"猎场管家低声咕哝，"我死也不信屈利劳尼先生会听李甫西大夫的话，什么话也不乱讲，就像哑巴一样。"

我原想发表一通自己的看法，想了想还是算了，又继续念下去：

勃兰德里亲自找到了伊斯班奈拉号，而且用极为高明的手腕低价将船买进。布里斯托尔有一些人对勃兰德里恨之入骨。他们非说这个老实忠厚的人为了钱什么都可以干，还说伊斯班奈号是勃兰德里自己的，他把船卖给我时敲了我一大笔竹杠。这全是些令人不屑一顾的诬蔑。无论如何，他们谁都不可以抹杀这条船的优点。

---

① 伊斯班奈拉：加勒比海中部海地岛的别名，此处用为船名。

第七章 我到布里斯托尔

到现在,一切都进展顺利。当然,那些装配风帆缆索之类工作的人进度实在太慢,令人生气,不过过一段时间,应该不会继续这样了。我最头疼的问题只有一个,那就是怎样组织一套船员班子。

我一定得要二十个人(因为想到有可能碰上当地人、海盗或是讨厌的法国佬①),然而我费了好大力气才找到了六七个,一直到后来幸逢那个我最迫切期望得到的人。

我们认识得十分偶然,我是在码头上闲站时与他搭上话的。我发现他是个很有经验的老水手,如今开了一个酒店,他与所有那些与布里斯托海打交道的人都是相识。回到陆地,他的体质大不如前,故而很想到一条船上找个厨师的工作干干,以便再回到海上。听他说,那个早晨他一瘸一拐地来到海边,只为再闻一闻海水的味道。

我听到这些话太感动了(若是你也会被打动的),完全为他的遭遇感到同情,马上就提议他到我们的船上来干。他叫做大个子约翰,姓西尔弗,仅有一条腿;不过我觉得这已是最好的求职信了,这是因为他在伟大的霍克②麾下为国家服役时光荣地失去了一条腿。李甫西,居然没人给他养老金。你且想想,这是怎样一个颠倒黑白的世界!

先生,我原以为我只是雇到了一名厨师,怎么也没料到因此我找到了一个完整的船员队伍。靠着西尔弗的帮助,短短几天时间里我就聚集了一队完全合格的老水手——外表不怎么漂亮,然而他们的外貌就使人断定,他们一定具有百折不挠的顽强斗志。我断言我们的力量足以与一艘战舰抗衡。

---

① 当时英法两国海上竞争激烈。
② 爱德华·霍克是18世纪中期的著名英国海军将领,曾任海军大臣。

大个子约翰甚至建议我辞去两个人,也就是我原先已雇好的六个人当中的两个。他使我陡然间意识到,在我们马上就要开始的这一次关系重大的探险中,这些靠淡水养大的笨蛋是最碍事的。

目前我的身体和心情状态极佳,吃起饭来像一头公牛,睡起觉来则像一截木头。然而,只要一听到我的那些水手们在绞盘旁边忙着起锚出发的工作,我连一分钟都不能安下心来。去海上吧!我并不是在乎什么宝藏!我心所向往的是那波澜壮阔的大海。李甫西,快些来吧;如果你尊重我,就一个小时也别耽搁,赶紧来这里。

叫小霍金斯立刻去和他的妈妈说声再见,让雷德拉斯陪着他去。之后你们就火速赶到布里斯托尔。

约翰·屈利劳尼
寄自布里斯托尔老锚旅馆
17××年3月1日

我还有件事告诉你,勃兰德里(他许诺若是8月底我们仍未归来,就再派一条船去接应我们)找到了一个杰出的船长。这人非常执拗(这一点我非常遗憾),但除此之外是个百里挑一的人物。大个子约翰·西尔弗找到一个非常出色的人做大副,名叫埃罗。李甫西,我选定的水手长能通过吹角笛发出命令;今后在这条优秀的伊斯班袅拉号船上,什么都和军舰一样棒。

我还忘了告诉你,西尔弗是个很有钱的人。我亲自了解了一番,他在某家银行中有存款,且从未透支过。他叫他的老婆照管酒店;她是个黑种人,大概这一点同健康原因一样,至少是相同程度地使他有欲望再去海上风餐露宿——像我和你这样的单身汉做这种假设也是可以理解的。又附。

约·屈

第七章　我到布里斯托尔

霍金斯可以在他妈妈那里住一个晚上。再附。

约·屈

您可以猜想,这样一封信能使我怎样的狂喜。我大概是乐得快疯了;而那老朽的汤姆·雷德拉斯却老是咕咕哝哝,愁眉苦脸,真叫我看不上眼。管家手下随便的一个猎场看守都心甘情愿代他去航海远行,然而乡绅独独指定的是他,乡绅的命令在他们看来无异于法令条文。除了老雷德拉斯,别的人连小声议论几句的胆量都没有。

翌日清晨,我和他走着来到本葆将军旅店。到那儿之后,我觉得母亲的健康状况和心情都很不错。长时间以来闹得我们家鸡犬不宁的船长,已去了这个恶棍再也不能为非作歹的地方。乡绅下令把所有被破坏的东西都修复一新,客厅及招牌上的油漆都重新刷过了一遍,又添了一些新家具,尤其是在酒柜之后还特意为我母亲放置了一把漂亮的圈椅。他还替她找了个学徒工,以便让她在我离开的时期仍不缺帮手。

我见到了那个学徒工,这时我才第一次清楚了我的境遇。在此之前我只想到我即将要去经受和领略的未来,根本没有考虑过我就要告别的这个家。如今看到这个手忙脚乱的笨孩子,要代替我留在母亲身边,我不由得鼻子发酸。我想我一定把他好好地整治一番;反正他什么都不会,我有足够的机会纠正他,戏弄他,况且任何机会我都不肯放过。

第二天午饭之后,雷德拉斯与我又再次上路。我离开了母亲,离开了自我出生以来从未离开过的小海湾和本葆将军旅店的那块可爱的旧招牌——自从被重新漆过之后,它反而没有以前那样可爱了。最后我想起了船长,活着时他时常戴着三角帽,腮帮上有一道被弯刀砍伤过的疤痕,手臂下常挟着一副有铜边的旧望远镜，在岸边踱来踱去。一会儿工夫我们走过了拐角，再也看不见我的家了。

　　傍晚时分，我们在乔治国王旅馆不远处那块遍地石南的荒野上坐上了邮车。我被夹在雷德拉斯和一位长相富态的老绅士之中。虽然车子赶得很急，晚上分外冷，我从一开始仍是呵欠连天，最后那邮车翻山越岭，走了一程又一程，我干脆开始呼呼大睡。后来我的肋骨被使劲撞了一下，终于清醒了过来，睁开双眼，我发现我们停在城内某条街的一所大房子门前，天已完全亮了。

　　"我们到哪儿了？"我问。

　　"布里斯托尔，"汤姆说，"下去吧。"

　　屈利劳尼先生住在离码头不远的一家客店内，正好督促纵帆船上的活儿。我们朝那边走去。叫我十分高兴的是：沿着码头走时，我们要从很多大小不同、装备各异、不同国籍的船只旁边经过。在几艘船上，有的水手一边忙着手里的活，一边放声高歌；另外几只船上的水手则爬在我们头顶高处的桅杆上，从下边仰视他们，就像被挂在细如蛛丝的帆索上。柏油以及盐的味道都让我觉得新奇无比。我见到了许多曾出海远航的船只，船头上有各式各样的装饰物。另外我还看到很多老水手，他们挂着耳环，蓄着又长又厚的一大把胡子，辫子的末梢还染上了柏油，旁若无人地走着他们所独有的水手步。就算让我见到与他们一样多的国王或是大主教，我的心情大概也不会比这会儿更高兴些。

　　如今我也要去出海了！乘坐在水手长能吹响角笛发布命令，船上的水手都会唱歌、都留长辫子的一只纵帆船上，去一个人所未知的小岛寻找地下未被发掘的宝藏！

　　我仍旧耽于这样的幻想之中，不知不觉竟已走到一家大旅店门前，碰见了屈利劳尼乡绅。他穿着质地很厚的蓝色衣服，看上去像个高级海员，带着笑走了出来，同时还有意模仿着水手的步子。

第七章 我到布里斯托尔

"你们到了,"他高声说,"昨晚医生刚从伦敦赶来。太棒了!所有船员都到了!"

"哦,先生,"我欢喜雀跃着,"什么时候我们出发?"

"出发?"他说,"明天就出发!"

第八章　望远镜酒店里

吃过早饭之后,乡绅让我把一张便条送到望远镜酒店给约翰·西尔弗。他对我说,那边很好找,一直沿着码头走,只要看见一家酒店门口的招牌上画着铜边的大望远镜,那便是望远镜酒店了。我十分高兴地领命去了,因为我又有机会去看一看那些船只和水手了。这会儿刚好是码头上最热闹繁忙的时刻,到处是人群、大车、货物,我从他们中间挤了过去,一直来到那家酒店。

这是一处十分精致而惬意的放松之处。刚刚刷新过招牌,窗上挂着红色的帘子,齐整而洁净,地上铺了一层干净的细沙。酒店的两扇大门敞开着,分别对着一条大路,虽然酒店内烟雾缭绕,由于大门开着的缘故,里边低矮的房间内的一切都可以尽收眼底,看得十分清楚。

里面的客人大多是靠海吃饭的,他们说话时嗓门大得惊人,我一时被这声音吓住了,站在门口不敢往里走。

我正在那里进退两难、左右徘徊之际,侧面一间屋内走出来一个人,一看见他,我就断定那是大个子约翰。他的左腿从臀部以下完全没有,左肩下挂着一根拐杖,运用得十分自如,令人惊奇。他挂着拐杖一蹦一跳,活像一只小鸟。他身材高大,体格强健,脸盘十分宽大,像一个火腿;容貌平常,不引人注意;脸色苍白,然而一脸的笑容,极为精明的样子。的确,看起来他心情不错,吹着口哨从一张桌子走到另一张桌子边,和关系好的客人或是随便开个玩笑,或是拍拍那人的肩膀。

坦率地说,自从屈利劳尼先生第一次在信里谈到大个子约翰

的时候开始,我就一直悄悄地担忧,怕他可能就是我在本葆将军旅店等了很长时间的独腿海上漂。然而,一看见这个人我就放心了,丝毫不再担心。我见识过船长那号人,见识过黑狗那样的痞子,也见识过瞎子皮尤,我相信我应该知道海盗长什么模样。据我的观察来看,这位服装整洁、待人和蔼的掌柜与那些人完全是两码事。

我立刻信心十足地走了进去,一直朝这位挂着拐杖,正与一位客人聊得开心的掌柜走了进去。

"你是西尔弗先生吧?"问他的时候,我把便条递到他手里。

"对,我是,孩子,"他回答,"我就是西尔弗,你说得完全正确。但你是谁呢?"此时他已看到这是屈利劳尼乡绅的信件,我感觉他似乎吃了一惊。

"哦!"他声音极为洪亮,伸过一只手来,"我知道了。你就是我们船上刚刚来的服务生。很高兴看到你。"

说话的时候,他把我的手很紧地握在他粗实的大手掌中。

就在那一刻,坐得离我们比较远的一个人忽然站起来朝着门外跑去。他的位置离门不远,顷刻间他已到了马路上。然而他很仓皇的举动却不由我不注意,我马上就认出他来。他正是最初来本葆将军旅店找船长的那个人,面容白得像白蜡,还少两根手指。

"喂,抓住那个家伙!"我大声喊道,"那是黑狗!"

"我不管他叫什么东西," 西尔弗情绪很高地喊道,"但是他还没付钱呢。哈里,你过去抓他回来。"

靠门口最近的那一个人从位子上跳起来跑了出去。

"就算他是霍克将军,喝酒也得付款。"西尔弗说。随后,他放开了我的手,继续问道:"你管他叫什么来着?是黑什么?"

"黑狗,先生,"我回答道,"难道屈利劳尼先生没有把那些海盗干的事情告诉你吗?黑狗和他们是一窝子。"

第八章 望远镜酒店里

"是吗?"西尔弗大声喊了起来,"就在我的店里?!本杰明,你赶去和哈里一起追那个混蛋。你是说他是那群混蛋中的一个?摩根,刚才你不是正跟那个家伙一起喝酒吗?你过来到我这边来。"

那个叫摩根的水手长着白头发,面孔已晒成了红木一样的颜色——听话地走了过来,嘴里嚼着烟草块。

"嗨,摩根,"大个子约翰极为严厉地问,"以前你见过那个黑什么——黑狗吗?是不是曾经见过?"

"没有,先生。"摩根行了一个礼。

"那你是不是听说过他的名字,有没有听说过?"

"不,没有,先生。"

"上帝保佑,汤姆·摩根,你有好运气!"这位酒店老板小题大做地嚷道,"如果你还跟这种东西鬼混,就再别到我这酒店来了,我说话可是算数的。你们这一会儿到底都说什么了?"

"我也不记得了,先生。"摩根答道。

"你自己说,你肩膀上的这东西是脑袋还是个大木瓜?"大个子约翰教训他说,"不记得了?大概你都不记得刚才跟自己讲话的人是谁了吧,对不对?那会儿他都跟你咕哝什么了?出海?船长还有船?赶紧说出来!你们到底在说些什么?"

"我们在说吃龙骨酱,"摩根回答道。

"你们在说吃龙骨酱?的确是该叫你们这等人试试这种味道,我说的话是真的,你该相信。汤姆,回去坐好吧,你这笨猪!"

摩根回到自己的位子坐好之后,西尔弗俯到我的耳朵跟前,用亲切得近于套近乎的态度小声说道:

"汤姆·摩根的确是个忠厚老实的人,不过有点呆头呆脑。这会儿,"他声音大了一些继续说道,"我想一想。那家伙是叫黑狗吗?不对,我没有听人说过这名字,绝对没有。但是,我好像——是的,我曾经见过这个大浑蛋。他来过这儿好几次了,跟一个讨饭的瞎子一块儿来的。"

"就是他,肯定的,"我说,"我认得那个瞎子,他叫皮尤。"

"没错!"西尔弗这一次是真的情绪高亢了,"皮尤!他就叫这名字。你一眼就知道他是个王八蛋!如果咱们把那个坏蛋逮回来了,就有好消息告诉屈利劳尼船主了!本杰明跑得极快,几乎没有水手赶得上他。本杰明一定可以追上那家伙,他跑得又快又稳,上帝保佑!刚才他不正在念叨龙骨酱吗?咱们就让他知道龙骨酱的厉害!"

他一边这样大声嚷着,一边拄着拐杖在酒店里蹦来蹦去,一会儿又去拍打桌子,那义愤填膺的神色如果让伦敦中央军事法庭的法官或违警罪法庭的警探之类的人物看见了,也一定会对他深信不疑。在此地看到黑狗的踪影使一度消失的疑团重新回到我的心里,我开始留意观察这位厨师。然而他为人深藏不露,遇事应变极快,心眼多得数不清,这些绝不是我能看清的。那两个追赶的人气喘吁吁地跑回来报告说,黑狗钻进人群中不见了,酒店老板像骂小偷一样大骂了他们一通;此时,我肯定相信大个子约翰·西尔弗一定是没有任何不对的。

"让我说给你听,霍金斯,"他说,"这件倒霉的事的确让我不知该怎么办才好,不是这样吗?屈利劳尼船主听了这样的事该怎么看我呢?一个惯偷就大模大样地在我的店里喝我的朗姆酒!你来这里对我说他是个怎样的货色,我却睁着眼看着他从我们眼皮底下溜走了!霍金斯,你一定要在船主面前替我说句公道话。你年龄不大,可是你头脑清楚。你一进来我就知道了。可恨的是我拄着这样一件东西,我有什么法子呢?如果是在我身强力壮做水手时出的事情,我一定不让那兔崽子溜走,不用眨巴几回眼睛的时间,一定又快又准地抓他回这里来;可如今——"

"酒钱!"他大声地嚷了起来,"三杯朗姆酒的酒钱!我连账都

第八章 望远镜酒店里

忘了算,真是大白天遇见鬼了!"

他纵身躺在一条长椅上大声地笑起来,笑得连眼泪都出来了,顺着脸颊流了下去。我也忍俊不禁,跟着他纵声大笑,我们俩你一会儿我一会儿,笑声直震得酒店都发出一阵阵回响。

"我真是变成了一头大笨驴!"后来他摸着自己的脸蛋说道,"霍金斯,你倒真和我挺像,简直就是一对儿,我敢说我最好也就能当个服务生。行了,这会儿我们收拾收拾就出发吧。这种事可千万不能随便蒙混过关就行了。公事就是公事,伙计,让我把我的三角帽戴上,咱们一块去屈利劳尼船长那里,跟他汇报一下这里出过的事儿。霍金斯小兄弟,要明白这样的事可不是无足轻重的;咱们得老实说,这件事咱们俩都没什么面子。你也没有什么光彩,咱们一起出丑了。而且,居然还叫这狗东西没掏钱就溜了!"

他又在那里笑得合不拢嘴,我只好也陪着他一起笑,尽管我心里认为这种事没什么好笑的。

我们沿着码头向回走,一路上,他谈笑风生,显得是个很风趣的人。他告诉我沿途上遇到的各种问题,比如说不同船只的装备、吨位,以及它们的国籍等,并帮我解释周围正在做着的工作:有些正在往下卸货,有些正在装货,而有些正准备扬帆启程。每过一小会儿,他都会告诉我一个有关船只或是水手的典故,要么就不断重提某一个航海术语,以便使我真正领会它的涵义。我逐渐觉得,与这样一个人一起出海真是大有裨益。

我们到达旅店的时候,乡绅和李甫西正一边吃烤面包,一边喝着大约一夸脱①的啤酒,然后他们将要去纵帆船上转一圈,看看那边的工作进展如何。

大个子约翰将酒店中刚刚发生过的事情详细地叙述了一遍,

---

① 夸脱,英国容量单位,1 加仑 =4 夸脱 =8 品脱 =4.546 升。

他情绪很激动,但没有夸大或缩小事实,按照真实情况汇报。"当时就是这样的,霍金斯,你说说看,是不是这样?"他时而这样插进一句,而我每次都作证说他的话是完全正确的。

那两位先生对没有逮住黑狗这事表示很可惜,但是我们都认为那已经无能为力了。大个子约翰得到了一通赞扬,之后就挂着拐杖离开了。

"今天下午4点整全体船员在船上集合。"乡绅朝他离开的背影喊道。

"明白了,先生。"厨师在过道里答道。

"屈利劳尼先生,"李甫西医生说,"总而言之,对你找到的那帮所谓人才我不太相信;不过这个约翰·西尔弗挺叫人满意的。"

"这可是个百里挑一的老实人。"乡绅道。

"这会儿,"医生最后说,"吉姆可以跟咱们一道去船上了,是吗?"

"当然了。"乡绅说,"戴上帽子,霍金斯,咱们一起去看看咱们的船。"

第九章　火药和武器

伊斯班袅拉号停泊在离岸较远的地方，我们的筏子连钻带绕，经过别的船只的头饰下面，又从其船尾旁通过；有时那些船的缆绳擦在我们的船底上，有时又在我们的上边摇荡。最后我们来到了伊斯班袅拉号旁边，大副埃罗先生——他是一位面容呈棕黑颜色、挂着耳环、有些斜眼的老海员——迎着我们上了甲板。他同乡绅关系亲密，但不久后我就看出屈利劳尼乡绅与船长的关系并不是很融洽的。

船长看上去神色严厉，似乎他对船上的任何东西都看不上眼，所以非常生气，而且他很迫切地想让我们知道他之所以生气的原因。我们刚刚走进房舱，后面就有一名水手紧跟着进来了。

"先生，斯摩列特船长他有话跟你说。"水手说道。

"我随时恭听船长的高见。你请他进来谈吧。"乡绅说。

事实上船长就跟在他的传令员的身后，因此他马上就走了进来，而且顺手带上了房舱的门。

"你好，斯摩列特船长，你有什么高见？我希望诸事顺利。是一切都已准备妥当，随时可以启程了吗？"

"你好，先生，"船长说道，"我觉得我最好还是开门见山吧，就算因此而令你不高兴。我打心眼里不喜欢这次出航，我不喜欢这帮人，我也不喜欢我的大副。我的意见就是这样，非常简单。"

"先生，恐怕你也不喜欢这条船吧？"乡绅问他。我看得出来他相当恼火。

"在尚未经历风暴之前，我不这样说，"船长答道，"这条船的做工看来十分精巧,但别的我就不敢妄言了。"

"先生,或许你也并不喜欢聘请你的这个人吧?"乡绅说。

此时李甫西医生插了句话。

"稍等片刻,"他说,"稍等片刻。提出这种问题除了挑起争嘴之外别无他用。船长要么就是点得太过火了,要么就是还没谈到正题上。你说你不喜欢这一次出海。请问是为什么?"

"先生,我应聘把船驾驶到这位先生要去的地方,然而到底是去哪儿却不让我知道,"船长说,"本来对此我并不介意。但是我发觉船上随便一个人都比我知道得更多。我觉得这不公平,你觉得怎样?"

"这样的确不公平,"李甫西医生说,"我和你看法一样。"

"另外,"船长说,"我听说你们是要去寻宝的——请留心,我是听自己的下属们说才知道的。寻找宝藏可是十分没有把握的事,我对于此次寻宝之旅并无兴趣,而且这种事情是不该人尽皆知的,然而这件事——请原谅我说话很直,屈利劳尼先生——甚至连鹦鹉都知道有这码子事了。"

"是说西尔弗的鹦鹉吗?"乡绅问。

"我只是打个比方而已,"船长说,"我的意思是这根本不是什么秘密了。我敢说你们二位根本不了解眼前可能发生的事;不过我得忠告你们一句:我们必定面临着一场生死较量,并且将十分凶险。"

"你表达得很清楚,而且我觉得你的话极有道理,"李甫西医生说道,"我们是出去历险的,而且我们不是你说的那样对情况一无所知。再者,你还说你不喜欢这个船员班子。他们难道不都是挺出色的水手吗?"

"是的,我不喜欢这些水手,先生,"斯摩列特船长答道,"干脆打开天窗说亮话:我认为挑选船员的事应当由我来做。"

第九章 火药和武器

"或许应该是这样,"李甫西大夫说,"我的伙伴或许应当和你一起商量商量。不过,要是这件事考虑得欠妥当,这也不是有心的。似乎你还不中意埃罗先生。"

"对,先生。我相信他是个出色的海员,然而他不知道约束那些水手,这样做是不符合一个有责任心的海员的要求的。一个大副就应当时刻记住自己的职责,而不该和水手们一起去喝酒!"

"你是说他嗜酒?"乡绅大声地叫起来。

"不是这样,先生,"船长回答说,"他只是太放任了。"

"好了,现在简单点来说吧,你对我们还有什么不满之处,船长?"医生问。

"先生们,你们是一心一意一定得出这次海吗?"

"我们下定了决心要去。"乡绅答道。

"非常好。"船长说,"你们既然已捺定性子听了这些事情,虽然我没法证明给你们看这些事,那就请再听我唠叨几句。如今他们是把火药和武器放在底层舱里,那儿靠近船头。事实上你们房舱下的地方很好,干吗不把火药和武器放在那儿呢?此是一条。你们随身还带有四名仆人,听说他们是被安排到前舱去睡觉的。为什么不让他们就在这里,在房舱里再安排一些床铺呢?此为二条。"

"完了吗?"屈利劳尼先生问。

"还剩一条,"船长道,"已经被人知道的事情太多了。"

"的确是这样。"医生赞同地说。

"我愿意把我道听途说来的一些情况告诉你们,"斯摩列特船长说,"听说你们得到了一张某个岛的地图;地图上有些个打叉的地方,表示那里藏着宝贝;那个岛是在——"他说出颇为精确的经度和纬度。

"这些话我可从没跟任何人提起过。"乡绅在一旁赶紧表白。

"但是水手们都知道得一清二楚,屈利劳尼先生。"船长说。

"李甫西,准是你,要么就是霍金斯说出去的。"乡绅高声说。

"谁说出去的现在并不重要。"医生说。我看得出来,他和船长两人都不相信屈利劳尼先生的辩解。坦白地说,我跟他们有同感,因为他说话实在是太没有遮拦了。然而我相信他一定没有把这件事说出去,我们都没把这个岛的位置讲给人听。

"总而言之,先生们,"船长继续说道,"我并不清楚地图由谁保管着;但是我郑重请求,就算对我和埃罗先生也得保密。不然的话我情愿辞职不干了。"

"我知道的,"大夫说,"你希望我们将整个事情都隐瞒起来,希望在船尾形成一支警卫队伍,由我的伙伴的仆人们组成并据有船上全部的火药和武器。换一个说法就是,你担心船上会出乱子。"

"先生,"斯摩列特船长说,"我不愿意开罪你,但你无权把我没说过的话强加在我身上。先生,随便一个船长,只要他有足够的证据说出这种话,那他就无权出海。至于说到埃罗先生,我敢担保他是个忠贞不贰的人;还有几个水手也是诚实的;或许每个人都诚实也不是不可能。但是我必须负起责任来,保证船的安全和船上任何一个人的生命安全。我觉得有些事有点蹊跷。所以我请求诸位先生采取一些防范手段,否则就请允许我辞职。我就说这些了。"

"斯摩列特船长,"大夫一边笑着,一边开始对船长说,"请问你有没有听说过一则寓言,关于山和老鼠的那则①? 对不起,但的确你让我想起这故事。我以我的脑袋为誓,你刚才进到这房舱里

---

① 见《伊索寓言·分娩的山》(费德路斯编译):山大声地呻吟,将要分娩了;从巨大的裂口中却只跑出来一只小老鼠。此则寓言与"雷声大,雨点小"寓意相似。

第九章 火药和武器

时的目的不只这些。"

"医生，"船长说，"你眼力的确不错。我此行的目的是想来说我不打算继续留在这儿了。据我想屈利劳尼先生是不会采纳我的意见的。"

"我仍旧不愿意听你废话，"乡绅怒气冲天地说，"如果没有李甫西医生在此，我早请你滚出去了。现在我可算是听你嚼完舌根了，我会照你的要求办的；然而从此我对你的反感会比以前更强。"

"那随你，先生，"船长说，"以后你会了解到我是个办事负责的人。"

说完他就转身出去了。

"屈利劳尼，"医生说，"和我原来的想法正相反，我这会儿敢说，你替咱们这艘船发掘到两个公正善良的人：一个是约翰·西尔弗，另一位则是船长。"

"你说西尔弗我完全没意见，"乡绅说，"说到这个有意唬人的可恶家伙，我认为他的举止没男人气，有失海员的身份，一点都没有英国人的绅士气派。"

"算啦，"医生说，"那咱们就拭目以待吧。"

我们走出船舱，来到甲板上，这时水手们已经在挪动火药和武器了，一边喊着吭唷吭唷的号子；船长和埃罗先生则站在一旁看着他们工作。

这一回的重新布置很令我满意。整个船的布局都经过一次很大的调动：装了六张床铺在船尾原来的大货舱的后部，这个房舱则是从左边船舷的圆木过道连通了厨房和水手舱。新安的六张床铺本来是让船长、埃罗先生、亨特、乔伊斯、医生和乡绅住的。后来，他们让我和雷德拉德住了其中的两张，埃罗先生和船长则去甲板上的升降口里面去住。升降口的两侧经扩大后，可以叫做后甲板房舱。不过,那里仍旧很低,但总可以凑合放两张吊床,就连那位大副也对这样的调动感到满意。也许他仍不放心那帮水手,不过这只是一点揣测而已,至于他心里到底怎样想,过不了多久就与我们无关了,您读到后边自然会明白的。

我们这群人正七手八脚地挪动火药和床铺,后来几个水手和大个子约翰也一起乘着筏子过来了。

厨师像一只猴子一样很敏捷地爬到大船上来,一看到船上热火朝天的繁忙景象,便发话问道:

"嗨,伙计们,你们这是干什么呀?"

"我们给火药挪个窝,约翰。"有一个人应声道。

"老天呀,干吗非得要搬了呢?"大个子约翰惊声叫道,"这样干一定会错过早潮时间的!"

"是我叫他们干的!"船长很利落地答道,"伙计,你应该到下面厨房里去看看,过一会儿水手都得吃饭呢。"

"好,好,先生。"厨师答应着。他举起手来,碰一碰自己额前的头发,很快就从去厨房的那地方不见了。

"这是个好人,船长。"医生说。

"极可能是,"斯摩列特船长回答说,"仔细了,伙计们,当心一些!"他朝着那些搬着火药桶的水手们跑过去,突然发觉我正在仔细观察放置在甲板中央部位的一口铜铸成的回旋炮。"喂,服务生,"他大声喊道,"别在这儿磨蹭!去厨房看看有没有事做!"

我赶紧跑着离开那边时,听见他声音很大地对医生说:

"我的船上绝对不允许有人没事瞎逛。"

您一定知道,这时我和乡绅的意见完全相同了,从此我开始深深地仇恨这个船长。

第十章 旅 程

整整一个晚上，我们一直忙得团团转，一会儿整理东西，一会儿又要招呼一船又一船乡绅的熟人，比如勃兰德里之类的，他们过来祝愿他航行顺利、早日归来。在本葆将军旅店时，我还没有一个晚上有那天晚上一半那样奔忙。到了第二天拂晓时候，我已经累得没有一丝气力了，这时水手长吹响了角笛，水手们各就各位，站到绞盘的扳手前预备起锚出海了。就算此刻我比这会儿更累一倍，我也不肯离开甲板。简洁的命令、尖锐的鸣笛、昏黄的灯光下朝自己岗位奔去的人流——一切于我而言都充满新意、趣味。

"喂，烤全牲，给咱们唱一曲吧！"有个水手大声叫道。

"还唱那支老歌。"一个在旁边附和着。

"唱吧，伙计们。"大个子约翰胳膊下挂着拐杖，站在一边，放开喉咙唱起那首我再熟悉不过的歌：

　　装着死人的箱子哟，十五个人忙着在扒——

随后所有水手一齐应和着：

　　哟呵呵，朗姆酒来了，大家快点尝！

在唱到最后一个"呵"字的时候，大伙儿一起使劲转那绞盘的扳手。

就是在这样令人激动不已的时候，我也有片刻时间忆起在本葆将军旅店时的事情；我似乎听到那片合唱声里船长尖尖的嗓音。过了一小会,铁锚突然从水中浮起;又过了一会,它就被从水里吊出来,向船头上滴滴答答地滴着水;再过一会,帆鼓满了风,只见陆地和周围的船只都向后靠去。伊斯班袅拉号启动了它向藏宝岛进发的旅程,我终于找了个时间躺下去睡了一小时。

我不想再详细地介绍航行的事。路上一帆风顺。船的功能的确不错。水手们也非常出色,船长相当称职、负责。但在我们行至藏宝岛之前,有几件事必须提一下。

第一件,比船长设想的更糟糕,埃罗先生的表现叫人大失所望。水手们对他不屑一顾,他在他们中间没有丝毫威望。然而最糟糕的是不止于此;在我们启程一两天之后,他就开始双眼迷蒙、两颊发红、脚步踉跄地在甲板上走,舌头不听他命令,说的话模模糊糊,而且还有其他各种醉态。他经常被命令退到甲板下边去。有几次他摔倒了,擦破了皮;有时候他一整天躺在升降口旁他的小床铺上呼呼大睡;有时也有一两天他难得清醒,那他就注意把自己的工作做好,至少是别人看时还算过得去。

但是,我们一直没有搞清楚他的酒是打哪儿来的。这是船上一个奇怪的谜团。不管我们怎样密切注意他,我们都没有办法解开这个谜底。当我们质问他时,他若是正喝醉了,就只是冲着人呵呵傻笑;如果他头脑清楚,就赌咒发誓地说自己从来不碰酒,他只是喝水。

作为一名大副,他完全没有尽到自己的职责,对别人也没有任何好的影响,但最坏的不只是这些。看得出来,如果就照这样下去,不用多久他就可能自毁前程。不出所料,一个刮着狂风、波浪汹涌的夜晚之后,他失去了踪影,再没有人看见过他。然而这也并没有引起任何一个人太多的叹息或惊讶。

"一定是失足落海了!"船长说,"各位,这样的话,也不用我们拿链条把他锁起来了。"

然而我们还是少了一员大副,自然得从船员中提拔一个人接替他的工作。水手长约伯·安德森是最有资格当选的。尽管他名为水手长,事实上他已担任了大副的工作。屈利劳尼先生曾做过水手,他有丰富的知识可利用,天气晴朗时,他时常自己去值班观察。副水手长伊斯莱尔·汉兹是个可信赖的人,他遇事小心、足智多谋、经验丰富,在不得已的时候,所有的事可以托他代理。他和大个子约翰·西尔弗是莫逆之交。说到西尔弗,我得再谈谈船上的这位厨师——水手们管他叫烤全牲。

在船上时,他拿绳子把拐杖绑到脖子上,以便腾出两手做事。做饭的时候,他用拐杖抵住船舱的墙壁支着自己以保持平衡,不管船身怎样动摇不定,晃来荡去,他却像在陆地上时一样稳妥,这真的值得人看一看。如果你在大风咆哮、波浪涛天的时候看见他在甲板上稳便地行走,来去自如,你一定会更加惊奇。在一个距离很大的空当处,有两条绳索专门供他用,大家就管这个叫做大个子约翰的耳环。他靠着绳索从这儿走到那儿,有时用他的拐杖,有时把拐杖挂在绳子上拉在身后,动作的敏捷程度绝不逊于用两条腿走路的正常人。然而过去曾和他一起在海上干过的人却在一旁大发感慨,叹息他今非昔比。

"烤全牲绝不同于一般人,"副水手长对我说道,"年轻的时候,他受过很好的教育,如果他愿意,他说出的话不比书本上差多少;如果你说到勇敢之类的话,就是一头狮子,在大个子约翰前面也不值一提!我亲眼见过他手无寸铁地和四个人搏斗,把他们的脑袋抓过来在一块乱碰。"

水手们都敬仰他,甚至乐意听他的话。他和任何一个人在一起都有的说,有办法使那人感激他。他对我一直十分和蔼可亲,见我到厨房去时,他总是笑眯眯的。他把厨房里整理得井井有条,锅、碗、瓢、盆都擦得一尘不染,挂在墙上。他还养了一只鹦鹉,放在角落里的一个笼子里。

"过来,霍金斯,"他经常这样对我说,"来和约翰一起来聊聊。孩子,我最疼的就是你。坐下来,听我慢慢唠叨。弗林特船长——我是用那个如雷贯耳的海盗的名字来给我的鹦鹉命名的——弗林特船长说这次出海一定能旗开得胜。对不对呀,船长?"

这时那只鹦鹉就会用最快的、令人觉得换不过气的声音答道:"八个里亚尔!八个里亚尔!八个里亚尔!"一直到它喊得没了力气,或是直到约翰用一块布把笼子包起来才罢休。

"听我说,霍金斯,"他说,"这只鸟恐怕该有两百岁了,鹦鹉可以活很久呢。除了撒旦之外,没有人比它见过更多不公平的事情。它和英格兰——大海盗英格兰船长——一起出过海。它甚至去过非洲的马达加斯加、印度的马拉巴尔、南美的苏里南、北美洲的普罗维登斯、苏格兰的波多贝洛。它见过人们打捞沉船上的财物。它的'八个里亚尔'就是从那儿学会的;这不足为奇,因为那时捞起了三十五万枚西班牙银币,每一枚银币都值八个里亚尔,霍金斯!它见识过在果阿①附近人们怎样强行抢夺印度总督号,你不要以为它看上去像个无知的小孩子。你可是闻着火药的味道长大的,对不对?船长?"

"逆风了!预备换舷。"鹦鹉声音尖锐地叫道。

"这小家伙可聪明得不得了。"厨师从衣袋里取出糖块喂给鹦鹉吃。然后那只鹦鹉一边啄栅栏,一边破口大骂,那些话的污秽,闻之令人目瞪口呆,不敢相信出自一只鸟的口中,约翰接着说道:"这就是吃谁的饭,跟着谁转,伙计。我这只愚蠢可怜的老鸟骂架的本事堪称一绝,无人能比,它也改不了口啦,你要相信我说的。就像俗语说的那样:就是在牧师面前,它也一样能骂下去,"说到

---

① 果阿:在印度西海岸附近,葡属殖民地,现归印度管辖。

第十章 旅程

这儿,约翰总会严肃地拿手贴一贴他额前的头发,毫无疑问,我认为他是这世界上最好的人。

与此同时,乡绅和斯摩列特船长之间的矛盾仍旧在不断深化。乡绅很明显地流露出对船长的反感情绪。而船长,如果别人不问他,他也不说一个字,就算是回答别人问题时,也非常的尖酸刻薄、简洁明了而且语气生硬,决不愿意多发一个音。如果实在被逼不过了,他也会自己说对这条船上的船员队伍有些不应该的偏见,承认许多水手手脚麻利,很叫他高兴,并见他们也从未有任何出轨行为。对于这条船,他则完完全全地喜欢上它了。"它操作起来的确顺手,很令人满意,先生,就是一个当男人的,也不会要求他的老婆比这条船更温顺。但是,"他就是忘不了添上一句,"我还是要说:咱们还得瞧后边的。我就是觉得这次出海别别扭扭的,不舒服。"

乡绅闻听到此处,都会立刻转过身去,扬一扬下巴,开始在甲板上走来走去。

"如果这家伙还是这样婆婆妈妈个不停,"事情过后他说,"我就再也不客气了。"

我们碰上了一次极为险恶的风浪,不过这正提供给伊斯班袅拉号一个大出风头的好机会。船上的任何一个人看上去情绪都很好,说老实话,如果不是这样,他们的确就太爱挑刺了;我敢说,自打挪亚①乘方舟出海伊始,没有一条船上的水手像我们这条船上的船员一样被优待。只要能发现一个小小的借口,大家马上都能得到比平常双倍的酒。在船上还可以随时得到葡萄干布丁,如果乡绅听说某天是某人的生日的话。甲板中部时常有一只装满苹果的桶,未盖盖子,喜欢吃苹果的人可随时伸手进去。

---

① 挪亚,《旧约·创世纪》中得上帝指示乘方舟避难的人,被认为是航海者的始祖。

"这样的优待毫无益处,"有好几次船长向李甫西医生建议,"唯一的后果就是增长他们的贪心。我是这样认为的。"

然而,益处偏偏就是由苹果桶里得到的,您读下去就可以知道是怎么回事了;如果没有这个苹果桶,我们就没有可能听到恐怖的消息,恐怕所有的人都会被叛徒暗算了。

事情是这样的——

在经过赤道前后,我们使信风①尽可能帮助我们将船驶进我们的目的地(请原谅我没有权利把话说得太明白)。这时船正在朝那个海岛的方向前进着,我们怀着焦急的心情日夜向远处眺望。此次旅行最多还有一天左右的行程了。有可能在今天夜晚,或者最晚不超过明日中午,我们肯定可以看见那座藏宝岛。我们是朝着西南方航行,海风平稳而柔和,与我们的船身正好成正横。海面上风平浪静。伊斯班袅拉号稳稳当当地朝前行驶着,船头斜着的桅杆时而被船身激起的浪花浸湿了。一切都进行得极为顺利,大家伙全都兴高采烈,因为眼看此次出海前一部分的工作已接近尾声,我们离目的地已不远了。

太阳刚刚落下山去,我手边的活儿也干完了,我刚想回自己的小床上去休息一会,突然有点想吃苹果。我爬到甲板上去。值班的那些人都去船头向远方眺望,看是不是能够看见海岛。舵手则悠然自得地吹着口哨,观察着船帆鼓风的角度,周围是一片寂静;除此之外就只剩下海水拍打船头和船身两边时的声响。

我整个人都爬进苹果桶,最后总算找到了仅存的一只苹果。我在桶里坐下去,因为里面的光线很暗,而且耳边响着水拍打船舷时有节奏的声响,船身轻轻地晃动着,我不知不觉地几乎睡着了,

---

① 信风:在赤道两边的低层大气中,北半球吹东北风,南半球吹东南风,这种很少改变方向的风,叫信风,也叫贸易风。

第十章 旅程

或者可以说快要睡着了。就在这时,有一个体重不轻的人呼的一声靠着苹果桶坐下去。他的肩膀和脊背挨在桶上,桶稍稍晃了晃;我刚想要爬出来,那个人却开口讲话了。是西尔弗的嗓音。我刚听他讲了几句,就马上断定不管发生什么都不能让他发现我。我缩在桶里,打着哆嗦仔细偷听着,恐怖和好奇的心理都到了最高点。因为刚听了几句话我就明白了,我此刻关系着船上所有好人的性命。

第十一章　我藏在苹果桶里偷听到的

"不是，不是我，"西尔弗说道，"弗林特才是船长；我那时是掌舵的，因为我的这条腿是假肢。有一次他们一齐轰舷炮的时候，我这条腿被炸掉了，老皮尤则给炸瞎了一双眼睛。给我做截肢手术的外科医生是个大学毕业生，一肚子的拉丁文；可是结果还不是一样，照样和别人一起在科尔索要塞像只狗一样被绞死了，死后还要吊在太阳下烤。对啊，那就是罗伯特跟前的人，他们倒霉就倒在隔三差五地给船起名字：今儿叫皇家福号，明儿又叫别的什么号。我觉得一条船叫什么名字，就得一直叫下去。卡桑德拉号就是个例子，英格兰船长抢劫了印度总督号之后，它顺顺当当地把大伙儿从马拉巴尔送回老家；弗林特原先的一条老船海象号也一样，我见过它被鲜血染红时的情景，也目睹它差些被黄金压得沉船的景象。"

"呀！"另外一个声音——是船上年龄最小的一名水手——由衷地叹道，"弗林特真是个伟大的人物！"

"听说戴维斯也很不错，"西尔弗说，"我一直没机会和他在海上共事。我先跟英格兰干，后来跟弗林特干，如今可以说是自己闯天下了。跟着英格兰干时我攒了九百镑，跟弗林特干时攒了两千镑。对一个水手来说成绩已经不错了，钱都很稳当地保管在银行里。但是只会挣钱还是不够的，你得学会节俭才能攒钱，你要听我说的话。英格兰手下的那帮弟兄如今在哪儿呢？我无从得知。弗林特跟前的人呢？一大部分还在这艘船上，他们有葡萄干布丁吃

第十一章　我藏在苹果桶里偷听到的

就觉得挺不错了。以前他们中的有些人还靠乞讨为生呢。瞎了眼的老皮尤现在该觉得自己惭愧才对，他一年花了一大笔钱，大概是一千二百镑，上议院的勋爵也不过如此吧。现在他在哪儿呢？死了，埋了；可是他已经在两年前就饿肚子了，活见鬼！他乞讨、偷盗、杀人，可仍是喂不饱自己，老天！"

"这样说的话，干这个行当不见得有多好。"年轻的水手这样说。

"对笨蛋来讲的确如此，你得信我说的，笨蛋无论做什么都不会有好结果，"西尔弗说，"但是，虽然你年纪轻轻，却头脑清醒。我只消看一眼就知道，我得像跟大人讲话一样同你讲。"

我听到这该死的老骗子用这几句话去奉承另外一个人，同样的话他经常对我说过，我心头涌起的愤怒之情您不用想都知道。如果可能的话，我会穿过桶去把他扼死。这时节他可没料到有人在桶内偷听，继续滔滔不绝地往下说：

"碰运气先生们大多都是这样。他们不拘小节，随时都有上绞刑架的危险，然而他们吃喝起来，就像在给斗鸡之前的鸡喂食一样。一次出海回来，口袋里原来的几百个铜板能变成好几百镑。一直到钱挥霍光了，再空着两手回到大海上去。我却不跟他们一样。我的钱分别存在好些个地方，每个地方都存很少，这样也不会被人怀疑，跟你说，今年我都五十岁啦，干完这次，我要过一个真正的绅士过的日子。时间还多着呢。不过，我的日子本来过得也挺好，如果想要什么东西，也不委曲自己；我一向睡得惬意，吃饭讲究，当然在海上就得除外了。你问我是怎样开始的吗？开始和你一样，也还不是一个平常的水手！"

"但是，"另外一个声音说，"那你另外的东西不就得全丢了吗？你知道，这一来再也不可能在布里斯托尔出现了呀。"

"你猜猜看，我把钱放在哪儿？"西尔弗以一种戏弄的口气问道。

"在布里斯托尔的银行和另外的银号里。"那个年轻的伙计回答说。

"没错,"厨师说,"在咱们出海的时候,钱是在那里。不过我的老婆如今已把所有钱都取走了。望远镜酒店还有租房时的契约、商号的信誉、装修之类全都已盘给别人了。我老婆如今早离开那边,去商量好的地方等着我。我挺愿意告诉你是在哪里,我信任你;可是这样别的水手不肯干。"

"你相信你自个的老婆吧?"年轻的声音这样问。

"碰运气先生们之间很难互相信任,"厨师说,"这也怪不得他们,你得信我说的。但是我有一套法子。谁要是想谋算我——我是指那些认得我的人——老约翰跟他不共戴天。曾经有人害怕皮尤,有人不敢惹弗林特,可是就是弗林特自己,对我也得礼让三分呢。他对我又敬又怕。弗林特手下的那些人可都是无恶不作的大恶棍,就是魔鬼也怵他们,不敢和他们一起出海。告诉你吧,我绝不是打肿脸充胖子,你现在看得见我和这些人打成一片;可是以前我做舵手时,弗林特手下的一帮老海盗在我面前比绵羊还温驯。哼,等我在船上做了主,你就会明白了。"

"这会儿就对你实话实说了吧,"年轻人说道,"就在咱们俩促膝交谈之前,我对干这种事一点兴趣都没有,约翰;但是此刻,我铁了心干这行,咱俩握一握手吧,作为凭证。"

"像你这样的年轻人才算有胆识,又机灵,"西尔弗一边说着话,一边很热情地和那个人握手,苹果桶被他震得也晃了几晃,"还有呢,我以前根本没见过有你这样英俊潇洒的碰运气先生呢。"

我慢慢地听明白了他们的谈话。他们嘴里的"碰运气先生"原来就是说海盗,我躲在这里听到的这一小段谈话,原来是在拉一

第十一章 我藏在苹果桶里偷听到的

名忠厚的水手上贼船——或许是此船上的最后一个——引他入匪窝的最后一步棋。然而很快地我知道原来事情不仅仅如此简单。西尔弗轻轻地打了声口哨,走过来了一个人,坐在他们中间。

"狄克是咱们自家人了。"西尔弗说。

"咳,我早知道狄克总会跟咱们一道的。"这是副水手长伊斯莱尔·汉桑的声音,"狄克可不是个笨蛋。"他嚼了嚼口中的烟草块,调动一下它在口中的位置,吐了一口唾沫。"烤全牲,我得问你一件事,"他继续说道,"咱们成天这样晃来晃去,不务正业,要磨蹭到什么时候才算?我再也没办法忍受斯摩列特船长了,我再也不要听他命令我这样那样,他妈的!我无论如何要搬到房舱去住,对,一定去。我要吃他们的泡菜,喝他们的葡萄酒,他们还有不少好玩意儿咧。"

"伊斯莱尔,"西尔弗教训道,"你这脑子实在是没什么用处,以前也是这样。然而我希望你听一听别人的意见,最起码你还有一双大耳朵。你仔细听好了:在我还没下令之前,你还得继续睡你自个的铺子,你要好好干活,和人说话客气一些,喝酒的时候注意点。照我的话乖乖做吧,好孩子。"

"我又不是不听你的,"副水手长小声嘟哝道,"我就是问到底啥时开始干?"

"啥时开始?老天爷!"西尔弗说,"行,既然你一心要知道,就不妨对你直说了:尽可能拖到最后再干。这船上有最出色的海员——斯摩列特船长,他驾这条船对咱们可是大大地有好处。乡绅和医生有地图,但我不知道他们把它放在什么地方。你也不知道,是不是?因此,老天爷,我想叫乡绅和医生去替咱们找宝贝,再给咱们装到船上,到时候再想办法解决他们。如果我信得过你们这些魔鬼的后人,我还打算让斯摩列特船长一直把我们送到回程中途,到时再出手。"

"难道我们这帮人不是海员吗？我们不也会驾船？"狄克问道。

"我们只是一群水手而已，"西尔弗说，"我们可以顺着航道走，可是谁会辨认航线？这些事咱们可不会干！照我的设想，最起码得叫斯摩列特船长在回程时把我们送进信风圈里。到时候免得我们搞错了方向，结果弄得大伙儿一天一个人才能得到一小勺淡水。不过我也清楚你们这些人的德性。我只能在那个岛上把他们灭了，只要那些宝贝装上船了。虽然这样做挺叫人可惜的。不把你们灌得一塌糊涂，你们全身上下都不舒服。真是倒八辈子的霉，跟你们这样的浑蛋一块出海，真叫人想吐！"

"算了，大个子约翰，"伊斯莱尔情绪很高地嚷道，"难道谁和你对着干了吗？"

"那么多的船只被歼灭，成千上万的绿林好汉在正法码头①被绞死，几乎被曝晒成鱼干，你知道我见过的有多少吗？"西尔弗的情绪也激动起来，"败就败在不懂得忍耐，一口想吃成个大胖子。跟你说吧，这种事我瞧过的多着呢。要是你们懂得用一点点脑子，知道见好就收、随机应变的话，你们早就坐上了马车，住上了公馆。不过你们别做梦了吧！我对你们这种东西可是一清二楚。你们大概就希望喝饱朗姆酒再上绞架。"

"我们都知道你能言善辩，巧舌如簧，就像牧师那样，约翰，可是照样有人跟你一样，懂得如何起帆，怎样掌舵，"伊斯莱尔说，"他们就是为了在一起快活快活，这的确是事实。他们不会那样眼睛只盯着天，不懂享乐，他们根本不会那样干，他们知道今朝有酒有朝醉，大家都活得很快活。"

"是吗？"西尔弗说，"可是现在他们呢，上哪儿去了？皮尤正是你说的这种人，而他断气的时候是个要饭的。弗林特也是这种,

---

① 正法码头：英国旧时绞决海盗的行刑地，在伦敦郊区泰晤士河畔。

第十一章　我藏在苹果桶里偷听到的

最后因为朗姆酒却在萨凡纳丢了性命。哼,和这些人一块干是很来劲儿,不过,现在他们又在哪里呢?"

"可是,"狄克问道,"到他们的小命捏在咱们手里时,我们究竟拿他们怎么办?"

"此人讲话真是和我意气相投!"厨师对狄克大加赞美,"这样的事才是正事。那么,你想要怎么办?把他们放荒岛①吗?英格兰船长是这么做的。要么像杀一头猪那样把他们宰了?弗林特和比尔·蓬斯是这么干的。"

"比尔本来就是这样,"伊斯莱尔说,"他有一句口头禅:'死人咬不了活人。'如今他自个也成了死人,可以亲身感受到他的这句话了。要论起手段毒辣,心肠狠毒,比尔可不能不算一个。"

"你说得没错,"西尔弗说,"手段残忍,心肠狠毒,斩草除根,毫不拖泥带水。你们都有目共睹,我称得上心地仁慈,我是个绅士,可这一次事情不同于平常。公事就是公事,伙计们。我提议干掉他们。如果有朝一日我成了议员,有了自己专用的马车,我可不愿意看见房舱里那些爱斗嘴的家伙中,不管是谁,闯到我的家里去,就像魔鬼闯到教堂去那样。我说过要懂得忍耐;然而只要时候到了,就不能眼看着让它错过。"

"约翰,"副水手长赞叹道,"你的确是个有真才实学的人!"

"你会相信这句话的,等你以后亲眼目睹事实的时候,"西尔弗说,"我仅提出一个要求:屈利劳尼由我处理。我要自己把他的那颗固执的脑袋从脖子上拽下来。狄克!"忽然,他话锋一转,"乖孩子,你去到桶里取一个苹果来,我润润嗓子。"

您一定可以想象得到我当时魂飞魄散的样子!如果我够勇敢,我一定会从桶里跳出去飞一般地逃走,可事实上当时我的四肢和

---

① 放荒岛:弃人于孤岛或荒漠的海岸。这是海盗惯用的一种惩罚手段。

心脏根本不听我指挥。我听见狄克刚想立起身,仿佛刚好有人在那时拽住了他,然后又听见汉兹的声音说道:

"算了吧!约翰,你怎么会喜欢吃这种像垃圾一样的破东西。咱们还是取一杯朗姆酒来解解馋吧。"

"狄克,"西尔弗说,"我信任你的为人。我那边的小桶上,放着一只量酒的器具。给你钥匙,你去拿一杯酒过来。"

虽然此时我依旧魂不守舍,但我还是不自禁地想起来,使埃罗先生丢了性命的朗姆酒,正是由那里出来的。

狄克刚刚起身离开,伊斯莱尔便爬到厨师跟前,两个人小声地议论着。他们声音太低,我几乎没听见几个字,不过我仍是得到了一个极为重要的情报。在有关同一件事情的几句零碎的对话中,我听见了一个完整的句子:"他们那些人当中,有一些人并不愿意干。"由此可知船上还是有一些向着我们的好人。

狄克取回来了酒,这三个家伙一个挨一个地举起杯子往下灌。当中有一个说道:"预先祝愿咱们万事如意!"另外一个说:"向老弗林特船长表示敬意!"西尔弗的祝酒辞说得像一支歌曲:"祝愿我们身康体健,诸事顺利;唯愿金银取之不尽,荣华长留。"

此时一片澄澈的光辉射进了桶里,照在我的身上。我仰起头,月亮已经冉冉升起,后樯上桅杆上的帆都被染成一片银色,前樯帆的前沿被照得一片银白。几乎就在同一时刻,瞭望哨那边响起一声欢呼:"陆地!"

第十二章 军事会议

甲板上很快响起了纷乱的脚步声。大家全都从房舱或水手舱中涌出来。我马上钻出了苹果桶,乘着乱赶紧躲到前桅帆后,朝船尾紧赶几步。当我走到没有隐蔽的甲板上时,刚巧碰上了亨特跟李甫西医生,就随着他们一道儿赶到上风船首。

所有水手都已聚集在那边。月亮刚升起,周围那条雾带很快便消失了。在比较远的西南方向,矗立着两座小山,相距约两英里;其中一座的后面又有另一座山,比前两座都高一些,峰顶上依旧雾气缭绕,这三座山看起来都像是极为尖锐的圆锥体。

这一切仿佛都是我梦中所见,因为我尚未完全从几分钟之前的那场噩梦中清醒过来。此时我听到斯摩列特船长的声音,他正在发布命令。伊斯班袅拉号的船身与风向更接近了两个罗经点①,此时它是在从东面接近这座小岛。

"伙计们,"把帆脚索逐个扣好之后,船长问道,"在此之前大家有人看见过这片陆地吗?"

"我看到过,"西尔弗说,"我曾在一条船上做过厨师,当时曾经从那边取过淡水。"

"我想,锚地应该是在南边那座小岛后边吧?"船长问道。

"没错,先生,那地方名叫骷髅岛。以前是海盗的老巢。那时我们船上有个水手,他知道每一个海盗的姓名。北边的那座山叫前

---

① 罗盘上共有32个点,每个罗经点等于 $11\frac{1}{4}$ 度。

榄山;这三座山自北往南刚好排成一行,就依次叫前榄山、主榄山、后榄山,先生。但是,主榄山——也就是高耸入云的那座大山——一般人都叫它望远镜山,原因是海盗们在这里抛锚打扫船只时,经常在那座山上设瞭望岗哨。对不起,先生,您得知道,他们一般在此地清理船身。"

"我手边有张海图,"斯摩列特船长说,"你瞧瞧是不是那地方。"

大个子约翰拿过海图时,激动得两眼如火把一样地燃烧起来;可是,这张图的颜色非常新,一眼看去,我便知道他必定失望不已。这张图并非我们在比尔·蓬斯的箱子中翻到的地图,这只是一份描绘得很细致的复印件,上面注明了所有的地名,山的高度,水的深度,却唯独缺少红叉叉和文字叙述。虽然西尔弗心里恨不得撕碎了它,但他依旧不露声色,非常平静、无动于衷的样子。

"对,先生,"他说,"就是这里;这张图画得很不错。不知出自何人之笔?就我知道的而言,那些海盗可都是些饭桶。哦,此处注着'基德船长锚地'——这还是一个和我同船的伙伴给命的名。那边有一股自北向南流得很急的水,从西海岸绕过去后又回到北边去了。先生,"他说,"你改了航向,叫船驶在上风头上,这样做太明智了。无论如何,假如你有意进到港湾里,在那边修一修船,我想,这附近没有比那儿更好的了。"

"多谢你了,伙计,"斯摩列特船长说,"再过些时候我还得向你请教,这一会儿你们可以走了。"

约翰一点也不掩饰他很熟悉这个岛的事情,我无论如何也没料到他有这样冷静的才能,我得老实说,当他走向我这边时,我有些心慌意乱。不过他自然并不知晓我已在苹果桶中听到了他的谋划,然而就在这一段时间中,他心狠手辣、口蜜腹剑的本性和强大的震慑力叫我心惊胆战,所以当他将手放在我肩上时,我不由自

第十二章 军事会议

主地战栗了一下。

"这个岛的确很不错,"他说,"很值得像你这样的年轻人去逛一逛。你可以去游水、爬树、打山羊,也可以像山羊一样爬到山头上去。对着这个岛,我似乎又回到了以前,以至于忘记了我还安着一条木腿。年富力强,连一根脚趾头都不缺,那是多么美妙的事情,你应该相信我所说的。如果你什么时候心血来潮,想去岸上看一看,只要你吩咐一声,老约翰一定帮你准备好点心,在路上吃。"

说话的时候,他非常亲热地拍一拍我的肩膀,然后一瘸一拐地回到厨房去了。

斯摩列特船长、乡绅和李甫西大夫正一起在后甲板上讨论着什么。虽然我很想赶紧把偷听到这个阴谋告诉他们,但我又不敢像个冒失鬼一样打断他们,插话进去。我刚在那儿思量一个合适的理由,这时李甫西医生喊我去那边。原来他的烟斗放在下面的房舱里,忘了拿上来,而他又十分喜欢抽烟,所以叫我去取烟斗。我刚刚走到一个合适的距离,可以说话又不用担心被人听见,赶紧小声说道:"医生,我有事告诉你。你和乡绅、船长先行一步去房舱里,然后故意找个事来叫我。我有很恐怖的消息对你们说。"大夫的神色稍微有些变化,但他很快地使自己恢复过来。

"多谢你,吉姆,"他声音很大地说,"我就想知道这些事。"听上去似乎他刚刚问了我一个问题。

然后,他又回过身去和那两个人交谈。他们依旧谈了一会儿,尽管他们之中没有一个人显得乱了方寸,既没有大声表示惊讶,就连口哨也没吹一声,但非常显然,李甫西医生向他们转达了我的要求,因为之后我就听见船长下令让约伯·安德森吹响角笛,通知水手们来甲板上集合。

"朋友们,"斯摩列特船长说道,"我要对你们说一件事。目前的这个岛正是咱们此行的目的地。屈利劳尼先生出手阔绰,豪爽大方,这些咱们都有目共睹。刚刚他问了我,我觉得能这样回答他:'船上的每一个人都尽职尽责,我表示非常满意。'此刻,他,我以及李甫西医生,要到下边房舱去喝一杯,为了大家的健康和好运祝福;这里也会送酒过来,请诸位也为我们的健康及好运干一杯。我应当告诉你们,我认为屈利劳尼先生此举的确格外豪爽。假如你们认为我的看法是对的,就请为这位豪爽的绅士放声欢呼吧。"

不言而喻,周围响起一片震耳欲聋的欢呼声。然而,他们的欢呼声如此嘹亮而诚挚,我不得不说,我甚至没法相信:正是他们要我们的命。

"请再为斯摩列特船长欢呼一回吧。"第一阵欢呼声刚沉寂下来,大个子约翰又这样高声倡议。

又响起同样热情高涨的欢呼声。

就在这些人欢呼雀跃的时刻,三位先生去了房舱。没过多久,有人过来让吉姆·霍金斯也去房舱。

我进到里边时,他们三个人都坐在桌前,桌子上凌乱地放着一瓶西班牙葡萄酒,还有一些葡萄干。医生嘴里抽着一根烟,膝上摆着假发——我十分清楚,这正是他情绪不平的标志。船尾的窗开着,夜晚并不寒冷,窗外,明净的月色照耀着船后翻涌的波浪。

"霍金斯,"乡绅说,"你说有事对我们说,现在开始说吧。"

我照他的话做了,尽我的努力把西尔弗的话中提到的事情简单地讲述了一遍。我说话的时候,他们几个人都没有插话,甚至几乎一动不动,除了他们的双眼一直紧紧盯着我之外。

"吉姆,"李甫西医生说,"你坐下来吧。"

他们叫我坐在他们的身边,又倒了一杯葡萄酒给我,并把许多的葡萄干塞到我手里,他们三个轮番为我的健康、运气以及勇敢碰杯,每一个都朝我鞠躬致谢。

第十二章 军事会议

"船长,"乡绅说,"你完全是正确的,我彻头彻尾都错了。我不得不说,我是一头愚蠢的驴子,现在我听你的吩咐。"

"先生,我不比你强多少,"船长回答说,"我未遇见过这样一个船员班子,在暴动之前还如此的风平浪静,纹丝不动,因为除了盲人以外,总能找到一些可疑之处,再加以防范。但是这个班子,"最后他添了一句,"完全叫我蒙在鼓里了。"

"船长,"医生说,"西尔弗此人可不同于一般人,我认为你也这样看。"

"如果他给吊在帆桁上,那才叫做美得不同一般呢,先生,"船长说,"不过这会儿唠叨这些毫无益处。我有几点意见,假如屈利劳尼先生能够允许,我可以把它讲出来。"

"先生,你是船长,自然你的话算数。"屈利劳尼先生郑重其事地宣告。

"第一,"斯摩列特船长开始阐述他的意见,"咱们一定还得再朝前走,因为咱们没有回头路。一旦我下令转了航向返回,他们肯定马上就开始行动了。第二,我们仍有一点时间,最起码在宝藏找到之前还有一点。第三,有一些水手还是站在我们这边的。先生,归根到底,我们得和他们武力相向;我认为要像平常说的那样,一定要抓到牛鼻子上,我们应该在他们没准备的时候给他们一个措手不及。屈利劳尼先生,我相信,你家里跟来的佣人该很可靠吧?"

"可靠得和我一样。"乡绅回答说。

"他们一共三个人,"船长思索着,"加上我们共是七个人,算上霍金斯。水手中有谁是值得信任的?"

"应该是在碰上西尔弗之前,屈利劳尼自己去找的那些。"医生说。

"并不是,"乡绅说,"汉兹也是我自己去找的。"

"本来我还以为汉兹这家伙值得相信。"船长又添了一句。

"简直没法想象,他们还是英国人!"乡绅愤愤不已地说,"先生,我真想把这条船炸成粉末!"

"各位先生,"船长说,"我的想法都谈过了。咱们一定不能乱了方寸,要等候时机。我明白这很难做到。和他们就此拼命当然十分痛快,可是在咱们弄清他们的情况之前,千万不可轻动干戈。静待其变,伺机而行,这就是我的看法。"

"吉姆比谁对我们都更有好处,"医生说,"那些人在他面前并不忌讳什么,吉姆还是个很有心计的孩子。"

"霍金斯,我十分信任你。"乡绅说。

听到此处,我立刻觉得慌乱无措,因为我认为自己对此事一筹莫展;但是事已至此,我已成为事件的中心人物。无论如何,那时候船上的二十六个人中,靠得住的只有七个;况且这七个当中有一个还是个孩子。所以,我们这一方中仅有六个大人,而对方却是十九个。

第三部　上岸后的惊险遭遇

第十三章　我惊险的岸上之旅的开端

次日一早,我刚到甲板上,就发现几乎不认识那块陆地了。尽管夜里没有一点儿风,但我们的船却走到了地势较低的东岸东南半英里左右的地方,前行了好长一截子路呢。这块陆地上几乎长满了色彩暗淡的树林。虽然在这片暗淡的颜色中也有一长条一长条的黄沙低谷,还有许多类似松树的高大树木夹杂其中,它们有的孤零零地挺拔入云,有的三五棵长成一簇、统治一片树林,但放眼望去,仍给人一种单调、灰暗的感觉。每座山上都覆盖着植物,但也总有山石裸露出来,可以看得一清二楚。这每一座山的外形都非常奇怪,尤其是那座望远镜山,比那块陆地上的其他山坡高出三四百英尺,看起来特别奇怪:无论看它的哪一面,都是悬崖峭壁,但山顶却平坦无比,好像是在等着放置一尊雕塑。

伊斯班袅拉号剧烈地晃动着,随之摇摆不定的海水漫过了排水孔。风帆的下桁大有把滑车拽下来之势,舵也不安分地跟其他东西相撞,不断发出响声。这艘船上发出低吟和咆哮的声音,噼里啪啦的,犹如一个大手工制作间。我觉得眼花目眩,于是赶紧抓紧了后牵索。虽然经历了多日航海之后,我已适应了船的颠簸,但由于清早还没吃饭,这船又把我晃得像个瓶子一样原地打转,这实在叫我无法忍受。

或许就是因为这个,也或许是因为岛上那暗淡的树木、暴露着山石的山顶,以及充斥在我视野里的海浪冲击海岸时的水沫、不停侵扰我耳朵的海浪拍岸的巨大声响——反正,虽说那天有和煦

第十三章 我惊险的岸上之旅的开端

的阳光,有数不清的捕食鱼类的海鸟在我们周围歌唱,况且在经过了长期海上航行之后,无论是谁都盼望去陆地上走一走,但是,我的心情如果用一句老话来形容,那就是沉到了海底。自从第一次看到这个藏有金银宝藏的海岛,我就对它怀恨在心。

我们要在这天上午做许多事情。由于完全没有风,只得让几个人负责一只筏子,把筏子放到海面上,拉着伊斯班袅拉号前行三四英里,以绕过岛角,通过一条窄窄的海峡到达骷髅岛后面的港湾。我自愿到了一只筏子上,但实际上并没有插上手。水手们在热辣辣的阳光下骂骂咧咧地做事。负责我所在的那只筏子的,是安德森,他不仅不去管水手,反而比谁都骂得厉害。

"咱们等着瞧,"他诅咒了一句说,"反正也快不用干这种活儿了。"

我觉得这种兆头很不妙。在此之前,水手们都认认真真地干自己的活儿。可是当这个岛一出现在视野里,船上就乱了套。

在轮船往海港走时,那个大个子约翰一直站在舵手身边,指挥着船的航向。他非常熟悉这段路线;虽然图上标的深度总是比用测链量得的水深小,但约翰在下每一道命令时仍然坚决果断。

"退潮的时候,这儿水下去得很快,"他说,"每次就跟拿铲子铲一样,把这条路挖了再挖。"

图上在离主岛和骷髅岛各三分之一英里的地方标有铁锚图样,我们于是就在那里停了船。水很清澈,能看见水底的沙地。我们抛下了锚,那声音吓得许许多多海鸟四处逃散,飞到树林上空徘徊着,发出惊恐的鸣叫。然而它们又迅速飞到了原先的栖息处,在一分钟之内恢复了平静。

这个港湾四周都是岛屿,它就隐藏在森林的后面。海岸看起来走势平缓,一直到海水最高的地方都长着树,远处隐约有一个半圆,那是一些山顶。两条小河,确切地说是两片沼泽,汇入这个如

第十三章　我惊险的岸上之旅的开端

池塘一样安静的港湾。这里植物的叶子都闪着一种特殊的颜色，好像有毒一样。我们站在船上时，只看得见树木，而看不到任何建筑或者栅栏。如果升降口没有挂那张图，我们很可能会自以为是这个岛自从产生以来的第一批客人。

一切都是死一般寂静，除了半英里外海水拍着悬崖的巨响；也没有一点儿风，在我们抛锚的地方，空气里有一种莫名其妙的味道，好像什么东西发霉了一样——闻起来像沤烂的树叶和树枝的气味。我看见医生缩着鼻子不停地到处闻着，像闻坏鸡蛋一样。

"这儿是不是有金银财宝我可不清楚，"他说，"但我敢肯定这儿有热病，我可以用脑袋担保这一点。"

我在筏子里时，已经为水手们的所作所为感到担心了；而到了大船上之后，形势更加严峻。他们在船上东倒西歪地凑在一块儿，生气地说着什么。他们对于任何做一点事情的指令都回报以冷眼，即使做了，也完全是应付。由于船上压根没有人来制止他们，所以这种态度很快就沾染到了最听话的水手身上。我们处于"山雨欲来风满楼"的处境，这是显而易见的，危机一触即发。

不单是我们住船舱的人预感到了事情的不妙，那个大个子约翰首先做出了绝好的表率，他忙着在一堆堆的水手中穿梭，耐心地调解着。他脸上一直带着亲切的笑容，以令人惊叹的水平实践着热情主动和礼貌服从。无论是谁让他做什么事，他都马上拄着手杖站起来，一边去做，一边不停愉快地说："好的，先生，好的好的！"没有人叫他的时候，他就不停地唱歌，以自己的努力减少空气中的暴躁情绪。

其实在所有的情况中，正是大个子约翰言行中流露出来的这种突出的焦虑，使得那个下午的空气更加紧张。

我们聚在船舱里商讨该怎么办。

"各位先生，"船长说，"只要我再壮着胆子说让他们做一件事，他们,这整个船上的人都会立刻起义的。各位先生,这种处境大家有目共睹。片刻之前,不是有人对我说话很不客气吗?如果我以牙还牙,就会丧命于飞来的梭镖下;如果我不理睬,西尔弗就会意识到这些事有鬼,那才真糟了呢。事到如今,我们只能依靠一个人。"

"谁?"

"西尔弗,各位先生,"船长说,"他像我们大家一样急切地希望看到和平的局面。他们之间是存在一些矛盾的;我想给他一个机会,让他去把其他所有人领导起来,我想他能行。我提议,下午让他们到岸上去。假如他们全部上了岸,那再好不过,我们就又拥有了这只船。假如他们谁也不上岸,我们只好守在这里,祈祷上帝把胜利赐予正义。而各位先生,假如他们一部分去一部分不去,那我可以肯定,上岸的人一定会乖乖地跟着西尔弗回来,乖得像绵羊。"

就这样定下来了。把装着弹药的手枪发给了可以信赖的人。我们对亨特、乔伊斯和雷德拉斯说明了情况,原以为他们会非常惊奇或者惊慌失措,可是他们并没有那样。船长于是决定对所有船员讲话,他来到了甲板上。

"我的朋友们,"他说,"忙了一天之后,我想大伙儿都该累坏了吧,谁都想上岸去走走,这也确实是件好事。愿意上岸的下午就上岸去,水里有筏子。我会在太阳落山之前半个小时鸣炮,告诉大家。"

那帮没脑子的家伙马上一个个开心地笑了起来,那欢呼声的回音从远处山谷中传来,鸟儿们又一次给吓飞了,一边大声鸣叫一边在我们上空打圈儿;他们也许以为那岛上的财宝俯拾皆是吧。

船长绝不插手他们的事,他非常清醒。他说完话就马上离开

第十三章 我惊险的岸上之旅的开端

了,留下西尔弗来处理孰去孰留的问题;他能做的也只是这些。如果他继续待在甲板上,就不能再装糊涂了。情况已经非常清楚。西尔弗已赢得了许多有造反之心的水手的支持,已经成为真正的船长。后来我发现水手中也还有听话的几个,但那都是一些头脑不太好使的人。我想,可能事情是这样的:所有水手都受到头领模范作用的影响,已经程度不同地都学坏了;那还算听话的几个人,只是不肯在被诱惑或强制的情况下陷得太深。闲散偷懒、不务正业,那还没什么,可他们要是反叛起来,杀掉一些不相关的人、夺得这只船,那可就严重了。

终于决定了谁上岸、谁留在船上。除了六名水手留下来之外,包括西尔弗在内的十三名水手,已开始分别坐到几只木筏子里。

就在这时,一个接近于疯狂的想法浮上我的脑海——要是没有这个想法,我们后来就无法生还了。显然,我们不可能夺回船只,因为西尔弗留下了六个人。同时,我在船舱那边也没有什么不可或缺的作用,因为西尔弗只留下了六个人。我在刹那间决定上岸去。于是,我迅速跃过船舷,翻进了离我最近的一只木筏里,落在一堆绳子上。就在我落地的同一时刻,木筏开始脱离了大船。

没有人发现我,除了掌前桨的那个水手说了句:"吉姆,是你?别抬头。"西尔弗在另一只筏子里,他立刻向这边投来敏锐的目光,为了确定是不是我,还叫了一声。也就是从那时起,我对我的行动产生了后悔。

木筏迫不及待地划向岸边。但我所在的这只一直划在最前面,因为它动身最早,筏子本身比较轻,划桨的水手也最老练。木筏的一头刚刚插到岛上的树木之间,我就抓着一条树枝用力一跳,上了岸,然后立刻藏进了旁边那片灌木丛里,这时,西尔弗以及其他人离岸边还有一百多码呢。

化身博士·金银岛
Huashen Boshi·Jinyindao

"吉姆！吉姆！"是西尔弗在后面叫我。

我才不理呢。我连头也没回，一个劲儿地往前跑，一会儿弓着腰在草丛里奔跑，一会儿又穿梭在灌木丛里，我就这样跑下去，直到用完了最后一点力气。

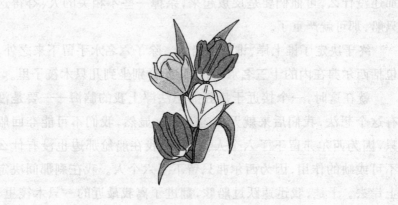

第十四章　第一次惊吓

　　我的心情十分快活,因为已经逃离了高个子约翰,我竟然开始欣赏这块陌生岛屿上的风景了。

　　在沼地上长着好多杨柳、芦苇和奇怪的潮湿的树木,穿过沼地之后,我来到了一块宽阔的地带,在一英里左右的土地上,有起伏不断的沙丘。这儿的树枝像麻栎一样曲折,而树叶的颜色却跟柳叶有几分相像,几乎没有松柏。过了这片开阔地,有一座叠峰小山耸立在远处,在阳光的照射下,那两个直立着的山峰奇怪地闪着耀眼的光芒。

　　我第一次觉得探险有着奇妙的乐趣。这是个没人居住的荒岛,我的同伴们又被我弃于身后,因此我面前出现的只可能是飞鸟走兽,它们都不会说话。我一会儿左一会儿右地在树林里奔跑,时常有许多从未见过的花草闪过眼前,偶尔也看见了蛇。有一条蛇藏在岩石缝儿里,朝我直起身体,发出吱吱的声音,好像陀螺在飞快地旋转。我根本没想到这就是杀人不眨眼的响尾蛇,正是它尾部的环发出了那令人闻之悚然的吱吱声。

　　然后我来到了一片长长的树林,那儿长满了很像麻栎的那种树。后来我才知道它叫常青栎或常绿麻栎。它们长得很矮,像野莓一样低低地伏在沙土上,枝干奇怪地弯曲着,叶冠仿佛茅屋的屋顶。这片树林发端于一个沙堆上,一直延伸到一片开阔的芦苇塘边,而且越往下的地方就长着越稠密、越高大的树;有一条小河流过这里,它将注入我们抛锚的地方。由于阳光很毒,就有水气从沼泽地上冉冉升起,从这水气中看过去,望远镜山依稀的影子颤巍

173

巍地抖动着。

突然,从芦苇丛中传来一阵沙沙的响声;先是两只野鸭鸣叫着相继飞起,然后许许多多野鸭都嘎嘎叫着飞上了半空,笼罩在芦苇塘上,仿佛一大片云彩。我马上意识到,肯定有人正从芦苇塘边往这里走来。而且一定是跟我一同到达这个岛的人们。事实证明我的猜测是正确的:片刻之后,我就听见有人在很远的地方低声地说话;我屏住呼吸仔细听,慢慢地,那声音更大、更近了。

我吓得魂飞魄散。我连忙藏到身边那棵常青栎树的伞盖下面,像一只老鼠那样伏在那儿,支着耳朵仔细聆听。

还有另一个人回答。紧接着,一开始说话的那个人——我已经辨别出是西尔弗——又说了很长一段话,另一个人只是偶然插上几句。我一点儿都听不清他们在说什么,但却能从声音上知道,他们两个正在激烈而严肃地争论着什么。

后来,那些野鸭陆续飞回了原地,继续平静地栖息,看来他们并没有再往这边走,也许是坐下了,说话声也停止了。

此时我猛然想起,自己耽误了正事。我应当听听这些人有什么阴谋,因为事情已经发展到了这个地步——我已经跟着这些疯狂的人们上岸了。所以现在我的当务之急就是:在那些横七竖八地丛生着的树木的遮掩下,尽量轻巧地接近他们。

除了他们的说话声,还有一种现象给了我一个可靠的信息,借以判断他们的位置:还有几只野禽仍在这两位陌生人上空惶恐地低回。

我趴在地上,手脚配合着向他们所在的方向靠近,速度虽慢,但我的信心是坚定的。后来,当我抬起头的时候,我已经能透过树叶与树叶的间隙,把下面沼地旁边那块绿茵茵的低谷看得一清二楚;大个子约翰·西尔弗和一个水手就在那儿,他们还在站着说话。

第十四章 第一次惊吓

他们的身上洒满了阳光。西尔弗脚边的地上放着他的帽子,他把一张光滑、白白的脸正对着对方,那张脸上闪着汗珠的光芒,仿佛正竭力地想说服对方。

"老弟,"他说,"我之所以跟你说这些话,是因为我觉得你跟他们那些家伙不同,你是有出息的。我说的是实话,你的确跟他们那些没用的人不同!如果我不是看重你,又怎么会在这儿好心地劝你?事情已经成了定局,你是毫无办法的;我劝你只是不想看见你死,如果那些狂人们听到我这样跟你说话,他们该如何对我?汤姆,你说他们会对我做些什么?"

"西尔弗。"那个水手说。我看见他说话时脸是通红通红的,声音不仅喑哑而且颤抖,好像乌鸦,又仿佛快要绷断了的弦。"西尔弗,"他说,"你已经不年轻了,人品正直而且口碑不错。在水手中,你是最有钱的,不是吗?你一定不是个懦弱的人,我想我的眼光应该不错。你怎么会跟那些愚蠢的家伙在一块儿呢?真的没必要啊!我可以对天发誓,如果我是你,就是把我的手砍掉,我也不会做出自己不该做的事——"

这时,忽然传来了一声喧闹,他的话停住了。我才发现一个有良心的水手,却又在这时听见了另一个有良心的人的声音。那声音是从很远的沼泽地乍然响起的,先是一声愤恨的大叫,然后又有一声,最后还有一声长长的凄惨的叫喊。回声一波波地从望远镜山的悬崖上传来;栖息在芦苇塘里的野鸟们全部腾空而起,几乎遮住了所有的光线。不久,野鸟们又拍着翅膀飞回来了,除了听见远处一浪接一浪的浪涛声外,那个午后还算安静,但我的感觉却非常烦躁,很长一段时间里,耳边都不停地回响着那声凄厉的惨叫。

这声音传到汤姆耳朵里,仿佛靴刺踢了马腿一下,汤姆跳了起来,可是西尔弗却没有丝毫反应。他还靠着手杖立在那儿,紧紧地盯着对方，那样子好像一条蛇，随时都可能跳起来伤害人。

"约翰！"汤姆——那个水手伸出手说。

"别碰我！"西尔弗一边大叫一边迅速往后跳了一码的距离，我发现他动作非常矫健、老练，好像经过特殊训练的体操运动员。

"好的，约翰·西尔弗，我不碰你，"汤姆说，"你如果问心无愧，就不用害怕我。看着上帝的面子，你说，那边怎么了？"

"你要我告诉你那边怎么了？"西尔弗似笑非笑地说，宽宽的脸上的那双眼睛半闭着，并不比针尖大，可是却闪闪发光，仿佛一颗玻璃球，"你要我说那边怎么了？也许是艾伦。"

汤姆听到这句话，顿时火起，表现出了出奇的勇敢。

"艾伦！"他大声喊着，"但愿上帝保佑他！可以说他才配得上水手这个称号。而你，约翰·西尔弗，我们拥有很长一段友谊，但现在我们已经决裂了。我必须做我应该做的事，就算我死得无人知晓。你们把艾伦杀害了，是不是？你们把我也杀了吧，如果你们有胆量。但我根本就看不起你们。"

这个勇敢的人说完话，就转过身去，朝厨师所面对的方向走去，走向岸边，然而他是走不了几步的。随着一声大叫，约翰一手抓着身边的树枝，一手将拐杖从胳膊下狠命地砸了出去。那根拐杖好像标枪一样，呼啸着飞了过去，正好用尖端狠狠地扎在了汤姆后背正中间，它所携带的力量足以让那个可怜的人儿晕倒。汤姆朝着天空伸了伸双臂，然后呻吟了一声，就倒下了。

谁也不会知道他到底受了多重的伤。听他的动静儿，八成是被当下打折了脊梁骨。可是他却没有来得及醒过来。西尔弗在没有拐杖的情况下仍然敏捷得惊人，他极其迅速地单腿跳到汤姆身边，把手中的刀子两次刺进汤姆的胸膛，每次都只看得见刀把，但汤姆什么都不能做。我躲在那里，清楚地听见那个杀人犯把刀刺进活人身体时发出的粗重喘息声。

第十四章 第一次惊吓

我还从未体验过昏倒的滋味,可是我那时真的知道了,之后的好一会儿里,我眼中的任何事物都成了摇摇晃晃、迷迷蒙蒙的一片。西尔弗,野鸭,高耸的望远镜山顶,这些都打着转儿在我眼前摇晃;我听到许多种不相同的钟声,以及远处嘈杂的人声。

我刚刚镇定下来,就发现那个恶魔已经戴上了三角帽、挂好了拐杖,一切都和以前一样了。这杀人犯只是用一些草抹着刀上的血,根本不看那个死在他面前的人。周围的一切都跟刚才一模一样,还是那样的太阳,那样的蒸腾着水气的沼地,以及高耸的山峰,我几乎不敢确定:就在片刻之前,在我眼前发生了一起凶杀案,有一个人悲惨而委屈地被害了。

约翰伸手从衣兜里摸出一把口哨,照着某种韵律吹了几声,这声音在闷热的天空下传到了很远的地方。这哨音让我猛然感到恐怖,虽然我听不懂它所暗含的意义。他一定是在召集其他人。也许他们会发现我。汤姆和艾伦这两个好人已经死在他们手中,那么我呢,他们难道会放过我?

想到这儿,我就尽量轻而且快地往树林里那块空地上走,逃离了那个危险的地方。我跑的时候,还能听见那个杀人犯在跟他的帮凶们彼此打招呼,这声音让我更为恐惧,于是加快了脚下的步伐。一出树林,我就马上用平生最快的速度拼命地跑了起来,我甚至不清楚在往哪儿跑,总之是在逃离那伙魔鬼,这就够了。我跑得越来越快,可是心里的惶恐也逐渐加剧,后来我都快要崩溃了。

请想象一下,还有什么比处在那种情形下的我更悲惨的吗?如果炮声响起,我怎么会有勇气跟那些恶魔坐在同一条筏子里呢?他们的手上还带着鲜血的味道。他们之中哪一个人见了我,不是立刻上来扭断我的头?可是,如果我不回去,那不就等于告诉他们我因知道了一切真相而惊恐、心虚吗?我心里想:这回可糟啦!看来只得跟伊斯班袅拉号,跟乡绅、医生、船长,永远告别了!我面前只有两种可能：饿死或者被那些魔鬼杀死。

我一边跑，一边在脑子里转着这些想法，没留神已经到了那座双顶山下面。岛上这个地带的常青栎的样子和大小更跟林木差不多，而且更加开阔。它们之中偶尔冒出几株松树，高五十英尺到七十英尺不等。这儿的空气比起刚才的沼地，舒服多了。

然而我在这里遇到了另外一种危险，因而不得不停住了脚步，一颗心惶惶然跳个不停。

第十五章　岛上居民

小山的这一面是布满石头的峻峭的山坡，我听见一堆堆的沙石"扑簌簌"地从那丛林中滚了下来。出于本能，我立刻往那边看，只见一个影子一晃就消失在一棵松树后面。我不知道那到底是什么东西——是人，是熊，还是猴。总之只看见它黑糊糊的，全身长着毛，别的就没看清。可是我被这个突兀地出现的东西吓住了，一步也不敢前进。

我陷入了进退两难的困境：身后有一群魔鬼，面前又藏着不知底细的幽灵。我迅速拿定了主意：潜伏的危险比明处的危险更可怕，前面树林里那个幽灵比西尔弗更加恐怖。想到这里，我回过头往最初上岸的地方走去，边走边回头张望。

没想到，那个幽灵竟然转了一圈儿，突然出现在我的前面。我已经没有力气了；其实就算我的精力一点儿也没损耗，也不可能在跟这个强劲对手的速度较量中占任何优势。那个家伙用两条腿奔跑，像鹿一样敏捷地穿梭在树与树之间，那样子好像人，但是又非常奇怪，腰低低地伏着，头将近挨着地面，我见过的人从来没有这样的。但我已经可以肯定，无论如何这也是个人。

我想起了以前听过的野人的事，几乎要大声呼救。然而他毕竟是个人，虽然是野人，我稍微宽慰了一点，同时，西尔弗又重新引起了我的惊恐。我干脆站在那里，在脑子里想着如何逃脱。当我正在想的时候，突然记起了身上带的那支手枪。一想到自己还有一件武器，我心里就增加了几分力量。我于是面对那个岛上野人，轻松而坚定地走了过去。

我刚一朝他迈步,他就马上从树后露出脸来,并向我走了一步,可见他虽隐身于树后,但一直在注意着我的一举一动。他竟然迟疑了,先犹豫了一下,然后才走过来,双膝跪倒在地,两只交握的手向我伸了过来,似乎是恳求什么,我被他这一举动给吓得茫然失措。

我不得不停止前行。

"你是谁?"我问。

"本·甘恩,"他说,他的声音如同一把锈迹斑斑的锁,不仅喑哑而且迟钝,"我……我是可怜的本·甘恩,我三年没和任何人说过话了。"

我这才发现他跟我一样,也是个白人,而且长着一副可以说惹人怜爱的相貌。他露在外面的皮肤全部晒得黑黝黝的,包括嘴唇,他的眼睛是浅黄色的,在深色皮肤上尤为显眼。他比我所见过的或能够想象出的任何叫花子都衣衫褴褛。他穿的衣服充其量只是破帆布以及烂成一缕一缕的水手服;他还用许多种连缀的东西,比如铜纽扣、细树枝、带柏油的麻绳,把身上的布片布条乱七八糟地连接起来。他全身装束只有腰间那条带铜环的破皮带稍微具有一点质量。

"三年!"我惊奇得不禁叫了起来,"你是遇到麻烦的船员?"

"不是的,朋友,"他说,"我是被驱逐的。"

我知道这是海盗群中一种非常常用的做法,他们残酷地把被驱逐者扔到一个又远又荒的岛上,仅仅给他留下一丁点儿火药。

"我被抛弃在这个地方已经三年了,"他接着说,"吃的除了山羊肉、野果,就是活蚝。朋友,无论处于什么样的情况下,一个人总得设法活下去。然而,我对真正的人的食物是多么渴望啊,朋友!你现在有没有一小块干酪或者别的什么?没有?唉,我已经无数次地梦到过干酪,大多是烘得油黄黄的那种;然而梦醒之后,却

第十五章 岛上居民

不得不继续生存在这里。"

"如果我能回到船上,"我说,"可以给你无数的干酪。"

在我这样说之前,他不停地抚摸我的上衣、我的双手,打量我的鞋。反正,他不说话的时候就像孩子一样兴奋,因为他终于见到了他的同类。然而当我说了那样一句话之后,他猛然抬起头来,显得惊讶而狡猾。

"你说什么?如果你能回到船上?"他把我的话又说了一遍,"是谁阻止了你呢?"

"不是你。"我说。

"没错。"他连忙回答,"那,我的朋友,你叫什么?"

"吉姆。"我告诉他。

"吉姆,吉姆。"他十分愉快地说,"吉姆,不瞒你说,如果你知道了我在这里过的是什么生活,你一定会感到羞耻的。就说我现在这个样子吧,你会想象得出我的母亲是一个最虔诚的教徒吗?"

"不,我想象不出来。"我说。

"这不怪你,"他说,"但我的母亲的确是个最虔诚的教徒。当初我也是个虔信上帝并且懂得礼节的人,在我滚瓜烂熟地背诵教义时,你一定找不出其中的停顿。但是,吉姆,我现在沦落到了这步田地,事情的开始就是我在那可恶的墓地里扔钱币赌正面反面①。事情就从那里开始发生了改变,后来越来越离谱了。我母亲说过我不得好死,这个信仰上帝的女人果真猜对了。是上帝让我沦落到这种地步的。我在这个荒无人烟的地方把事情的前前后后都想了一遍,如今我又对上帝充满敬仰了。你千万别拿很多朗姆酒来诱惑我,但是,如果只让我喝顶针大的一小盅,我也会愿意的,喝了图个好兆头嘛。我早已下定决心好好做人,我也想好了该如何

---

① 一种赌博游戏。

好好做人。吉姆,跟你说吧,"他一边把声音收到了嗓子眼儿,一边往周围看了看,"我发了财啦。"

我认定是漫长的寂寞把这个悲惨的人儿逼得精神失常。也许我的脸上带出了这种表情,因而他连忙重复了好几遍:

"我发啦!真的!真发财了!我再跟你说,吉姆,我会尽力帮你做人上人的。吉姆,哎,你感谢你的造化吧,你是第一个找到我的,因而你也是最幸运的人!"

他说完,脸色突然阴沉下来。他紧紧地抓住我的手,把一根食指在我面前晃了晃。

"吉姆,你说实话,是弗林特的那条船吗?"他问。

就在这时,一个好主意在我脑中一闪而过。

我初步确定这个人是跟我有着共同利益的,于是马上答了话:"弗林特已经不在了,那船不是他的。但是,你要听实话吗,我就告诉你:我们的船上有几个人是弗林特的旧手下,就是这个为我们其他人带来了灾难。"

"是不是一个——一个独腿的人?"他连呼吸都艰难了。

"西尔弗?"我问道。

"是,就是西尔弗!"他说,"他姓这个。"

"他是船上的厨师,也是那伙贼人的首领。"

他原先就紧紧抓住了我的手腕,这会儿更用力了,恨不得把它掐断。

"你如果是奉了大个子约翰的命令而来,"他说,"那么我知道我就没戏了。但是,你知道你们现在的处境吗?"

我迅速作出了决定,对他讲述了这次出海的原委以及我们当前面临的困难。他非常认真地听着,在我讲完后,抚摸了一下我的头。

"吉姆,你是个很好的年轻人,"他说,"但是你们全都掉到陷阱里了。不必担心,你完全可以信任本·甘恩,本·甘恩会助你们一

第十五章 岛上居民

臂之力的。你说,如果谁把你们那位先生救了出来,他会不会很仁慈呢?"

我告诉他,屈利劳尼先生是非常大方的。

"好吧,但你知道吗,"本·甘恩接着说,"我并不是说向他要求一份看大门的工作或者一套囚衣之类的;吉姆,我并不想要那些。我是说:他会不会愿意从那些钱中拿出一部分给我,那原本就是我的钱……比如,一千镑?"

"我敢说他肯定没有任何意见,"我回答说,"按理说,他会给每个人都分一份。"

"并且把我用船带回去?"他又故作聪明地补充了一句。

"完全可以," 我说,"屈利劳尼先生是个光明磊落的人。而且,假如我们成功地抛开了那些人,那么我们要把船开回去还得依赖你的帮助哪。"

"这么说,"他说,"你们这回绝对不可能丢下我不管喽。"他的顾虑这才打消。

"现在我告诉你,"他继续说,"我把一切都说给你听。当我还在船上时,弗林特把那批财宝埋到地下了。那时,有六个体格健壮的水手跟着弗林特上了岸。他们有一个星期左右没有上船,让我们在海象号上一会儿航行一会儿抛锚。有一天,弗林特先发了个信号,然后一个人包着蓝方巾、划着筏子回来了。那时候在朝阳里看他的脸,只看见它在船鼻的周围摇晃着,苍白苍白的,没有一点红润的气儿。他是自己回来的,其他六个人全都被埋在岛上了。谁也不知道他到底如何杀死了他们。他一个人杀了六个汉子,肯定不外乎恶斗、凶杀和暴死①。比尔·蓬斯是大副,大个子约翰掌舵;他们追问,把那批财富埋在了哪里?'哦,'他说,'你们上岸去找

---

① 这里借用了一句祈祷词:"愿上帝为我们免除恶斗、凶杀和暴死。"

吧,如果你们实在想知道,但是请原谅,船是不会恭候二位的,还有更多的财富等着它!'弗林特当时就是这样说的。

"三年前,我随另一只船航行时,发现了这个岛。'弟兄们,'我说,'弗林特的财宝就埋在这里,我们去找吧。'水手们立即全体响应,于是那只船不顾船长的反对,最终靠了岸。我们寻寻觅觅了十二天,结果是大家越来越恨我。最后,那天早上,所有的水手都聚集在甲板上,他们说:'本·甘恩,给你这支滑膛枪、这把铁铲、这把镐。你就在这儿继续寻找弗林特的金银财宝好了。'

"吉姆,事情就是这样,我在这个地方一找就是三年,我三年来没有吃过一口真正的饭。你看,你看我现在的样子。我还像个水手吗?你肯定会摇头。我也知道的确是这样。"

说到这儿,他又眨巴了一下眼睛,用力捏了我一下。

"吉姆,你就这样跟你那位先生说,"他继续道,"你就告诉他:他自己也知道他不像水手。你说他独自一人在这岛上住了三年,承受了三年中的每一次日升日落、阴晴雨雪。你得跟他说,他有时会用心地回忆一段祈祷词;也要告诉他,他还会思念他的母亲,想象她还活在世上。然而,你绝对别忘了说,甘恩用很多很多的时间来做另外一件事。你说完也像我揪你一样地揪他一下。"

他说着,为了表示信赖,又揪了我一下。

"到时候,"他接着说,"到时候你就这样说:'甘恩心地很好(你千万别忘了),他万分信任(一定得说是万分信任)真正的先生,而完全不相信那些幸运儿,这是因为他自己原先就是这样的。'"

"我一点儿都没弄明白你刚才说了些什么,"我说,"不过这并不重要,因为我还不知道自己能不能回到船上。"

"唉,"他说,"这还真是个问题。但是,我用自己这双手做了一只筏子。我把它放在一面白墙下面了。如果实在没有办法,今天

第十五章 岛上居民

晚上咱们就去试试。喂！"他猛地大叫，"怎么啦？"

几乎同时，我听见了一声炮响，回音如同浪潮一般从四面八方涌来，但还有一两个小时太阳才会落下去呢。

"他们动手了！"我大声惊呼，"快过来。"

我抛下所有的惊恐，飞快地往船靠岸的地方跑去。那个穿着山羊皮遮羞布的被驱逐水手小步地跑在我身旁，看起来非常轻松。

"往左，往左，"他说，"吉姆，我的朋友，往左跑！尽量往树丛里跑！就是在这儿，我第一次打死了一只山羊。它们现在都害怕本·甘恩，全部藏在山上，再也不下来了。看，坟墓在那边，"我猜他想说的是公墓，"有没有看见那些土堆？每当我认为是星期天的时候，我就会来这儿祈祷。那儿显得挺严肃的，虽然根本不是礼拜堂。啊，还有，你还得跟他说，本·甘恩什么都没有，没有牧师，没有《圣经》，也没有丧幡，你可得记着啊。"

我不停地跑着，而他就在我身边不停地唠叨，压根不需要我的回答，实际上我也确实没工夫搭理他。

那声炮响之后，又过了很长的时间，一阵射击的声音才传过来。

然后一切都归于平静。接着，一面在树林上空随风招展的英国国旗出现在我的视野中，离我不到四分之一英里。

第四部 村寨

第十六章　放弃帆船

（由医生接着讲述）

大约1点半左右，也就是航海专用语中的"钟敲三下"①，两只筏子离开了伊斯班袅拉号，向岸边划去。我和船长、乡绅一起在船舱里商量下一步该怎么办。如果有风，我们就可以对没有上岸的那六个叛乱水手进行突袭，然后继续航行。然而，一点儿风也没有，而且还有令我们更加沮丧的消息：亨特来告诉我们，吉姆·霍金斯悄悄跑到筏子上，跟他们一起下船了。

我们对吉姆·霍金斯一直都是很放心的，然而他现在实在太危险了。那些人是何等的冲动，也许我们再也见不到那个小伙子了。我们于是登上了甲板。甲板的夹缝里有沥青在冒着泡泡儿，这里的一股浓郁的臭味让我不觉头晕，在这个倒霉的地方抛锚，太折磨自己的嗅觉了，即使有人害热病或痢疾，我也不会奇怪。那六个没有下船的水手坐在船帆下的水手间里骂骂咧咧。那两只筏子停在岸边，两个人分别守在两只筏子上，有一条小河正从那里注入大海。那两个人中有一个正吹着《利利布雷洛》的曲调。

等待真是让人心焦，我和亨特决心到岸上去探探情况，于是我们坐上了小舢板船。

那两只筏子停在右边，但亨特和我却在图上标有栅栏图标的地方靠了岸。那两个留在筏子里的人一看到我们，口哨声就停了，

---

① 海船上每隔半小时敲一次钟，四个小时循环一次。最多敲八下。12点半敲一下，此后每隔半个小时依次多敲一下，4点时敲八下，4点半又敲一下，如此循环下去。

显然是在惊慌地商量对策。假如他们跑去告诉西尔弗,那么事情可能会是别的样子。可是也许是预先受到了某种命令,因此他们仍然坐在那儿,重新吹起了《利利布雷洛》。

岸边有一个稍微凸出的尖尖的地方,我故意把舢板划到了尖角的另一边,与他们保持距离;而且这样一来,在我们上岸之前,筏子上的人都看不到我们。为了凉快一点,我往帽子下面垫了一块大丝绸手帕,然后为了安全把两支手枪都上好了火药,做完这些准备之后,我翻身跃出舢板,飞快地跑开了。

还不到一百码时,我看到了栅栏。

原来,这个栅栏里围着一个村寨:从一个小土坡的顶端冒出来一股泉水。在那小山坡上,有一座圆木的小屋建在泉源附近,它可以容纳四十人,看起来很耐用,而且四壁上都凿有枪洞。在这间小屋的周围,有六英尺高的栅栏圈着一块空地,栅栏上没有门也没有洞。如果要毁掉这栅栏肯定得费很大功夫,因为它非常结实,而且外界进攻时无处藏身。如果藏身在木屋里呢,就可以向随便一个方向射去,像打鹧鸪那样,自身的安全没有任何威胁。如果有细心的放风,并备有足够的粮食,那么这个木屋能跟一个团的兵力相抗衡,除非敌人突然袭击。

我尤其兴奋的是看到那股清泉。我们的伊斯班袅拉号固然有舒适的船舱、充足的火药武器、大量的好酒美味,然而却缺少一件东西:淡水。

当我正在想着这些的时候,岛上突然响起了一个人临死前悲惨的呼叫。我曾经在昆布兰公爵的军队里打过仗,也曾在方特努瓦战役中受过伤[①],因此并不特别害怕暴力之下的死亡;然而这声

---

① 昆布兰公爵(1721—1765):英王乔治二世的第三个儿子。1745年,英法军队为奥地利继位问题而在方特努瓦(今比利时图尔内西南五英里处)交战,结果昆布兰公爵所率英奥联军战败。

第十六章 放弃帆船

惨叫却让我的心跳猛地乱了节奏。我一下子想到："是吉姆·霍金斯。"

你不可以忽视一个老军人，但更不能低估一名医生。我们做这种职业的从来不能有半点迟疑。我迅速作出了决定，在最短的时间内跑到岸边，回到舢板上。

好在亨特的划桨技术很出色。只见水在我们两旁飞快地往后退，我们很快就划到了大船那里。我回到了伊斯班袅拉号上。

正如我所意料的，他们每个人都显得惶恐不安。那位乡绅正坐在那里为我们因为他而遭受的危险而感到内疚，脸色全变了。他心地真善良！另外，那六个留守水手中的其中一个才表现出了紧张。

"他还看不惯这种事情，"斯摩列特船长用头朝他那边点了一下，说，"医生，刚才那声惨叫传来的时候，他都快吓晕了。我们再努力一下，他就会加入我们的行列的。"

我跟船长说了我的想法，然后我们两个人就开始更为细致地商量这件事。

我们发给老雷德拉斯三四支上好火药的滑膛枪，以及一张作掩护用的床垫，让他守在从房舱到水手舱的走廊上，坚持守卫。亨特把舢板划到了船的尾部下面，而我和乔伊斯就开始往舢板上装火药箱、滑膛枪、干粮布袋、几小桶猪肉、一桶白兰地酒，还有我宝贵的药箱。

与此同时，那位乡绅和船长站在船板上。船长让副水手长到他身旁去，这个人是留守水手们的首领。

"汉兹先生，"船长说，"我和屈利劳尼先生各有两支手枪。如果你们之中有人胆敢弄出任何动静，他就没命了。"

他们大大地惊奇了一阵，然后进行了紧急的商讨，后来他们打算切断我们的后路，于是从前升降口一拥而下。可是当看见守在圆木走廊里的雷德拉斯时,他们又马上掉转了头。船板上有一个水手往这边偷偷摸摸地看了好几眼。

"浑蛋,滚!"船长愤怒地大叫。

那个水手立刻不见了,于是,在很长时间里,那六名不知所措的水手再也没有采取任何行动。

在这边,我和乔伊斯两个人一个劲儿地往舢板上装东西,什么都装,装到了不能再装的地步。我们跳过尾舷,到了舢板上,然后立即拼命地第二次往岸边划去。

我们的再次出现让岸边那两个看筏子的人吓了一跳。《利利布雷洛》的口哨声又一次停止了。当我们划过那个尖角,即将划出他们视野的时候,其中一个人猛然往岸上跑去,很快就消失了。我差点儿在中途进行转折,去破坏他们的筏子;可我又恐怕西尔弗那帮人正在近处,奢求更多很可能会让全盘计划都落空。

我们在刚才那个地方一上岸,就立即往小木屋里搬运粮食、火药。运第一次的时候,我们三人都负载了很多的东西,一到村寨前就把它们抛到栅栏里面。我们让乔伊斯留下来看管那些储藏物(尽管只有他一人,我们还是给了他六支滑膛枪),然后由我和亨特到舢板那里再运一次。就这样,我们一趟趟地运着,片刻也没有休息,一口气把舢板上的东西全部运完。后来,那两个船员留在小木屋里,我拼尽浑身力气把舢板又划到了伊斯班袅拉号上。

我们打算进行第二次的货物搬运。乍一听,我们好像冒了很大的风险,但事实并不是这样。虽然他们人比我们多,但他们的武器却远远不如我们。岸上那帮家伙没有滑膛枪,我们可以在他们的手枪射程之外把他们打死五六个。

乡绅正站在船尾的窗口等我的消息,他脸上的表情已不再绝望。我把缆绳抛给他,由他把舢板拴紧了,然后我们又开始装运货物。这回我们装了一些猪肉、火药和面包干,以及四支滑膛枪、四

第十六章 放弃帆船

把弯刀,这些武器是分别给乡绅、我、雷德拉斯和船长的。其他的那些枪弹火药,我们全都抛到两英尺半深的海里去了。在阳光下,我们看得见水底的沙床上,那些钢刀钢枪正闪耀着夺目的光芒。

海水在这时退下去了,轮船开始在铁锚周围摇晃。有声音从岸边停有那两只筏子的地方依稀传来。我们不需要担心东边远处的乔伊斯和亨特的安全,我们要考虑的是马上离开,那叫喊声就是警报。

雷德拉斯从他走廊里的岗位上退出来,也跳进了舢板。我们又划到船的另一边儿,斯摩列特船长在那儿。

"嗨,弟兄们,"他说,"你们能听见我说话吗?"

水手舱里没人应声。

"亚伯拉罕·葛雷,我有话跟你说。"

仍然没有人应声。

"葛雷,"斯摩列特船长的声音稍微放大了一些,"我就要离开了,我以船长的身份命令你跟我一起走。我知道你其实并不坏,而且我可以肯定你们中间还有几个人的本质也是好的。我给你三十秒钟的时间,等你出来;现在开始计时。"

好一阵沉寂。

"朋友,出来吧,"船长接着说:"别再让我等你了。你一秒钟不出来,我和这儿的其他几位先生就多一分危险呀。"

就在这时,水手舱里传来了打架的声音,他们发生了冲突。然后,亚伯拉罕·葛雷冲了出来,脸上带着刀的划痕,如同一条见到主人的丧家狗一样跑到了船长面前。

"先生,我听你的。"他说。

他和船长迅速跳到了舢板上,我们立刻划离大船,朝岸边进发。

我们刚刚逃离了伊斯班臬拉号,但离岸边、离我们的小木屋还有一段距离。

第十七章　舢板的最后一次航行

（接下来由医生继续讲述）

我们在大船和岸边之间的第五次行程大大不同于先头那几次。第一，我们乘坐的舢板体积太小，它的负荷已经超过它的承受能力。单单是五个大人（有三个——屈利劳尼、雷德拉斯以及船长——都是六英尺多高）就大大超重了，更不用说还有一些火药、猪肉和几袋面包干。船的尾舷都快与水持平了。舢板里好几次被灌进水，我们划了还不到一百码，我的裤子和外套的下摆全都湿得一塌糊涂。

船长让我们重新调整了一下舢板的负荷，它才平稳了起来。虽然如此，我们还照样心惊胆战，吓得不敢出气。

第二，这个时候正在落潮，一股翻腾着细浪的激流在朝着西边穿过港湾的深水以后，又朝着南边顺着我们在上午途经的海峡流了出去。那汹涌着的细浪也对我们的小船构成了威胁，最最倒霉的就是我们已被冲击得改变了航向，远离了小尖角后面那个很不错的登陆点。假如我们还是这样随波逐流的话，就很有可能停靠在那只筏子旁边，但海盗们又常常在那里出没。

"我实在没有办法把航向改到冲着寨子的那一边，先生，"我对船长说，"我是掌舵手，他和雷德拉斯负责划桨。因为他们先前没怎么出力，船一直被汹涌的波浪向外推。你们多出点力好不好？"

"再使劲会把舢板给掀翻的，"他说，"你一定要坚持住，先生，一定要坚持住，一直坚持到我们获得胜利。"

第十七章 舢板的最后一次航行

我便再次下定决心,我根据经验判断波浪现在正涌向西边。我终于尽力把航向改变到正东方,这跟我们应该走的方向构成了一个直角。

"要是这样下去的话,我们就休想再靠岸了。"我说。

"先生,我们走任何一个别的方向都将遭到横流的冲击,倒不如坚持这个方向的好,"船长说道,"我们应该与这股激流对着干。有一点必须明白,"他接着说,"假如我们错过了那个登陆点的话,除了那两只筏子旁边,我们很难再找到什么别的地方可以靠岸。但是,反过来讲,如果我们保持这个航向,潮流总有减弱的时候,那时我们就可以顺着海岸边重新回来了。"

"潮流已经弱下来了,先生,"待在船头的水手葛雷说,"你现在不必那么紧张了。"

"朋友,多谢了。"我说道,一副若无其事的样子;虽然我们都没说出来,但确实已经把他看做了自己人。

突然,船长用一种异样的声调说话了。

"我们那尊炮!"他说。

"我早就想到了这一点,"我说,我还以为他是指海盗们有可能用炮去轰炸寨子,"炮是绝不会被他们弄上岸的,就是被他们弄上了岸,也根本不可能由他们拖着穿过树林的。"

"大夫,你快向后看。"船长说。

我们恰恰忘了这一点,那五个恶棍正忙着脱去大炮上的"夹克"——这是水手们给航行时罩在大炮外面的厚厚的油布套起的另一个名字。就在这时,我突然又想起了船上放着打炮用的圆铁弹和火药,他们只需用斧头劈开锁,就可以取走所有的弹药了。

"伊斯莱尔曾经做过弗林特的炮手。"葛雷用一种沙哑的语调说道。

我们拼命地把航向扭转到登陆点那一边。那时我们已经远离了潮流的冲击,即便是划桨的动作轻一点也不会影响到转舵,因此我能够得心应手地扭转航向,冲着目的地出发了。可这样做的后果便是,我拨正航向以后,我们由船尾变成了船舷冲着伊斯班袅拉号,那上面的人即使不睁眼也可以打中我们。

那个红脸恶棍伊斯莱尔·汉兹正忙着把一颗圆铁弹沿着甲板滚到大炮旁,这一切我看到了,也听到了。

"谁的枪法最准了?"船长问。

"当然非屈利劳尼先生莫属。"我说。

"屈利劳尼先生,麻烦你干掉他们其中的一个,好吗?最好能把汉兹干掉。"船长说。

屈利劳尼先生异常镇定。他检查了一下他那支枪里的火药。

"但是,"船长赶快加了一句,"不要太用力了,先生,否则舢板会被搞翻的。当他举枪瞄准时,其他人尽力使船身保持平衡。"

乡绅一举枪,划桨也暂时停了下来,我们全靠向另一边来保持平衡,配合得真默契,没有一滴水流进船里。

这个时候,大船上的炮身已经在回旋轴上被转过来对准了我们,汉兹就拿着通条待在炮口旁,目标也是最大的。但我们很不走运:屈利劳尼先生开枪时,汉兹碰巧弯了一下腰,子弹便从他的头顶呼啸而过,其他四个人中的一个却应声倒地。

他倒下的叫声很大,与此同时,不仅大船上他的同伙们叫了起来,连岸上也传来许多人的叫喊声。我向岸边望去,看见剩下的海盗都慌里慌张地从林子里跑到了筏子上。

"筏子冲着我们来了,先生。"我说。

"赶快划,"船长大声喊道,"我们不必再担心船会被掀翻了。如果我们无法登陆,那一切就完蛋了。"

"先生,他们只上了一只筏子,"我接着说道,"剩下的人可能会沿岸走来,想半路拦截我们。"

第十七章 舢板的最后一次航行

"他们还得跑一段时间,先生,"船长回答道,"要明白一点,水手一上了岸就无法大显身手了。他们,我并不放在心上,我最害怕的是圆铁弹。要想打中我们是易如反掌!即使是我家的女仆人来打也会十发十中的。屈利劳尼先生,他们如果点火,你就赶快告诉我们,我们便把桨一停刹住船。"

对于这艘大大超过了载重量的小舢板来讲,我们这样的速度已经很不错了,更何况我们前行时几乎没有进水。目的地越来越近了,大概再划上三四十桨,我们就可以靠岸了。因为落去的潮水已经在一丛丛树下堆起一道窄窄长长的沙滩。海盗的筏子已经不具有危险性了,小尖角挡在了我们的中间。刚才残酷无情地阻止我们前行的落潮,现在成了敌人追赶我们的障碍。大炮是我们唯一担心的东西。

"如果有可能的话,我真想停下来再把这些人中的一个干掉。"船长说。

可是,明摆着的,没有任何东西可以让大船上的人停止打炮。他们甚至对中枪倒地的那个同伴理都不理,即使他还没有离开人世,何况我明明看见他在拼命地向一边爬去。

"注意了!"乡绅叫道。

"停止划桨!"船长急忙应声道。

他和雷德拉斯拼命地向后划了一桨,整个尾艄都没在了水中。与此同时,响起了炮声。吉姆听到了第一声炮响,却没有听到乡绅的枪声。我们也不知道炮弹究竟落到了什么地方,据我猜测它曾飞过我们的头顶,而它掀起的一阵风给我们带来了灾难。

这时,舢板的尾艄渐渐地被深达三英尺的水所淹没,船长和我都不知所措地望着对方。另外三个人全都一头栽进了水里,又跟一只只落汤鸡一样重新钻出了水面。

幸好,目前的损失还不是特别大。至少五个人都平安地活着,我们完全可以蹚着水安全到达岸边。但是我们的补给品全都掉到水里去了，更要命的是，五支枪里就剩下两支还能对付着用。掉到水里时，我下意识地把枪从膝上抓起来举过了头顶。而船长的枪，他用一条子弹带挂在了背后，并且把扳机朝上，这不失为一个明智的举动。剩下的三支枪则随着舢板沉入了水中。

岸边林子里传来的脚步声正在渐渐逼近，我们更是焦虑万分。我们的处境这么尴尬，不但通向寨子的路可能被切断，而且我们也在为亨特和乔伊斯担心，不知道他们是否抵挡得住五六个海盗的进攻。我们都了解亨特性格刚强。但乔伊斯就未必如此了：如果作为一个仆人，他彬彬有礼，为主人刷衣也会干得不错，惹人喜爱，但他却不适合做一个战士。

我们急急忙忙蹚水上岸时一直挂念的便是这些，至于那条可怜的舢板以及足有一半之多的火药和粮食，都顾不上去管了。

第十八章　第一天的战绩

（接下来由大夫继续讲述）

我们飞快地穿越那片隔着我们和寨子的树林。海盗的喧闹声正伴随我们的脚步逼近过来。没过多久，他们飞奔的脚步声以及林子里那些被他们东奔西跑弄断的树枝发出的喀嚓断裂声都清晰地传入了耳中。

看来一场面对面的激战迫在眉睫了，我便检查了一下枪中的火药。

"船长，"我说，"屈利劳尼百发百中。他的枪已浸了水，把你的给他吧。"

他们互相接过了对方的枪。在混乱中一直都很沉着镇定的屈利劳尼，停下来看了看枪中的弹药。与此同时，我看见葛雷还是赤手空拳，便把我的弯刀递给了他。他在手上啐了一口唾沫之后，眉头紧皱，顺手挥了一下弯刀，随之带来一阵风。我们看到这些特别高兴，无论从哪一方面来看，我们这个新战友让我们都特别满意。

又跑了四十多步以后，我们来到了林子的边上，木栅就在眼前。我们刚刚走到它南边的中部，这时，在水手长约伯·安德森的带领下，有七个海盗已经追到了栅栏的西南角。

他们停了停，好像惊呆了；他们还没来得及反应过来，乡绅和我，还有木屋里的亨特和乔伊斯全都开了枪。这四声齐射的枪响好像有点凌乱，但并未落空：有个敌人应声倒地，剩下的立刻转身跑进了树林。

我们正高兴得忘乎所以时，林子里有人开枪了，一颗子弹从我的耳边呼啸而过，不幸的汤姆·雷德拉斯便晃了晃双脚，僵硬地躺了下去。乡绅和我连忙开枪回击，但因为我们根本就没有什么可以瞄准的目标，所以只是白白地浪费火药而已。然后我们换上弹药，开始关注汤姆。

船长和葛雷正在为他检查伤势。我一下子就断定无药可救了。

可能是我们的有力回击令那海盗们魂飞魄散，所以我们抬着不幸的老总管越过栅栏、走进木屋时，再也没有人前来进攻。

可怜的老头痛苦地呻吟着，鲜血直往外冒。从我们交了霉运，一直到现在他被抬进木屋去等死，他自始至终没有说过半句惊叹、埋怨或者是恐慌的话，也从未有过默许的行为。他曾像特洛伊①人一样在伊斯班袅拉号的走廊上坚守岗位，借以掩蔽的只有一张褥垫；他总是默默地、竭尽全力地去完成每一项任务；他至少要比我们这些人都大出二十多岁；可是现在，这个总是脸色恼怒却又尽责尽力的老仆人就要永远地离开这个世界了。

乡绅跪在他的身旁，一边亲吻他的手，一边像个孩童一样哭泣。

"我快死了吗，大夫？"雷德拉斯问。

"汤姆，亲爱的朋友，"我说，"你马上就要回家了。"

"我多想干掉几个人再离开！"他说。

"汤姆，"乡绅说，"你说你会原谅我吗？"

"先生，你要我原谅你，这符合礼节吗？"汤姆答道，"无论如何，一切照你说的做就行了，阿门②！"

好一阵子没人说话，他突然说希望有人能为他做一次祷告。

---

① 特洛伊：位于小亚细亚西北部的一座古城。据荷马史诗《奥德赛》记载，希腊人围困了特洛伊，十年没有攻克，后来用木马计骗开了城门，才攻占了这座城市，著名的特洛伊战争结束了。

② 阿门：基督教徒做祈祷或者唱圣歌时的结束语，意即"但愿如此"。

第十八章 第一天的战绩

"先生,这是惯例。"他似乎是在辩解。没过多久,他就断了气,再也说不出话来。

事前,我发现船长的胸前和口袋里不知道塞满了什么东西。这时,他掏出了一大堆乱七八糟的东西:两面英国国旗、一本《圣经》、一卷耐用的绳子、一支笔、一瓶墨水、一本航海日志和几磅烟草。他在栅栏内的地上找到了一根长长的砍倒后被修去了枝条的枞树杆;他在亨特的帮助下把杆子竖到了屋角两堵圆木墙壁相交构成角度的地方。接着,他爬到屋顶上,亲手把国旗系到了绳子上,又亲手把它升了上去。

他似乎对此十分满意,接着,他回到木屋里,就跟什么都没发生一样开始收拾东西。虽然如此,他还是冲着快要死去的汤姆看了那么几眼;老头儿刚断气,他马上走过来,拿另一面旗毕恭毕敬地盖住了尸体。

"不必太难过,先生,"他握了一下乡绅的手,说道,"也没必要担心他的灵魂,他是为了完成船长和主人所交代的任务而牺牲的。虽然我说的很可能不符合教义,但却是事实。"

接着,他拉我到了一边。

"李甫西大夫,"他说,"你和屈利劳尼先生所依靠的前来接应的船只几个星期以后就能到了?"

我对他说:几个星期根本不行,至少要几个月;假如到8月底勃兰德还没有见到我们的话,他就会到这儿来找我们;但肯定不会早来几天,也绝不会晚来几天。

"你自己也能推算一下还要过多久呀。"我说道。

"确实如此,"船长摸了摸脑袋说,"就算不把天赐的东西排除在外,我们现在也处于一种极为艰难的境地。"

"为什么这么讲?"我问。

"先生,我指的是,令人可惜的是我们丢掉了第二船的那些补给品，"船长回答道，"我们倒有足够的弹药，但吃的东西实在太少了，少得可怜；甚至可以这么讲，李甫西大夫，减少一个人对我们来讲或许并不纯粹是一件坏事。"

他一边指着被旗帜掩盖的尸体，一边说道。

就在这时，一颗圆铁弹从木屋的上空呼啸而过，最后在距离木屋背后很远的树林里坠落下来。

"哎哟！"船长说，"打吧，打光那些炮弹吧！你们能有多少火药啊，我的朋友们！"

第二炮命中了目标。炮弹坠落在木栅里边，顿时炸得尘土飞扬，但没有进一步的损失。

"船长，"乡绅说，"在船上根本不可能看到这座木屋。肯定是那面旗帜告诉了他们我们的所在。我想，降了旗会不会更好一些？"

"把旗降下？"船长大叫一声，"不可能，先生，我绝不会这么做。"他的话刚一出口，我便想这里所有的人都会跟他持同一意见的。因为这不仅体现了顽强的精神、深厚的感情以及大无畏的气概，同时这也不失为一种不错的策略，我们借此向敌人证明：对于他们的炮轰，我们实在不屑一顾。

他们一直炮轰了一个傍晚。铁弹不停地冲着我们飞来，都是或近或远的，有时会在木栅里边掀起一大片尘土。他们只得把瞄准的目标定得很高，结果炮弹坠落时已失去了力量，自个儿钻入松松软软的沙地中去了。我们也并不怕什么流弹；虽然曾有一颗圆铁弹穿破屋顶飞进来又从地板下面钻了出去，我们很快便适应了这种小打小闹，权当是在玩板球好了。

"这倒并不全是坏事，"船长开始讲话了，"前面那片林子里的敌人好像都撤走了，潮水也退去很长时间了，我们的补给品或许已露出水面。谁愿意前去取回那些猪肉？"

第十八章　第一天的战绩

最先站出来的是葛雷和亨特。他们携带精良的武器,偷偷地越出了木栅,只可惜最终一无所获。那些海盗们的大胆出乎我们的意料,也许是因为他们对于伊斯莱尔的打炮技术过于信任了。他们中有四五个人在忙着打捞我们的补给品,并蹚着水把它们送上附近的一只筏子。待在筏子里的人每隔一会儿就得划上一两桨以防筏子被水冲走。在船尾指挥他们的正是西尔弗。现在他们每人都配备有一支滑膛枪,没准儿是他们从自己的秘密军火库里偷的。

船长开始坐下来写航海日志,以下便是今天所记的第一段:

　　船长亚历山大·斯摩列特、随船医生大卫·李甫西、船匠亚伯拉罕·葛雷、船主约翰·屈利劳尼、船主的仆从约翰·亨特以及理查·乔伊斯（非水手）——以上所有继续尽责尽力的人,带着大约能坚持十天的食品,在今天登岸了,并且在藏宝岛的木屋顶上升起了英国国旗。船主的仆从（非水手）托马斯[①]·雷德拉斯死于海盗们的枪下,侍应生詹姆斯[②]·霍金斯——我不由得开始为可怜的吉姆·霍金斯而担忧了。

这时,从陆地上传来呼唤的声音。
"有人在喊我们的名字。"正在放哨的亨特说道。
"大夫!屈利劳尼先生!船长!咳,亨特,你是亨特吗?"呼喊声一阵接一阵的。
我刚跑到门口,吉姆·霍金斯就从木栅外面越了过来。他平安归来了。

[①] 托马斯:即汤姆,后者是一种爱称。
[②] 詹姆斯:即吉姆,后者是一种爱称。

第十九章　守护寨子的人

（以下仍由吉姆·霍金斯续叙）

本·甘恩一看见国旗就停下来不走了，并且拽着我的胳膊也不让我走，他自己则坐了下去。

"你看，"他说，"你的朋友们就在那边，肯定是。"

"只怕更可能是叛乱者在那边。"我不相信地说道。

"没有的事！"他马上表示反对，"在这种只有碰运气先生才来的地方，毫无疑问，如果西尔弗要挂旗的话，必定是挂海盗们的骷髅旗。不对，那边肯定是你的伙伴们。刚刚打了一仗，我想是你的朋友赢了；他们上岸了，就躲在许多年前弗林特建造的那个老寨子中。啊！弗林特的确是个聪明的人哪！滴酒不沾，他天下无敌。他无所畏惧。然而西尔弗——西尔弗又文雅，又宽厚。"

"或许你的话没错，"我说，"那么我更有理由马上去见我的朋友们。"

"稍等一会，伙计，"本仍是不肯让我离开，"你别着急。如果我的眼光没什么问题，那你是个乖孩子；可你的确是个乖孩子。本·甘恩并非白痴。就算有朗姆酒，你也没法引诱我去你去的那个地方，除了让我见到你们那位天生的绅士，除非他亲口对我作个保证。你一定得记住我的话：'对天生的绅士放一百个心（别忘了，你一定要说放一百个心）。'另外，你在说这句话时，一定记得拧他一下。"

他用同样顽皮的神色拧了我一下——已经是第三次了。

"等你们需要本·甘恩时，吉姆，你明白去哪儿找得到他。就来

第十九章 守护寨子的人

你今天遇见他的地方。不管谁来找他,手里都要拿着一件白色的东西,而且只能孤身一人。哦!你得这么想:'本·甘恩的要求自有他的理由。'"

"好的,"我说,"我开始知道你的心思了。你会提什么意见出来?你想见一见乡绅或者医生;要想找到你,就去我今天碰着你的地方。没有别的了吗?"

"咱们还没有约定一个时间呢,"他补充道,"从午测到钟敲六下①之间。"

"行,"我说,"这下我可以离开了吧?"

"你会不会忘掉呢?"他担心地问道,"你一定要说:'放一百个心','自有理由'。最最重要的就是'自有理由',我们之间要像男人对男人那样。另外,吉姆,如果你见着了西尔弗,你会背叛本·甘恩吗?就是叫一匹野马在前面拖着你跑,你也一定不能背叛我,懂吗?你回答我:'一定不会。'如果那群海盗今晚上就睡在岸上,吉姆,我让他们的老婆明早全都死了男人,你认为这样如何?"

一声惊天动地的炮声打断了他的絮叨,一颗炮弹从树丛中穿过,落在沙地上,就在距我们俩不到一百码处。我们俩各自朝不同的方向飞奔而去。

在此之后大约一个小时中,不停地有炮弹降落在这个荒无人迹的小岛上,轰隆作响,炮弹擦过树林不断从上空飞过。我一边向前跑,同时不断找个地方藏身,总觉得很快就会命丧于那些恐怖的炮弹声中。但是,在炮轰到了尾声时,虽然我仍是没有胆量往寨子那边走,因为很多炮弹都落在那里了,然而我还是有了一些勇气。我朝东边绕了很长一段路,蹑手蹑脚地走到岸边的树林里。

太阳刚落下去,有海风吹过,在树林中打着转,树叶沙沙地响

---

① 即从中午 12 点到下午 3 点。

着。锚地淡灰色的水面上,海风轻轻地掀动起层层波纹;潮水已退去很远了,一大片一大片的沙地裸露着。经过白天的炎热之后,空气逐渐冷了下来,虽然我穿着上衣,但依旧感到一阵阵凉意。

伊斯班鱼拉号仍是泊在它原来下锚的水中,不过它的桅杆上果然飘起了一面海盗旗,黑色的底上有一副白色的骷髅。当我正东张西望时,那边又闪了一道红光,然后就响起一阵炮声,一个圆形的铁弹紧跟着从上空呼啸而过,接着又响起一些稀稀拉拉的回音。这一天的炮轰到现在就算完了。

炮击之后,海盗们忙得热火朝天。我伏在地上偷偷观察了好半天。在河口附近的岸上,他们使劲地用斧子砍着什么,最后我才知道他们砍的原来是那条倒霉的舢板。稍微远点的地方,就在河口周围的树林里,燃烧着一大堆耀眼的篝火;在小尖角和大船中间,一只筏子不断地穿来穿去。上午的时候,我见到那些人几乎个个面色阴郁,此时却一边划桨,一边高声欢呼着,像孩子一样得意忘形。我想他们这股兴奋劲都是朗姆酒的功劳。

我想这会儿可以向寨子那边往回走了。现在我的立足处,是一个很深地伸到海里的沙尖嘴,它从东边绕过来,圈住了锚地,低潮的时候,可以和骷髅岛连在一起。我站起身,沿沙尖嘴向远方眺望,只见低矮的灌木林中耸立着一面孤零零的岩壁。岩壁非常高,非常白净。我想这或许就是本·甘恩所谓的白色峭壁。说不准哪天我们得找一条小船,我就知道该如何去找了。

接下来我就从树林边往回走,一直到了能再看见木栅栏的后边,也就是向着陆地的那边,很快就受到一群诚实的伙伴的热情欢迎。

我讲了一遍我的经历,接着朝四周看了看。整座木屋是用没有锯方的松木钉起来的,屋顶、墙壁、地板都是这样的。有些地方的地板比沙地高一英尺到一英尺半。门口有个门廊,门廊下有一股

第十九章 守护寨子的人

细细的泉水涌到一个奇形怪状的手工蓄水池中——那本来是一口没有底的船上专用的大铁锅,被放在沙地中,埋至船长所谓的"齐吃水线"。

房子里除了一个屋架,基本上再没什么东西了,仅在一个角落里有一个拿石板垒起来的东西,像是炉灶,另外还有一个长满铁锈的旧铁篓,柴就是在这儿烧的。

小山坡和栅栏里的树已经被伐光了,用来盖这座木屋;从留下的树苑来看,这里曾有一片极为茂密的树林。伐掉树林之后,大量的泥土已随雨水流失,只在锅里渗出一道细流的地方,长出一层厚实的苔藓、一些羊齿类植物和一小丛贴着地生长的灌木,在沙地中显得格外青翠。栅栏周围是长得又高大又茂密、葱茏青翠的树林:向着陆地的一边尽是些枞树,向着海滩的一边还夹杂着许多常青栎。听他们讲,树林和寨子之间的距离太近了,这可大大地不利于守卫。

我刚刚说起过的清冷的海风,穿过这随便钉成的小木屋的每个空隙吹进来,不停地有雨点一样的沙砾随风而入,落在地板上,钻到我们的眼睛中、牙缝里,撒进我们的晚饭中,在锅里的泉水中上下舞动,就好像刚刚煮沸的麦片粥。

我们的烟囱就是屋顶上的一个方形的洞,只有很少很少的烟从烟囱出去,剩下的都在屋子里盘旋,我们被烟呛得不住地咳嗽、流泪。

除了这些,我们的新朋友葛雷还受了伤,脸上绑着纱带,因为他在和叛乱者决战时被砍了一刀。可怜的老汤姆·雷德拉斯尚未入土,依旧孤单地盖着国旗直直地躺在墙角。

假如我们就这样无所事事,最终一定会困在灰心失望之中,然而斯摩列特船长是不会听任这样的事情发生的。他给每个人都找到活干,并把我们分为两组,轮流放哨。医生、葛雷和我是甲组,乡绅、亨特和乔伊斯是乙组。尽管我们都已累得筋疲力尽，仍旧有两个人被指定去收拾柴火，两个人去给老雷德拉斯挖坟，大夫则被任命为厨师，我就在门口放哨。船长本人就在我们这些人中走来走去，鼓励大家恢复勇气；哪儿要人帮忙，他就去哪儿添一添人手。

医生间或来门口呼吸一下新鲜空气，也休息一下被烟熏得几乎掉出来的眼睛。每一回到门口，他总得对我唠叨几句。

"斯摩列特船长，"有回他说，"比我聪明多了。这话可不是随便说说的，吉姆。"

又有一回他走过来，好半天一言未发。接着他侧过头来看着我。

"你认为那个叫本·甘恩的到底能不能相信？"他问道。

"我不知道，先生，"我说，"我也拿不准他的神经是不是正常。"

"这件事里我没法完全信任他，"医生赞同地说，"独自一人孤零零地在这荒无人烟的小岛上过了三年，吉姆，要是还想要他的脑子和我们的一样健康，这是不合乎人性的。你说他对干酪有特别的嗜好，是这样吗？"

"没错，先生，他非常想尝一尝干酪。"我回答道。

"很好，吉姆，"他说，"这回你总该看到吃东西挑剔还是有益处的了。你见过我的那个鼻烟盒，对不对？不过你一直没见过我用它，是不是？这是因为我在盒子里装了一块巴马干酪——是意大利产的一种很有养分的干酪。干脆咱们就把它送给本·甘恩吧！"

在吃晚饭之前，我们把老汤姆埋在沙地里，摘下帽子，迎着晚风在墓旁站成了一圈。已经找到了很多干柴，然而船长仍然不满意，觉得太少。看过我们的劳动成果后，他无奈地摇摇脑袋，说我们"今后还要付出更大的努力"。我们的晚餐就是一点儿猪肉，还

第十九章 守护寨子的人

有一杯和了水的烈性白兰地酒。晚饭之后,我们的三位领导者坐到一个角落里,策划着我们的未来。

看上去他们也是黔驴技穷了。我们仅有一丁点儿存留食物,不等接应的船来,我们就不得不因为饥饿而举起白旗。然而有一点是毫无疑问的:我们最可能获救的方法就是全力以赴消灭海盗,直至他们摘掉海盗旗,坐着伊斯班袅拉号逃之夭夭。他们十九个人里只剩下十五个,其中还有两名伤员,而那个站在大炮边、挨了乡绅一枪的水手,就算不死也只剩半条命了。每一回和他们交火,我们必须小心翼翼,以保存实力,歼灭敌人。除了这些,我们还有两个值得信任的结盟者——朗姆酒,另外还有气候。

我们先提一提朗姆酒。尽管和他们相距半英里之多,一直到深夜了,我们仍旧听得见他们在狂欢、大声唱歌。再说气候吧,医生以他的脑袋打赌说,如果他们这样晚上睡在沼泽里,又没有医生、药物,一个星期之内,最起码会有一半人染上疾病。

"所以,"他又说,"一旦我们没有先于他们死掉,他们肯定很高兴驾着纵帆船跑掉。毕竟那是一条船,我想他们仍可能重操旧业。"

"这是在我手中丢掉的头一条船。"斯摩列特船长说。

可想而知,这天我都快累趴下了。起先我还辗转反侧了好半天,后来则像一根木头一样沉沉睡去。

第二天,其余的人全都起了床,吃过了早餐,而且还添了几乎一半的柴火,我才被他们嘈杂的忙乱声吵醒。

"白旗!"有人喊道,然后是一声惊呼,"西尔弗自己来了!"

我马上跳起来,揉了揉眼睛,赶紧扑到墙上的枪孔跟前。

第二十章　西尔弗来商谈

木栅栏外边果真站着两个人：一个人举着一面白旗，另一个人站在一旁，泰然自若，此人正是西尔弗。

时间尚早，这是我自出海以来遇到的最冷的一个清晨，寒气逼人。碧空中万里无云，树枝在朝阳的照耀下闪耀着微红的光。然而西尔弗和他的随从的立足处依旧没有受到阳光照射，自膝盖以下的部位都淹没在贴着地的白色晨雾里，这都是晚上从沼泽地里散逸出来的雾气。这个小岛这样荒凉、凄清，正是由于寒气和雾霭。长时间地留在这个湿气很重的地方，很明显不利于健康，很可能会得上热病之类的疾病。

"大家先别出去，"船长命令道，"这可能是个诡计。"

接着他对着海盗喝道：

"是谁？站住，否则我就扣动扳机了。"

"我们打着白布呀。"西尔弗声音很大地说。

船长站在台阶上，他很仔细、小心地选了一个位置，即使对手放冷箭，也不可能碰着他，他转过身来吩咐道：

"医生那一组看好了枪孔。李甫西医生，你要守好北边；吉姆，东边由你负责；西边让葛雷守好了。剩下的一组全体人员准备好枪支弹药。大家都手脚麻利一些，不过一定得仔细。"

然后他又转回身去对着那两个叛乱者。

"你们挑着一块白布究竟想怎么样？"他向他们大声喊道。

这回是另外的那个人应声。

"先生，西尔弗船长是来和你们商谈的。"他叫道。

第二十章 西尔弗来商谈

"西尔弗船长?我可不认识这个人。他是谁?"船长问道。然后就听见他低声自言自语:"已经是船长了!哼,官运亨通呀!"

大个子约翰这回自己出马了:

"就是我,先生。这些可怜的水手们非得让我做船长,原因是你撂下我们自个走啦,先生。"他有意强调了"撂下"这两个字,"如果咱们能达成协议,我们仍旧听你吩咐办事,而且绝无二心。斯摩列特船长,我的要求只有一个,就是你一定要确保我安全地离开这个地方,在走出射程之前,你们不能开枪。"

"你听好了,"斯摩列特船长宣布道,"我根本没有和你商量的余地。假如你想和我谈,你可以过来,用不着废话。假如你想玩什么花招,一切后果自负,那时别说我们事先没打招呼。"

"这就足够了,船长,"大个子约翰兴奋地叫道,"只消你一句话,什么问题都没有。我分得清楚怎样的人才算真正的绅士,我的话你应该相信。"

我们看见举白旗的人拼命往回拽西尔弗。这是自然的,因为船长的对答并不很友好。然而西尔弗却朝他大声笑了几下,还拍了拍那人的背,也就是说,他根本用不着这么担心。然后,西尔弗来到木栅栏前边,先扔了拐杖进来,再稍稍地用些力和小聪明,用一条腿爬上栅栏,再翻过来,稳稳当当地落在地上。

我必须老实说,目前发生的事完完全全引起我的兴趣,我根本没有尽到什么守卫的责任,不仅如此,我还擅自离开东边墙眼的岗哨,悄悄跑到门槛上的船长后面。船长坐在门槛上,双手支颐,肘部顶在腿膝上,眼睛注视着泉水从埋在沙地里的铁锅中汩汩地流出来,小声地吹着口哨,是《来吧,小伙子和姑娘们》的调子。

要爬上小山丘真叫西尔弗费了九牛二虎之力。在陡峭的山坡、粗壮的树蔸和松软的沙滩面前,他的拐杖一无用处,就像一条搁浅的船。可是他终于竭尽全力勉强撑住了,无声地走到船长跟前,很利索地对船长行了个礼。很明显他尽心地装饰过一遍：宽大的蓝外衣的下摆一直垂到膝部，上面还有不少铜纽扣；后脑勺上戴一顶挺好看的镶了花边的帽子。

"既然来了，就请坐吧。"船长抬起头对他说道。

"你难道不打算请我进去，船长？"大个子约翰很不满地说，"早晨这么清冷，坐在外面的沙地上可真够受的，先生。"

"西尔弗，"船长说，"要是你安分守己地做人，你现在是该在船上的厨房里。这些全是你一手造成的。或者你还继续做我的厨师——这样肯定会给你很多好处；或者你继续做所谓的西尔弗船长——也就是个叛乱者和海盗，等着以后去上绞刑架！"

"行啦，行啦，船长，"说着话，我们船上的这位厨师就坐了下去，"不过待会还得麻烦你帮我站起来，其他倒没什么。你们这里很好呀。哦，吉姆也在这边！吉姆，早上好！医生，我给你敬礼了。你们在这儿相聚，正如平常说的那样，团圆和美，高高兴兴。"

"嗨，你有什么话，请赶快说吧。"船长催促道。

"你的话没错，斯摩列特船长，"西尔弗附和道，"确实，公事就得公办。行了，你心里清楚昨天晚上你们战绩辉煌。我承认你们干得很棒。你们中的几个人拳脚功夫的确令人刮目相看。我还得说，我们中的一些人——或者是全部人——被打得晕头转向，我自己也是这样，因此我才来这里和你们商量商量。但是，我敢发誓，船长，再也不可能出现这种情况！我们会设置岗哨，还要提醒大家少喝点朗姆酒。你们可能想着我们都是醉醺醺的。不过对你们实说了吧，事实上我没有喝那么多；我就是太累了，睡得像只死狗。如果我稍稍早醒一会儿工夫，你们休想溜掉，休想。我赶到他面前时，他还没咽气呢。"

"是吗？"斯摩列特船长尽量不动声色、无动于衷地说。

西尔弗说的话让他如坠迷雾之中，但他说话的语气却丝毫没

第二十章　西尔弗来商谈

有流露出这种迷惑。不过我在一旁却似乎知道了些什么。本·甘恩和我道别前说过的最末一句话出现在我脑海里。我估计,是他趁那帮海盗们灌得不省人事,躺在篝火旁边时,悄悄地去踩了他们的盘子。我暗自庆幸,这样的话,我们的对手就只剩下十四个了。

"是这样的,"西尔弗说,"我们要得到藏在岛上的宝贝,我们必须拿到——这是我们此行的目的!我想诸位一定会很高兴活着回去,这是你们此刻的目的。你们手里是不是有一张这个岛的图?"

"大概有吧。"船长回答说。

"你们一定是有的,我清楚这一点,"大个子约翰说,"你不应当对人这么冷淡,这样对你也没什么好处,我说的话你应该相信的。咱们挑明了直说吧:我们就要那张地图。我本人决不会为难你们。"

"收起你那一套吧,伙计,"船长打断了他的话,"你们究竟要做什么,我们心里有数,我们并不把它放在心上,因为明知你们不可能达到目的,你自己也清楚这一点。"

说到此处,船长神色自若地瞧了他一下,竟自装起烟来。

"既然亚伯拉罕·葛雷——"西尔弗突然发起疯来。

"闭上你的嘴巴!"斯摩列特先生喊道,"葛雷没对我说什么,我也没有问过他。说实话,我恨不得见你们,还有这座小岛,一块从海上掉到地狱去。这就是我的想法。"

船长的这点怒火可能倒使西尔弗平静了下来。他原来有点火气,现在则压制住了。

"大概是这样的,"他说,"我并不想限制各位先生据事实对某事加以评论,认为孰对孰错。看来你是要抽烟了,船长,请原谅我也要这么做。"

他装好一斗烟,而且点燃了。然后这两个人就坐在那儿一块不吭声地抽烟,一会儿对视一下对方的神色,一会儿紧一紧烟丝,一会儿凑到前面唾掉嘴里的烟丝。看着他们俩,比看戏更有意思。

"你听我说,"西尔弗又开始一轮谈判,"你们给我们那张藏宝图,别再让那些水手挨枪子,或者是在他们睡觉时去偷袭他们。如果你们同意这样做,就有两条路任你们选。其一,等那些宝贝装上船后,我们可以一起走,我还可以立一张字据,以我的人格担保,放你们随便在哪个港口顺顺当当地上岸。假如你们对这个提议不满,加之我的手下人当中的一些性格比较暴躁,原因是你给他们派的活太重了,他们心里有气,那么,你们可以选择仍旧待在这里。我们所有的人把东西按人头平分,我一样保证一定告知我们第一回遇到的那条船,让他们来救援你们。这回你总该相信这是最棒不过的法子了吧。你们不能希望有更好的方法,这不可能。同时我希望,"西尔弗放大声音,"这里的每一个人都听清楚我的话,因为这些话也是要对你们说的。"

斯摩列特船长从门槛上站起身来,把烟斗里的灰全倒在左手里面。

"讲完了吗?"他问。

"该说的话我都说了,的确!"约翰回答道,"要是诸位不答应,那么,以后就不是我来和你们商谈了,而是滑膛枪的子弹。"

"非常好,"船长说,"现在该我说你听了。假如你们都能缴械投降的话,我就把你们都押回国去接受审判。如果你们不答应,听好了,我以头顶的国旗为誓,我会让你们个个都见到海龙王的,不然的话我再也不叫亚历山大·斯摩列特。你们别希望会找到宝藏。你们没能耐驾驶伊斯班袅拉号,你们都没这个本事。况且你们也赢不了我们。昨天你们五个人连一个葛雷都没拦住,还是给他冲出来了。你们这会儿进也不是,退也不是。西尔弗先生,你心里很清楚,形势对你们不利。我在这里最后一次郑重警告你:以老天

第二十章 西尔弗来商谈

为誓,别叫我再遇见你,否则我就用子弹打穿你的脊背。滚蛋吧!赶紧离开这里,越快越好。"

我实在无法描述西尔弗脸上的复杂表情,他的眼睛愤怒地大睁着,然后他倒掉了烟斗里的烟灰。

"帮我一下,拽我起来!"他大声嚷道。

"我不会这样做的。"船长回敬道。

"有谁帮我一下?"他大吼着。

没有一个人理他。他不得不伏在沙地上匍匐着前行,嘴里嘟哝着最狠毒的诅咒,他一直爬到了门廊边抱着柱子,才勉强用拐杖帮忙站了起来。他朝泉水中唾了一口。

"呸!"他狠狠地说,"在我眼里,你们就跟这口唾沫差不多。一个小时之内,我会把你们的这座木屋砸得粉碎,就像砸朗姆酒桶那样!你们乐吧,乐吧,他妈的!一个小时之内,我让你们哭都来不及。那时,要是有谁还没死,一定会羡慕还是断了气的有运气。"

他又恶声恶气地骂了一句,然后才一瘸一拐地从沙地上走下去。翻栅栏的时候,他试了四五次都没能成功,后来在那个举白旗的人的帮助下才翻了过去。顷刻之间,他们就从树林里消失了。

第二十一章　强行进攻

西尔弗刚刚没了踪影，紧盯着他背影的船长就立刻转身走向木屋。他看见除了葛雷，每一个人都擅离岗位了。此时我们头一回看见他大动肝火。

"回到自己的岗位上去！"他大声喊道。等到我们一个个小心地回到自己的位子上后，他接着说："葛雷，我会把你的名字记在航海日志上的，你对工作的态度不愧对水手的称谓。屈利劳尼先生，你的表现令我吃惊。医生，我原以为无论如何你算是穿过军装的，假如你在方特努瓦当兵时也这样，先生，我劝告你最好回家去睡觉吧。"

医生那一组的三个人都回到自己的枪支旁，别的人则把备用的子弹装进枪里。我可以告诉您，我们全都面红耳赤。

船长无言地扫视了一遍，说：

"各位，我刚才大大地嘲弄了他一顿。我存心要让他暴跳如雷。据他所言，一个小时左右，他们将来攻击我们。不用我说，各位都清楚，他们的人数远远多于我们；然而我们有地形上的优势，有木寨在一旁遮着；况且，要是在先前一会儿，我尚能夸口说我们有一支纪律严明的队伍。我保证咱们能好好地给他们点厉害瞧瞧，只要诸位努力的话。"

他到每个人面前查看了好几次，直到他认为万无一失才停下来。

木屋的两个侧面，也就是东面和西面，只有两个枪孔；朝南的一边，也就是有门廊的那边也有两个枪孔；朝北的那边有五个枪孔。我们是七个人，二十支滑膛枪。我们把拾来的干柴分成四堆，

第二十一章 强行进攻

也可以说垒出了四张桌子,在每面墙壁的中央都有这样一张桌子;每张桌子上都放了四支已装好子弹的滑膛枪,还有一些弹药,以便让守寨的人用时来取。还有一些弯刀放在中间。

"关掉炉火。"船长命令道,"寒气早就散了,咱们不能让烟熏得没法睁眼睛。"

屈利劳尼先生搬出烧柴禾的铁篓子,又把木炭烧剩的灰闷在沙地上。

"霍金斯还没吃早饭。霍金斯,你自个拿饭到这边来吃,"斯摩列特船长接着说,"抓紧时间,小朋友,待会可就没时间吃饭了。亨特,你去给我们每人拿一小瓶白兰地。"

就在这段时间里,船长已经想好了一个守住木屋的办法。

"医生,你守好这扇门,"他说,"小心别叫人很快发现。尽可能别出去,从门廊里朝外边放枪。亨特,东边交给你了。乔伊斯,我的朋友,你去守西边。屈利劳尼先生,你打枪最准,就和葛雷一道去守好北边,那里有五个枪孔,危险最大。如果不小心给他们逼近到这边,从外边把子弹从枪孔里射进来,那可就完蛋了。霍金斯,咱们俩的枪法都不怎么样,我们就站在一边装子弹,给他们打下手。"

正如船长说的那样,晨雾已消失了。太阳已升起到外层的树梢上面,马上就向地上散发着它的所有热量,贴在地上的雾霭也被一扫而尽。很快,沙子就热得发烫,做屋架的那根木头里的树脂在慢慢地消融。每个人都甩掉了上衣和外套,解开了衬衫的领子,袖子也卷了上去。大家都各就各位,忍受着酷暑和忧虑的煎熬。

一个小时过去了。

"这群该下地狱的浑蛋!"船长骂道,"这样下去能闷死人。葛雷,你吹个口哨,引一股风来吧。"

恰在此时,有了进攻马上就开始的最先预兆。

"先生,"乔伊斯问,"要是我看见人了,我应不应当开枪?"

"这个自然!"船长高声回答。

"谢谢,先生。"乔伊斯仍旧彬彬有礼地说。

接下来的一段时间却是一片寂静,然而那句话让所有人顿时紧张起来,竖起两耳,睁大眼睛;枪手们紧紧握住手中的武器,船长立在屋子中间,紧闭双唇,紧紧地锁着眉头。

这样又延续了好几秒,突然乔伊斯端起枪来放了一下。余音尚在时,栅栏外边四面八方也都响起了枪声,像鞭炮一样,一响挨着一响。有几颗子弹落在木屋的墙上,并没有一颗射进屋里。硝烟散尽之后,栅栏以及附近的树丛里又恢复了空旷和宁静。没有一根树枝摇动,也没有枪口反射出光芒,好叫我们看清对方所在的位置。

"你有没有打中你看见的那个人呢?"船长问道。

"没有,先生,"乔伊斯答道,"我想是没有,先生。"

"说话诚实总是好的," 斯摩列特船长低声自说自话,"霍金斯,你帮他装上弹药。医生,你那边总共挨了几枪?"

"确切地说,"李甫西医生回答说,"这里一共响了三枪。火光闪了三回:两回离得很近;一回稍微远点,靠西一些。"

"三个!"船长思索起来,"屈利劳尼先生,你那边呢?"

这边的回答可不像前面一样容易。北边打来了好些下:乡绅说是七下,葛雷却说有八九声。东边和西边都只响了一枪。很明显,敌人主要是从北边向我们进攻的,另外的三边不过是扰乱性的打法。然而斯摩列特船长并没有改变他的作战安排。他说,万一让叛乱者进到了栅栏里,他们极有可能占领一个没有人看守的枪孔,然后像打老鼠一样,把我们逐个消灭在自己的据点中。

然而,我们没有足够的时间来思考这些。突然,一群来势不小的海盗叫喊着从北边的树丛中奔出来,向寨子扑来。同一时刻,另

第二十一章 强行进攻

外几边的林子里也射出了子弹。一颗子弹呼啸着从外边飞进来，医生的滑膛枪被打成了碎片。

海盗们开始像猴子一样地攀木栅栏。乡绅和葛雷不断地开枪射击，三个人掉了下去：一个向前掉进了栅栏里，两个又掉出去了。然而这两个之中的一个并未被射中，他是吓坏了；他敏捷地爬起来，然后又朝林子里逃去。

有两个人当时就丧了命，一个溜掉了，还有四个顺利地翻过了栅栏。其余的七八个人——很明显他们每人都有数支枪——在林子的掩护下对屋子徒然地作强烈的射击。

翻过栅栏的四个人叫喊着直朝木屋奔过来，他们那些隐在树林里的同伙呐喊着为他们加油。我们这边的枪手开了几枪，然而匆忙之间，可能没有一枪打中。眨眼工夫，四名海盗已冲上小山丘，向我们扑过来。

水手长约伯·安德森的脑袋在中间的一个枪孔前出现。

"干掉他们，片甲不留！"他打雷一般地吼叫着。

就在这一刻，另一名海盗抓起亨特的枪柄用力一拽，把枪从他手里拉出枪孔，然后又用枪托用力地打在亨特头上，可怜的亨特昏倒在地。这时，第三名海盗顺顺当当地从屋角绕了过来，突然在门口出现，挥舞着大刀向医生乱砍过来。

我们的境况与先前正好相反。原先我们有木屋的掩护，可以借此与完全没有掩护物的对手交战；此刻我们则完全暴露在对手面前，又根本没有还击的力量。

屋子内烟雾缭绕，幸亏这些烟雾的掩护，不然的话我们的境况将更为不幸。叫喊声纷纷扰扰，火光和枪声交织在一起，我的耳边还响起一声极为痛苦的呻吟。

"冲出去再说，朋友们，和他们去外边拼刀子！"船长大声喊道。

我随手从弯刀中拿出一把,有人与我同时抓了一把,刀口刚巧碰在我的手指关节上,我几乎没有觉得痛。我朝阳光明媚的屋外奔过去,不知是谁紧随在后。在我正前边,医生正在小坡上追赶着刚才朝他举刀乱砍的海盗,就在我看见他们的那一刻,他打掉了海盗手里的武器,一刀砍倒了他。那家伙仰面朝天倒在地上,脸上有道极长的刀口。

"到屋子后面去,伙伴们,绕到后面去!"船长的声音有些非同寻常。虽然当时乱成了一锅粥,我仍然察觉到了。

我顺从地听从命令向东边跑去,手里拿着弯刀,跑着绕过屋角,没想到正和安德森碰了个冤家路窄。他大叫一声,把刀举过头顶,但见刀光雪亮。我来不及害怕,趁刀还没落下的一刻,跳到了一边,谁想竟然没有在软软的沙地上立住脚,滑了一跤,头向着前边从山坡上往下滚去。

就在我从门口跑出的那一刻,剩下的那些叛乱者已经在攀栅栏了,要把我们一网打尽。其中有个人头戴睡帽,口衔弯刀。他爬到栅栏顶上,一条腿已经跨进来了。然而从那时到现在的时间极为短暂,当我再站起身时,一切仍然照旧那样,那个头戴红睡帽的家伙还在栅栏顶上,没有跳下来,另一个海盗也只在栅栏顶上露出了头。但是,就是这极其短暂的一刻,战斗已宣告结束了,我们大获全胜。

紧随着我冲出的葛雷,瞅着高个子水手长一刀劈空、尚在发愣的当儿,一刀就把他解决了。冲到枪孔跟前的一名海盗,刚要朝屋里射击,不想自己却先中了一枪。此时正在地上痛苦万状,他手中的枪眼里,还有青烟袅袅飘出,还有我亲眼看见的那个被医生一刀就收拾掉的海盗。爬过栅栏的四个人只有一个还活着,他弃了弯刀,面无血色,正想夺路而逃。

"射击,屋内射击!"医生大喊道,"喂,你们俩赶紧进去!"

然而他的话无人理会，屋子里一枪也没有响，那最后一名海盗逃了出去，和别的一起钻进了树丛里。一会儿工夫，引起战争的一方立刻撤退得无影无踪，只留下五具尸体在此：四个躺在栅栏里面，一个躺在栅栏外边。

　　医生、葛雷和我飞速回到屋里。剩下的海盗肯定是去取枪支弹药了，战斗在任何时间都可能卷土重来。

　　屋里的硝烟慢慢散了，我们很快看清为打赢这场仗付出了怎样的代价。亨特依然昏倒在他守护的枪孔旁边；乔伊斯的脑袋被子弹打穿，一动不动地倒在自己的枪孔旁；屋子中间，乡绅搀扶着船长，两个人都是面无血色。

　　"船长挂了彩。"屈利劳尼先生说。

　　"他们跑了吗？"斯摩列特先生问。

　　"跑得动的全跑了，你别担心，"医生说，"有五个却无论如何也跑不了了。"

　　"五个！"船长叫了出来，"嗬，这挺不错。他们死了五个，咱们死了三个，就剩咱们四个人和他们九个对阵。情况比开始时强多了。原来是我们七个人对付他们十九个，也可以说是咱们自己认为是这样，不管怎么说都糟糕透顶了。"①

---

　　① 其实反叛者仅有八个人了，因为在船的甲板上被屈利劳尼一枪打中的那个人当晚就死了。不过这自然是事情结束后我们才明白的。——原注。

第五部　我在海上的历险

第二十二章　我的海上历险是如何开始的

叛乱者走后就没有再回来,树林里的枪声也听不见了。用船长的话说,他们"一天的食物又有了保障"。我们张罗着做午饭,并对受伤人员的伤势进行了查询。伤员们那令人心颤的喊叫声,促使我和乡绅到房外去做饭,因为太惨不忍睹了,尽管如此,他们的呻吟还是声声入耳。

在这次战斗中受伤的八个人中,只剩下三个人尚留一口气:他们是亨特、斯摩列特船长和一名在枪口旁边受伤的海盗。那名海盗和亨特也没有得救的希望:海盗在医生的治疗中死去;亨特也一直昏迷不醒,我们用尽了各种方法也不见效。亨特大声地喘息着,像一名中风的老海盗,足足持续了整个白天。但是,由于他肋骨断裂,颅骨又在摔倒时跌碎,到夜里时就不行了,终于到上帝那里报到去了。

船长的情况好多了,虽然伤口疼痛难忍,但没有生命危险,因为伤的不是要害部位。约伯·安德森开枪打中了他的肩胛骨,而且子弹伤到了肺部,但没有造成多大的损害;他第二次中弹的部位在小腿,被擦了一层皮。医生保证他会痊愈的,但麻烦的是,在今后的几周里,他只能待在床上,而且胳膊也不能转动,如果他有自控力的话,最好连说话也都避免。

我的手指也受了些伤,但那只是小伤,根本不在话下。李甫西大夫在我的伤口上贴了药棉,还在我的耳朵上拧了一把。

吃过午饭,乡绅和大夫凑在船长身边,共同研究对敌策略。正

第二十二章　我的海上历险是如何开始的

午时分,他们已经酝酿成熟。大夫把帽子和手枪拎在手里,腰刀挂好,地图装在衣袋里,背一支滑膛长枪,翻过北面的木栅栏后,很快就在树林里没有踪影了。

三个人的协商结果,我和葛雷没有听清楚,尽管我俩坐在附近的木屋旁。葛雷对大夫的举止大为震惊,以至于忘了把从嘴里拿出来的烟斗重新放到嘴里。

"噢!我的上帝啊!"他说,"李甫西大夫不会精神失常吧?"

"怎么能呢?"我答道,"依我看,就算我们都神经错乱,他也是最后一个神经错乱的人。"

"朋友,就算你说得对吧,"葛雷说,"但是,如果不是他神经有问题的话,那肯定是我了。"

"大夫这样做,应该有他的道理,"我回答说,"我的判断如果正确的话,大夫是要去联络本·甘恩。"

事实证明,我当时的判断是正确的。然而在那时,木屋里闷热得受不了,在烈日的曝晒下,栅栏里面的一块沙地灼热得烫手,一个并没有多大把握的想法在我脑海中逐渐萌发。是的,看到李甫西大夫在凉爽的树林里散步,心里向往得很,鸟儿在树梢唱歌,阵阵幽香从松树上散发,多舒服啊!我在烈日下被炙烧,汗水把衣服都浸透了,黏糊糊地贴在身上,地上又横放着几具尸体,发出令人作呕的腥臭味。在这样的环境里,那种厌恶的感觉已转变成心理上的畏惧。

我在屋里烦躁地擦洗着血迹和午饭后狼藉的碗碟,心里愈想愈是不平,愈感到大夫幸福。终于,逃跑的第一步方案开始了,在别人不留意我时,我移到了装面包干的袋子旁:两只外衣口袋里很快填满了面包干。

我是个愚蠢的家伙,这一点我并不否认,因为我的这个行动是有点儿莽撞无知,然而我要尽最大努力去做得天衣无缝。有了这两口袋面包干,在两天之内我就不会为填饱肚子发愁了,无论情况多么恶劣。

随后,我又挑选了两把手枪。我对自己的装备还比较满意,因为我身上的火药和子弹是很充足的。

从本质上讲,我的这种想法是无可非议的。我计划向东走去,即沙尖嘴的位置,它把锚地和海洋分开了,在那里可以寻找到昨晚注意到的白璧岩,也许本·甘恩的小艇就停泊在那里,至今我认为这种推测是有道理的。然而,要想离开这里,是绝对禁止的,那么剩下的出路只有一条,在众人走神时来个不辞而别。说真的,这是没有办法的办法,也许本来是件好事,会由于某种意外而变成了坏事。可是我天真幼稚,一旦认定了的事就不顾及其他的了。

这个时机终于被我把握住了。在乡绅和葛雷忙于给船长包扎伤口时,我面前顿时呈现出一片空地。我以迅雷不及掩耳的速度冲了出去,跃过木栅,消失在树林里。等他们发现我不在时,我已经狂奔到了他们吆喝所不及的范围外。

这次逃脱是我的第二次自作主张,而且跟第一次相比,更加草率,因为我在仅两个人的守护下逃走了。但是,跟第一次相同的结果是,大家又获救了。

我打算顺着沙尖嘴临海的一侧走,向海岸的东部跑去,因为这样可以避免锚地里的人发现我。此时已经下午后半晌了,所幸太阳还没落山,气温还相当高。在浓密的树林里穿行,可以清楚地听到前方海浪的波涛声,头顶上的树枝在摇曳,树叶发出哗哗的响声——可以肯定,今天的海风较往常强烈。过了一会儿,我感到一阵清凉向我扑面吹来,又向前迈了几步,走出了树林,在我眼前呈现出空旷的平地,蔚蓝色的大海映着阳光,一直延伸到海天相接的地平线,海岸上波涛翻滚,响声震天。

在藏宝岛的海域附近,我从来没有看到过海的平静。即使海平

第二十二章 我的海上历险是如何开始的

如镜,没有任何风动,在炎炎烈日下,在海岸上,仍然是波浪撞击,轰鸣入耳。我认为,岛上没有一个地方听不到海的轰鸣。

我此时心旷神怡,顺着海岸向前方走去,一直走到我以为安全的地带,才在灌木丛的掩护下,十分谨慎地开始攀登沙尖嘴,我登上了它的最高处。

在我的前方是锚地,背靠大海。可能刚才风刮得太激烈了,把力气都消耗尽了,此时倒显得风平浪静。随之而来的是湿润的气流从不同的方向涌上来,就好比是一层厚厚的云雾在升腾。锚地位于骷髅岛的背风面,跟我们来时一样,在铅灰色的水面上,没有任何波动。此时的伊斯班袅拉号,从桅顶到吃水线,还有那从斜桁头上长垂下来的海盗旗,在明净的水面上被映得一览无余。

一只筏子停靠在大船边,西弗尔——我从来不会忘记的人——端坐在筏子的尾部。此外,从大船的后舷墙伸出了两个脑袋,其中一个脑袋上顶着一顶红色的帽子,他就是那个浑蛋——我几小时前在栅栏顶看到的人。他们正在热烈地聊着什么,至于内容,由于离得太远——恐怕一英里开外——我自然是听不到了。就在这时,一种奇异的叫声骇得我大惊失色,因为这种声音是那么恐怖、那么陌生,似乎来自另一个世界。过了一会儿我才明白,这是弗林特船长喂养的那只鹦鹉发出的叫声;这只鸟的羽毛十分艳丽,我毫不费力就发现了它,它可能在主人的手腕上休息呢。

不久,大船旁边的筏子向海岸边划去,那戴红帽子的浑蛋和他的伙伴在房舱升降口消失了。

太阳也随之隐藏在望远镜山的背后,雾气的凝聚速度很快,眨眼之间天空就暗了起来。我明白,假如今晚必须找到小艇的话,应该抓紧时间行动。

白壁岩掩盖在灌木丛中,位于我脚下约八分之一的沙尖嘴处,我艰难地在树丛中爬行,有时手脚并用,折腾了好大一会儿,才接近它。我伸手摸到了凹凸不平的白壁岩,此时夜色更浓了。在壁岩的底部,有一处洼地,里边长满了茂密的杂草,四周长长的树枝和沙汀几乎把这块凹地完全掩盖了。在凹地里有一顶小帐篷,是用山羊皮制成的,跟吉卜赛人①在英国流浪所用的帐篷相似。

我纵身跳进凹地,伸手掀开了帐篷的一角,本·甘恩的小艇果然藏在这里。这只小艇看上去真是太寒酸了:一大块山羊皮紧紧地包裹着没有修饰的硬木斜底船架。船身十分狭小,我坐在里面都感到挤得难受,真不知道本·甘恩是怎样坐在里面的。坐板的位置安放得很低,有一块木档安在船头,可能是用来踏脚的,此外,船上还有一支长桨,带双叶的那种。

我们的先辈如何用柳木和兽皮制造渔船,我是不知道的,今天,摆在我面前的就是这样一条小船。很有必要让读者了解一下本·甘恩这条船的具体情况,打一个最恰当的比喻:在人类所造的所有船只中,它是最古老、最简单的一艘。但是,它不容置疑地带有原始柳木兽皮船的最大优势,即船体很轻,可以随意搬移。

找到了这艘小艇,接下来的工作就是到自己应该去的位置。然而我的脑海中又冒出了一个念头,并为之沾沾自喜,而且一定要付诸行动,就是斯摩列特船长制止也无济于事。这个想法就是趁着夜色,悄悄地划着小船接近伊斯班纽拉号,割断它的锚索。让它在大海上四处飘荡,至于漂到哪里,我就管不着了。我认为,这些叛乱者在上午的交火中损失不小,肯定想早点儿起锚出海。我一合计,如果能把他们拖在这里,那真是太妙了。干这件事的危险不会很大,因为在大船的周围,海盗们没有留一只筏子用来守护。

于是我就盼望着夜晚的降临,并把随身带的面包干掏出来,吃

---

① 吉卜赛人:原居印度北部的一个民族,在10世纪开始四处迁移,西亚、北非和欧美都有他们的足迹,歌舞、算命是他们谋生的主要手段。

第二十二章 我的海上历险是如何开始的

得津津有味。夜色越来越暗,这对于我的行动真是太好不过了。整个天空变得漆黑一片。夕阳的最后一缕霞光消失以后,藏宝岛四周霎时伸手不见五指。那只古老的小艇被我放在肩头,深一脚浅一脚地摸索着前进。我离开了晚餐所在地——那片长着杂草的凹地,夜色中,只能看到两处隐约闪动的灯火。一处是海岸边的篝火,战败的海盗在篝火旁肆意喧闹。另一处是在黑黝黝海面的暗光,时隐时现,暗示着大船的位置。在落潮时,船头掉了个头,正好面对我所在的方向,船上的房舱里投射出一丝光亮;这种光亮是经过折射而被我看到的,它来自尾窗中的强光。

此时,落潮已经过去了好大一会儿,穿过一条长长的沙滩是必须要做的,泥泞的沙滩几乎把我的脚都陷进去了,好几次我都拔不出脚,我终于来到了水边。我抬腿向水里迈去,几步后,我就利落地把这只小艇放在了水面上,根本没费什么劲。

第二十三章　潮水急退

我敢肯定，这只小艇对我而言是相当安全的，从我的身材和重量来看，它是非常合适的，一直到离开它，我都这样认为。它在海面上行动敏捷，轻便灵巧，但是不足之处是重心偏斜，驾驶时经常偏向，不太顺手。它的最大嗜好是原地打转，向着顺风的方向拼命用劲，从来没有一只船像它这样执著。本·甘恩本人也不得不宣称："如果摸不透它的脾气，它会让你手忙脚乱的。"

对它的脾气我自然摸不透。因此，它任何方向都可以游动，就是不朝我努力的方向行驶。它总是侧着身子，在海上斜行，如果离开了潮水的援助，我是没有能力把它驾驶到大船边的。我的运气不错，不管如何划，潮水总是推着我向下漂移；而伊斯班叒拉号正好在下风处，不被推到那里才怪呢！

远远望去，大船像一团乌云，矗立在那里，漆黑一片。随着小艇的靠近，它的桅杆、帆桁和船身逐渐清晰起来。随后（越靠近岸边，退潮的气势就越明显），小艇靠近了大船的锚索，我伸手就抓牢了它。

船对锚索的拉力很大，锚索被绷得笔直。在大船的四周，波浪在有节奏地起伏着，不时发出哗哗的响声，在黑暗的夜色中，黑得极有韵味，潮水的波动看上去像一座座小山洪。我只需把刀在锚索上一划，伊斯班叒拉号肯定会顺流而下的。

直到现在，还没有发生任何意外。突然，我意识到猛砍锚索是有风险的，会像被马迎面踢一脚。因为，我如此轻率地去砍绷紧的锚索，很有可能被掀翻在水里，包括小艇在内。

第二十三章 潮水急退

有了这个想法,顿时让我犹豫不决起来,也许是上帝的帮忙,幸运之神再次降临到我头上,要不然的话,放弃原先的念头是很有可能的。先是从东南方刮起了风,随后风向成了正南方,最后刮起了西南风,恰好在我犹豫的时候,这阵西南风,使逆着潮水漂浮的伊斯班袅拉号暂时翘了起来,我惊喜地感觉到,在我手中紧绷的锚索突然松弛下来,甚至有一截锚索都浸到了海水中。

我不再犹豫,抓住时机,顺手掏出折刀,用牙齿咬住刀柄,把它掰开,然后一点一点地对绳索进行分割,最后,只有两股很细的绳子,在费力地拉着大船。我就休息了一会儿,等待西南风的再次刮起,锚索稍一放松,我就可以轻松地割断它。

我等待在那里,船舱里的说话声源源不断地传到我的耳朵里。说真的,当有事情吸引我的注意力时,对他们的闲聊根本听不进去。但现在是在耐心地等待,他们的谈话就很清楚地进入了我的耳朵。

我听出有一个人是伊斯莱尔·汉兹——船上的副水手长,曾经是一名炮手,弗林特是他的上司。另外一个人肯定是那个戴红帽子的浑蛋。很明显,两个人都醉了,但还要喝;之所以这么说,是因为在我偷听时,有一件东西从窗口劈手扔了出来,我猜想是一只空酒瓶。除了喝得酩酊大醉外,他们还在发脾气,因为那不绝于耳的叫骂声愈来愈激烈,甚至我都相信他们要大打出手了,因为骂声太粗野了。然而骂声在达到白热化后,就逐渐地降温了,声音也越来越低,最后转变成低声的哼哼。但没过多久,冲突再次发生,但一会儿又消解在哼哼声中。

海岸上,透过树林的空隙,我看到了火焰通红的篝火。有一首不能再古老的歌曲被人演唱着,单调而又乏味,每句歌词的最后都要有一个低沉的颤音,听起来似乎永远也唱不完,想结束的话,只有唱歌者自己也唱腻了。这首歌我曾经听过几次,在脑海中还有这么两句：

> 一块儿出海的有七十五人，
> 活着回来的只有一人。

我想，这首歌对于今天遭受重创的海盗来讲，真是再恰当不过了。不过，就我所见而言，这帮海盗就像所航行的大海一样冷漠无情。

又一阵大风迎面吹来，大船在飘荡中向我靠近了许多，趁着夜色，我发现锚索又松弛了，就上前利落地把最后两根绳索给砍断了。

在风的吹拂下，我所乘的小艇以较快的速度向大船冲过去，而在潮水的涌动下，伊斯班臬拉号开始掉转船头，向下漂流而去。

为了避免撞上大船，我用尽全力，划动着小艇。但是不论怎样，小艇就是不听我的话，没办法，只好让它向大船尾部靠去，否则，我是摆脱不了这位伙计的纠缠的。在我划最后一桨时，从后舷墙上垂下来的一条绳子正好触到了我的右手，我顺势就抓住了。

至于该不该抓，我当时根本就没有考虑。只能说这是一种下意识的举动，我这一举动的结果是，我发现这条绳子的另一端拴得挺牢固，我马上被好奇心给吸引住了。我打算通过窗户向船舱看一看。

我双手扯着绳子，一步一步地向大船靠近，当已经足够近时，我在小船上直起了腰，观察到了船舱的顶板和舱内的一个角落，其实这样做是很危险的。

这时候，我的小艇和大船在潮流的推动下，迅速地朝下游漂去，我们所处的位置跟岸上的篝火基本在一条直线上了。按照水手的说法，大船在水面溅起的水花发出极大的声音，即它的嗓门很高。然而，让我不解的是，那两个留守的家伙为什么毫无反应

第二十三章 潮水急退

呢？我抬头向船舱望了一眼后就完全明白了。仅仅这一眼，我也是冒着被掀进大海的风险看的。汉兹和他的酒友正在进行肉搏战，双方扯在一块儿，都恨不得掐死对方。

我赶忙跃进小艇的后座上，否则我非掉进大海不可。在我面前又是一片黑暗，那两张透着凶光和残忍的脸映现在昏暗的灯光下，并在上下摇动着。我闭上了双眼，要过一会儿才能适应从光明到黑暗的过渡。

那首唱不完的歌终于有了一个结束，在篝火旁围坐的海盗又唱起了另一首我记得滚瓜烂熟的曲子：

装着死人的箱子哟，十五个人忙着在扒——
哟呵呵，朗姆酒来了，大家快点尝！

我们每个人都是酒和魔鬼的奴隶——
哟呵呵，朗姆酒来了，大家快点尝！

我心中暗想，在大船上火拼的两个家伙肯定是酒和魔鬼的奴隶了。就在此时，我的小艇向一侧冲去，此时，伊斯班袅拉号来了个大转向，好像航向要变，我感到，潮水在此时的流速突然快起来。

我睁开了双眼。我所能看到的是波光粼粼的潮流，在我的四周不时地发出尖锐的波浪冲击声。我紧跟在大船身后，它泛起的旋涡围绕着我，大船似乎在费力地作方向调整，因为我明显地看到桅杆在夜色的覆盖下连续地摇晃。我逐渐证实了自己的看法，大船确实向正南方转弯。

我扭头向后看了看，一颗心霎时狂跳不已。在我的身后，篝火通明发亮。随着潮水向右的转向，我的小艇和大船都被推得踉踉跄跄，不知如何是好。在愈来愈急的水流中，在愈溅愈高的波浪中，在愈来愈响的潮声中，大船和小艇在水面上不停地打着转，很快就穿过了那道狭口，向广阔的海域疾奔而去。

突然，前方的大船侧了一下身子，几乎掉转了二十度的航向；与此同时，两声狂叫从船舱中远远传来。接着，一阵急促的登梯子的脚步声。我知道，巨大的不幸已经让那两个醉鬼彻底清醒了，他们之间的冲突就到此为止了。

我蜷伏在小艇里，真是让人同情，我只好把生死权交给上帝了。穿过海峡后，那滔天的大浪肯定会要了我的命，也许在那时所有的不快和烦恼才能烟消云散。我并不惧怕死，可让我难以忍受的是，在迈向死的过程中真是太煎熬人了。

就这样，我在小艇里趴了几小时，我感到在巨浪的尖上荡来荡去，海水把全身都浸透了，每一次浪头的侵袭，都是对死亡的预言。我逐渐困乏起来，在惊吓和恐慌中，我迷迷糊糊地闭上了双眼，不知不觉就进入了梦乡。我躺在一叶小舟中，在大海波浪的拍打下，梦到了本葆将军客店和美丽的故乡。

第二十四章 小艇巡游

　　等我再睁开眼时,天已经大亮了,我仍在海上漂浮着,具体位置是藏宝岛西南角的海域。由于望远镜山的阻挡,尽管太阳已出现了,我还是看不到它的模样。望远镜山这一侧的山脉直伸到海岸,在海边断裂为陡峭的悬崖。

　　在我眼前呈现的是帆索海角和后桅山。后桅山看上去光秃秃的,岩石上蒙上了藏青色的苔藓,在帆索海角周围,布满了四五十英尺高的岩壁和巨大的石块。我距离海岸不会超过四分之一英里,因此,尽快靠岸是我最迫切的想法。

　　然而,这个念头眨眼之间就破灭了。在那些大块岩石壁上,波涛奔腾不息地冲上去,然后呼叫着被弹回来,激起滔天的水花,四射飞溅,试想,假如我斗胆靠近的话,就算不被摔成一块肉饼,也会在攀岩的过程中耗尽全部的体力。

　　其实,这还不是问题的关键。最主要的原因是,在那些悬崖陡壁上。我发现了成堆的让人心悸又腻烦的怪物——跟肥大的蜗牛差不多的爬行动物——它们或者在陡峭的岩石上蠕动,或者跌落在海里。它们嘴里发出尖锐的叫声,在波浪的撞击中显得十分刺耳,它们多达五六十个。

　　其实它们根本不伤害人,这些海狮性情很温和,当然,我以后才知道这点。可是它们那骇人的外表,还有那陡岩峭壁,以及激荡的波浪,让我对从这里登陆产生了无比的恐惧。冒如此大的危险,还不如饿死在海上。

　　就在此时,又一个更安全的登陆方案在脑海中形成。一条长长的黄沙滩，位于帆索海角的北面，在落潮时经常露出来。黄沙滩的北面还有一个岬角——在地图上，它的名称是森林岬角，茂盛雄伟的松树一直延伸到海岸。

西尔弗船长曾经谈过，在整个藏宝岛的西部海岸，一股湍流自南向北流动着。根据我目前所处的位置，这股湍流应该能够影响我所乘的小艇。我立即下了决心：让帆索海角见鬼去吧，我不应该在此耗费体力，我要在风险不大的森林岬角边登陆。

舒缓的波浪，在大海上悠悠地滚动着。徐徐的南风吹拂过来，与海岸边的湍流相互呼应，海水在有节奏地流动着，没有大的浪花。

假如波浪滔天，我肯定死去多时了。但就是这样，这只简陋之极的小艇能在如此恶劣的环境中平安无事，也不得不让人叹为观止。在小艇里我平躺着，用眼角的余光向两侧望去，那高耸的波浪时常狰狞地越过我的头顶；而这只小艇似乎是弹性极好的海绵，在浪尖上轻巧地一跃，就溜到了浪谷，就跟一只嬉闹的小鸟一样。

过了一会儿，我的勇气又陡增起来，想重新驾驶一下这只小艇。然而我身体稍一移动，重心就马上不平衡。我把身体稍微侧了一下，小艇立即便一反常态，在波浪顶部飞速地向下跌，吓得我心惊胆战，随后，就像一块石头一样，重重地落在浪谷，水花便四处飞溅起来。

我顿时像个落汤鸡，怕得浑身发抖，赶忙像原来那样伏在了小艇里；说来也怪，小艇立即就收敛了性子，又心平气和地在波浪间荡来荡去。这就是说，划艇并没有多大好处。可是，我连小艇的航向都左右不了，还有希望靠岸吗？

这一想法把我大大地刺激了一下，但神智还是很正常的。我小心谨慎地用水手帽把小艇里的水轻轻地倒出去，同时仔细向外观察，想搞清楚小艇在如此的波浪中，怎样能够平安地在浪尖丛里

第二十四章 小艇巡游

跳跃。

我注意到,从大船上或海岸上观看到的每一个浪头,乍看起来没有丝毫的起伏,但是事实上,它跟陆地上绵延伸展的山脉一样,既有斜坡,又有谷底和峰顶。如果让小艇随波逐流,顺其自然,那么它会很好地左转右扭,在最适宜保持稳定的低凹处荡漾,轻而易举地躲开峰浪和陡坡的侵袭。

"看来,"我心中想,"稳稳地躺在小艇里最为安全,如果一有移动,小艇便会失去平衡而四处摇摆。当然,在波浪平缓的时刻,我可以趁机伸出双桨,向岸边的方向划几下。"既然如此,那就马上付诸行动,我用双肘把身体支起来,挺着身体,费力地伸出双桨,时不时地划几桨,使小艇尽可能地向岸边靠近。

这件事既费体力又耗时间,但却取得了明显的效果。我逐渐接近了森林岬角,尽管在这个位置靠岸已经不可能,但我仍旧向东划,又向前航行了几百码。陆地已在我面前清晰起来,那些在风中摇曳的树枝已映入我的眼帘,我心中暗想:再碰见岬角时,一定要千方百计地靠拢过去。

此时,我真想躲到一个凉爽的地方,那种口干舌燥的感觉真是难受极了。挂在头顶的太阳,像一个火炉,灼热的光在海水的折射下,更加热气逼人;偶尔有海水溅到脸上,在眨眼之间就变成了盐,我的嘴角感到咸咸的。总而言之,在光和热的作用下,我喉干唇裂,眼前直冒金星。绿色似乎触手可及,可就是够不着,引诱得我心烦意乱。但在湍流的推动下,我又滑过了一个岬角。这时,我的面前又浮现出了另一番景象,脑海里马上就又有了新构想。

伊斯班袅拉号在我前方不足半英里的地方,正在随波而行。我很清楚,如果我靠近它,后果是被他们抓走,然而干渴让我忘记了这些,我真不知道这是好事还是坏事。这个结论我还没有做好判断,我脑海中已充斥惊异的感觉,我瞪圆了双眼,怔在那里,感到不知所措。

伊斯班袅拉号的主帆和两张三角帆迎风展开着，洁白如雪的帆在阳光的照耀上，发出耀眼的光泽。在我刚看到它时，整个帆被风吹得鼓鼓的。它的航向为西北方向，我认为大船上的人一定在设法回去，重新回到锚地。随后，它的航向越发向西偏转了，我猜想他们肯定看到了我，想把我抓起来。然而奇怪的是它的航向随之又转向了风向，变成了逆水航行，在原地毫无目的地滞留着，帆也被吹得贴在桅杆上，左摇右摆起来。

"这帮家伙，真是蠢得连猪都不如，"我心中嘀咕道，"很显然，他们还醉得如一滩烂泥。"我猜想，斯摩列特船长如果知道了这些，肯定会骂他们一个狗血喷头的。

眨眼间，船头又调向了，在顺风处时帆又鼓胀起来，而且以极快的速度向前移动了一分钟，随之又掉转成了逆风向，如此循环往复了许多次。大船在海中左飘右荡，四处漫游，打了几个转后，最终还是保持在原来的航向上，而桅杆上的帆则在风中哗啦啦地飘扬着。我突然恍然大悟，伊斯班袅拉号是在无人驾驶下自由漂浮。真怪，船上的人呢？是他们醉如死猪，还是离开了大船？假如我能登上大船，那么它很有可能再次回到船长的身边。

大船和小艇在湍流的推动下，以相同的航速运行着。然而大船是很怪异的，它的航向根本不固定，时而前进，时而倒退，然而大部分时间是在海面上转圈，所以它基本上没有向前航进多少。如果我壮着胆子划几下小艇，肯定会赶上大船的。我被这个刺激的念头深深打动了；此外，大船上的淡水桶，就位于前升降口附近，这更让我跃跃欲试。

我把身体转了转，周围的海浪顿时又溅湿了我的衣服。这一次我信心倍增，而且用尽了全力，驾驶小艇的时候小心翼翼，目标就是登上伊斯班袅拉号。有一个很大的浪头铺天盖地地冲向小

第二十四章 小艇巡游

艇，使小艇里积满了水，我压抑着内心的狂跳，赶忙停止了划行，手忙脚乱地把水朝外舀；然而我很快就适应了这些，很自如地在波浪里划动小艇，左滑右荡，有时也免不了受船头风浪的侵袭，但构不成什么威胁，只是脸上溅到一些海水。

我向大船靠近的速度加快了很多。大船上有一丝闪亮，那是舵柄在碰撞时发出的光芒，可是甲板上空空荡荡，没有一个人。我只能猜想船上的人都逃走了。不是这样的话，肯定是在船舱里酣然入睡。如果是这样的话，我上船后可以把他们反锁在船舱里，伊斯班袅拉号不听我的吩咐才怪呢。

然而在相当长的时间里，大船在做一件让我头疼的事——它向前航行了。当航向为正南方时，不久就会自动偏斜。而如果一偏离正南方，帆就会或多或少地鼓起一些，这立即又促使它顺风而行。这就是让我头疼的事，虽然伊斯班袅拉号无人掌舵，在海面上自由漂流，帆在风的吹动下发出很大的响声，停放在甲板上的滑车，也叮叮当当地滚动着，但是，在湍流的推动下，在很强的风压下，大船向北漂流的速度很快，我拼命追赶，却无济于事。

幸运的是，我终于抓住了一个机会。在风停息的空当，这时海面上风平浪静，伊斯班袅拉号在湍流的涌动下，缓缓地在原地转着圈，船尾在旋转中映入了我的视野。在船舱里，窗户还是大开着，一盏灯挂在桌子上方，在白天里依然亮着。主帆在桅杆上垂着。湍流如果不推动的话，大船肯定会停滞不前的。

在以前的一段时间，大船和小艇的距离很远，我甚至都望不见大船了。趁这个时机，我使劲地划着双桨，大船在我面前又清晰起来。

我和大船之间的距离仅一百码了，就在此时，又起风了。船头猛地一侧，帆又鼓了起来，大船又向前飞速地航行起来，好比一只轻盈的小鸟。

我很沮丧，但马上又高兴起来。因为大船在转向时，它另一侧的船身向我直靠过来，我们之间的距离霎时缩短了许多，由二分之一到三分之二，最后是四分之三了。在大船的龙骨下，我清楚地看到波浪泛起的白泡。我从小艇望去，伊斯班袅拉号显得高大雄伟。

　　突然间，我意识到大事不妙。容不得我考虑，也顾不上采取任何预防措施。在我正处在一个浪尖上时，大船冲了过来。大船的斜桅正好横在我头顶上。我飞身一跃，小艇就沉入了水中。我把一只脚立在支索和转帆索之间，三角帆桁被我抓在手里，我被吊在了大船上，恐惧让我浑身发抖，头脑中一个清醒的念头提示我：小艇被大船撞进了海底，我只能攀登到大船上去，没有其他退路可以选择。

第二十五章 骷髅旗被我扯了下来

就在我登上大船斜桅杆的时候，啪的一声，三角帆就鼓了起来，向另一个方向转去。在转向的过程中，伊斯班叒拉号船体整个儿当当作响。随后，在船头的三角帆像泄了气的皮球，叭的一声又耷拉下来了，而其他的帆却仍然鼓着。

我差一点被震到大海里。我不敢有一丝松懈，在斜桅杆上艰难地爬动着，好不容易才跌落在甲板上，当然，是头朝下落下去的。

我跌落的位置在水手舱的背风面。视线被张开的主帆挡住了，因此，看不到后甲板上的情况。看不见一个人。在甲板上留有许多足迹，可能是自叛乱发生后，还没来得收拾。只有一个空酒瓶，还是断了脖子的，在排水孔之间来回摇晃着，看上去还算一件活物。

陡然间，大船又转向了风的正面，在我身后的三角帆发出巨大的响动，随之而来的是船舵也发出刺耳的撞击声，伊斯班叒拉号顿时又猛烈地摇摆起来，我被晃得头昏眼花，翻肠倒胃。同时，主帆转向了舷内，帆上缠着的滑轮吱地响了一声，在我面前突然展现出了后甲板的整个背风面。

那两位留守的海盗映入我的视线。一个是戴红帽子的家伙，他仰面朝天地躺在甲板上，双臂向外伸展着。像钉在十字架上一样，没有一点儿动静，嘴巴张得很大。另一位是伊斯莱尔，他靠坐在船墙上，双腿前伸，耷拉着头，把双手无助地伏在甲板上，脸上没有一点儿血色，尽管他的脸色黝黑。

眨眼间，伊斯班叒拉号像一匹烈马，咆哮起来。帆被风吹得鼓鼓的，大船左右横行，像一只没头的苍蝇四处乱撞。由于帆桁剧烈地晃动，底下的帆樯发出尖锐的撞击声。大船在大海中不时地与巨浪碰撞，激起的浪花像雪片一样洒落在甲板上。一句话，这只大船的动荡幅度，让人心惊胆寒，虽然它装备齐全，但它的稳定性比起那只小艇来，简直差得太远了。

大船每晃动一次，那个戴红帽的海盗就随着移动一下，但是看起来很恐怖：他的姿势和大张的嘴巴，并不因为大船的晃动而丝毫改变。与此相一致，船体每晃动一次，汉兹伸着的双腿就向外伸展一些，船尾的一侧逐渐隐藏了他的整个身体，他的面部我已经看不清楚了，我所能看到的，只是他的一个耳朵和大胡子，胡子显得很零乱。

与此同时，我注意到甲板上布满了血迹。我断定他们曾大动干戈，在武力冲突中闹了个两败俱伤。说真的，这些海盗在醉酒后经常会火拼的。

就在我吃惊地观察这些的时候，大船的摇动突然减缓了许多，不久就完全静止了，而伊斯莱尔·汉兹却侧过了身子，想重新保持刚才的坐姿，同时嘴里还发出了轻微的呻吟声。他那种无精打采的模样，不禁激起了我的同情心，但一想到他在苹果桶外说的话，我的同情心马上就消失了。

我向船尾前面的主桅走去。

"汉兹先生，我特意到船上向你们打个招呼。"我用挖苦的口气说。

他费力地睁开双眼，由于太疲倦的缘故，他竟然对我的出现没表现出什么惊讶，他只迸出了一句话："白兰地！"

我知道必须赶快行动。等帆桁在甲板上再次掠过时，我把身体一闪，敏捷地跃到船尾，顺着升降口梯子，一步一步地走进了船舱。

第二十五章　骷髅旗被我扯了下来

在我面前展现的这幅图画,脏乱得简直没法形容。为了寻觅到那张地图,所有的锁都被撬开了。地板上有一层泥巴,可能这伙强盗在泥泽地走过来后,蹿到这里进行饮酒或商讨对策,留下了这些泥巴。在洁白的、装饰着金色珠圆的舱壁上,有几个脏兮兮的手印,看上去很不舒服。在地板上横七竖八地摆放着许多空瓶,随着船体的摇晃,不停地滚来滚去。在桌子上,有一本残缺不全的书,撕得只剩下小部分了,那是大夫的医书,我想肯定是海盗用这些书纸点烟斗了。在船舱的顶部,一盏烟油灯放出微弱的光,上面的烟尘积了厚厚一层。

我迈入船舱的地窖。酒桶被喝得滴酒不剩,那些空酒瓶在地板上四处滚动,我真不敢想象,竟会有这么多酒瓶子。不用说,叛乱开始以后,所有的海盗都处于一种昏迷状态中。

我四处寻找,终于在一个酒瓶里,发现还残存着几口白兰地,只好凑合着让汉兹喝了。我又找到几块面包、在水里泡得发软的水果、一把干硬的葡萄干和一大块奶酪,这是我的食物。我把这些食物带到甲板上,放在高高的舵柄后面,副水手长肯定得不到;我又来到淡水桶前,上去痛饮一通,最后,把那几口白兰地交给汉兹。

他张口大喝起来,一下喝了四分之一品脱。

"噢!"他满足地说,"老子缺的就是这几口酒,真他妈的痛快!"

我找了一个角落,坐下来开始填肚子。

"伤得严重吗?"我大声问他。

他喉头动了一下,发出像狗一样的声音。

"如果那名医生在船上的话,"他有气无力地说,"我很快就会康复的;可我倒霉透了,竟闹到如此地步。哼!那个浑蛋已见上帝去了,"他抬手指了指戴红帽子的海盗,继续说,"他真丢水手的脸,没有骨气。你是从什么地方来的?"

"哦,"我严肃地说,"汉兹先生,这条船从现在起就受我指挥,在没有征得我的同意之前,你好好给我坐着,我就是你今后的上司,这条船的船长。"

他没有说什么,只是用眼角的余光不屑地扫视了我一下。他的脸色好了一些,但还是虚弱得很,在船体的摇晃中,他还控制不住身体的平衡,不停地在甲板上移动。

"还有,"我补充说,"这面旗子在这里很不合适,汉兹先生,我不得不把它扯下来。就是什么旗也不挂,也要把它扯下来。"

我又一次轻巧地跃过帆桁,来到旗杆前面,那面可恨的黑色海盗旗被我一把扯了下来,劈手投到了海里。

"愿上帝保佑我们!"我舞动着帽子叫道,"西尔弗船长一定会受到惩罚的!"

汉兹不动声色地注视着我,眼光很是诡异,脑袋尽量地向下低垂着。

"照我说,"他有些阴沉地说,"照我说,霍金斯船长,你似乎想早点儿登陆。我们该好好聊聊。"

"可以,"我说,"我没有意见,汉兹先生。请讲吧。"我边说边找了个角落,继续很有胃口地吃东西。

"这个浑蛋,"他的目光转向了那个戴红帽的尸体,不屑地说,"是个糟糕的爱尔兰人,叫奥布赖恩。我们俩一起把主帆升了起来,希望回到锚地,他却见上帝去了,腥臭得跟船底的污水一样,让人难以忍受。我也找不到掌舵的人。可以说,离开了我的帮助,你是驾驶不了这只船的。我只要求你提供食物和淡水,再用毛巾或手绢包扎一下我的伤口,我就会指导你如何掌舵的,我想这笔交易是很公平的。"

"我想让你明白的是,"我正色道,"船是绝对不会回到基德船长那里的,它应该向北汊方向航行,那里是它最好的归宿。"

"可以,"他大叫起来,"说到底,我还是一个明白事理的人。我不会误解你的意思的。我的运气很坏,输得连老本都赔进去了,该你占便宜了。随你便,你说到北汊,就到北汊好了!我是不能左右你的,你就是让我把船直接开到正法码头,我也没意见。唉!真倒霉!"

他的这番话似乎合情合理。我们的交易就开始了。随后三分钟,伊斯班袅拉号在我的操纵下,已经稳稳地顺风航行在藏宝岛的西海岸了,在中午以前,驶过北角是很有可能的,此后,再向东南方向行驶,要在潮水上涨前驶入北汊,然后在潮水高涨时,让船驶进浅滩区,这样的话,潮水一退,就可以登陆了。

我把舵柄捆得牢牢的,然后走进船舱,在我的箱子里取出一块绸帕,那是我母亲留给我的。汉兹在我的指导下,用这块绸帕包扎好伤口,他的伤口是被弯刀刺的,恰好在大腿的部位。然后,他吃了几块面包,呷了几口白兰地。他顿时就有了精神,坐在那里,腰板比刚才直挺了,说话也有底气了,而且吐字清晰,跟刚才真是判若两人。

风帮了很大的忙。大船在海面上像只轻盈的燕子,顺风顺水,岸边的景色在飞快地后移,海岸也离我们越来越远了。很快,我们就进入了高地,在我的面前出现了低沙地,有几棵低矮的松树稀疏地散布在上面。又过了一段时间,沙地又被抛在了身后。我们已经从海岛最北端的岩丘上绕了过去。

我此时有种说不出的兴奋,不仅是因为当了船长,海岸的景色和晴朗的天空更使我激动不已。我的内心也不再愧疚了,因为我的这次冒险行动竟然带回了如此巨大的成果。此外,大船上的食物和淡水也是充足得很。我此时真有点得意洋洋了。然而,汉兹的

第二十五章 骷髅旗被我扯了下来

那双眼睛里,不时地流露出不屑的神情,他的目光随着我的移动而移动。而且,他脸上的那种笑容,让我感到很是别扭,好像是装出来的,也难怪,这个老家伙的心里肯定很难受,这种痛苦是无法掩饰的。从他的表情中,我很明显地感受到有一种嘲讽的味道,一种不甘失败的味道,这种感觉在我脑海中逐渐扩展成一丝阴影。我在大船上四处奔忙着,而他却坐在那里,以一种难以捉摸的目光追随着我,看我,注意我,观察我。

第二十六章 伊斯莱尔·汉兹之死

现在是西风,我们真是幸运,风好像故意帮我们忙似的。从岛的东北角驶进北汊的入海口,真是一帆风顺。然而,大船没有配置锚,还不能直接冲向岸滩,只有等潮水上涨时才能进入浅滩。我感到时间过得很缓慢。在汉兹的教导下,我经过几次手忙脚乱的努力,总算成功地掉转船头逆风行驶。随后,我们坐下来休息了一会儿,并且不声不响地吃了些面包。

"船长先生,"汉兹低沉着脸说,眼睛中的那种抑郁神情依然存在,"这位奥布赖恩毕竟是我的老伙计了,在这里躺着不如抛进大海算了。其实,我是不在意此事的,尽管他是为我而送了命,但我并没有什么自责的。我只是感到,他就这样躺在甲板上,看上去总有点儿不舒服,你说是吧?"

"我根本就搬不动他,再说,我也不愿意这样做。我看还是让他留在船上吧。"我回答他道。

"吉姆,我认为伊斯班袅拉号是凶险的标志,"他眨巴着眼睛说,"在这条船上,许多人丢掉了性命——你想想,自打我们从布里斯托尔出发以后,死去了多少水手啊!可以说,如此不吉利的事情,我还是首次遇到。比如眼前的奥布赖恩,他不是也丢了命吗?我的文化水平不高,而你是个有知识的孩子;我想让你明明白白地告诉我:人死之后,还能够再生吗?"

"一个人的肉体可以被夺去,但是,我要说,人的灵魂是永生的——关于这一点,你应该清楚,汉兹先生!"我答道,"奥布赖恩

第二十六章 伊斯莱尔·汉兹之死

先生的肉体已经死去了,但他的灵魂却在注视着我们。"

"噢!太不吉利了!"他叫道,"如此说来,杀人是一种浪费时间的愚蠢行为。但无论如何,我认为,人的灵魂始终不会造成多大危害的。吉姆,我是一个与魔鬼打过交道的人。好了,你把话讲得很清楚了,我现在想让你帮我拿点东西!在船舱里——真气死我了!那个东西我想不起来了——噢!拿瓶葡萄酒好了,吉姆;白兰地太烈了,我喝后感到头脑发胀。"

我感到汉兹的记忆力有点儿不正常,他说不喝白兰地,要喝葡萄酒,我坚决否定这点。他只是找个托辞而已。很显然,他的目的是想让我离开甲板;至于他想采取什么行动,我却不能够推测到。他从不看我的眼睛,而是四处环顾,观察身边的一切事物:要不仰天注视,要不看一眼奥布赖恩的尸体。他在这样东张西望时,给人一种虚伪的感觉,脸上的笑容很生硬,还不时地装出羞涩的神态,像个小孩一样吐吐舌头,让人一眼就看出来,他一定在想什么坏主意。我对他的请求一口答应了,我自信能够对付他,毕竟他脑袋反应迟钝,又受了伤,因此,在他面前,我一直是一副对他深信不疑的样子。

"要葡萄酒吗?"我说,"可以,是红葡萄酒还是白葡萄酒?"

"亲爱的吉姆,红的和白的都可以,"他急切地答道,"我只想多要点酒,度数高些就行了,你照着办就行啦!"

"好吧!"我回答道,"汉兹先生,我马上去给你拿瓶红葡萄酒来,不过你要耐心等一下。"

说完后,我就直奔船舱的升降口,而且故意弄出很大的声音。随后,我悄悄地脱掉鞋,轻轻地跨过圆木走廊,蹑手蹑脚地爬上水手舱的阶梯,让脑袋从升降口伸出来。他是不会想到我会如此做的,但为了不惊动他,我还是轻手轻脚,尽量不弄出任何声音。我的怀疑得到了证实,他果然是有企图的。

他慢慢地用双手和膝盖向前爬动着,显得很吃力。在如此爬行中,他那条伤腿定是疼得厉害(我能够听见他嘴里发出的呻吟声,但他咬牙硬撑着),但他爬行的速度相当快,不到半分钟的时间,他已经从甲板的一侧爬到了左舷的排水孔,在一大堆绳子底下,他伸手就掏出了一把利剑——噢!看上去是一把锋利的匕首,刀刃上还留有血迹。汉兹把它放在眼前,仔细地端详了一番,用手指轻轻地弹了一下,随后就把它藏在怀里,最后又匍匐着爬回原来的位置。

这一切,对我来说太必要了。这个家伙并不是只能坐着,他现在还藏有利刃,他不想让我知道这些,并且想方设法支开我,那么可以推断,我已经成了他攻击的目标。他下一步的计划是什么呢?是想从这里爬回到沼泽地,穿过海岛呢,还是鸣一声大船上的炮,吸引同伙救他呢?我很难判断。

然而,我现在至少可以肯定的是:对待伊斯班袅拉号的态度,我们是一致的。让大船平安地在浅滩靠岸,找一个避风的位置,是我们共同的想法。我们都想耗费尽可能少的体力,避免太大的危险,让大船顺利地着陆。伊斯班袅拉号在没有着陆以前,我想不会出现太大的危险的,我们确实需要合作。

我的大脑一边想着这些,一边飞快地忙碌着。我轻手轻脚地返回船舱,把鞋穿好,并随手拿了一瓶葡萄酒,以便到甲板上去应付一下汉兹。

汉兹装得跟我离开前一样,眯缝着眼睛,好像强烈的阳光刺痛了他的眼,无精打采地靠在那里,头低垂着。当然,在听到我的脚步声后,他的脑袋还是扬起来了,拿起酒瓶,动作娴熟地开启了瓶盖,习惯性地叫一声"万事顺心",然后一仰脖子就喝了起来。随后,他又拿出一根烟草,递给我,让我帮他切一小块。

"请帮我切块烟草,"他温和地说,"我这里没有任何刀子。就

第二十六章 伊斯莱尔·汉兹之死

算有,也没劲儿去切。吉姆!我真是不行了!唉!帮帮忙吧,也许,嚼完这口烟草,我就会断气的。我的生机真是渺茫啊!这一点是肯定的。"

"好吧,"我说,"我帮你切。要是我像你这样的话,在快要离开人世时,肯定会双手合十,跪在地上进行忏悔的,因为基督徒都是这样的。"

"你说什么?"他反问道,"难道我有必要祈祷吗?"

"祈祷?"我不解地说,"完全有必要,你刚才不是在问我人死后的情形吗?你看看自己,背叛了神灵,做了许多错事,甚至还杀过人。现在甲板上的这个死者,就是你的杰作,你难道不需要祷告一下吗?汉兹先生,你现在最需要做的事情,就是请求上帝的宽恕。"

我说话时显得情绪高昂,毕竟,他的怀里藏着一把匕首,那是专门对付我的。也许,他喝的葡萄酒太多了,说话的口气听起来极为严肃,很不符合他一贯的说话方式。

"这三十年,"他说,"我是在海上度过的,可以说,好的、坏的,成功的、失败的,波浪平静的、巨浪滔天的,饥饿的、暴烈的,统统经历过。坦白地说,好人有好报的事情从来没有发生过。我信奉的一句话是:对敌人要毫不手软,否则就会吃大亏。在活人面前,死人永远是死的——这是我的经验总结。不谈这个啦,"他叹了一口气道,"这有些跑题了。潮水已经涨高了,霍金斯船长,如果你照我的吩咐去做,大船肯定会驶进港汊的。"

说实话,我们的航程最多有两英里,但这段路程真是太艰辛了。北锚地的入口处不仅狭窄,而且海水极浅,左转右绕,如果驾船技术稍不熟练,就会功亏一篑的,我严格执行汉兹的每一个口令,汉兹的航海经验得到了充分的体现。我们在曲折的港汊里闪转腾挪,左摇右摆,那些沙洲浅滩被我们轻松地划过。船行驶得如此顺利,我由衷地感到高兴。

大船在驶过两个尖角后,就处于陆地的腹心地带了。在北汊的海岸上生长着茂密的树林,跟南锚地的海岸差不多,然而北锚地的形状看上去像一个河沟,水面较浅,水道很狭长。一艘破损的三桅帆船,孤零零地停放在我们船头的正南方,经过多年的雨打风吹,船体已经要散架了,海藻布满了船身,甲板上的灌木丛茂盛地缠绕在一起,同时,有几朵鲜花在灌木丛中开放。这种情景看上去很是荒凉,但作为一个较好的停泊场是不成问题的。

"你看,"汉兹说,"那是最理想的冲岸位置。没有一丝风,沙地平坦光滑,四周生长着树木,残船上开的鲜花跟花园里的一样美丽。"

"我们上了岸滩后,还有办法再回去吗?"我忧虑地问。

"那没问题,"他爽快地回答道,"在落潮的时候,你可以从船上拉下一条缆绳,系到岸边的大松树上,然后把缆绳的另一端系在绞盘上,这样就没事了。等潮水一高涨起来,我们就上前拉缆绳,大船会被我们拉得移动起来的,就像个大姑娘那样羞羞答答。孩子,请留神,要做好准备!我们的大船速度很快,就要接近沙滩了。向右转——好的——直接向前——再向右转——偏右——向前进——再向前!"

我聚精会神地驾驶着船舵,认真地照他的吩咐去做,最后他大喊起来:

"噢!我的孩子!面对风向。"

我把船舵猛地一转,大船随即来了个大掉头,向着岸边低矮的树丛直冲过去。

对于汉兹的防备,我一刻也没有放松,但在这一会儿却松懈了。因为在驾驶大船的过程中,这一连串的操作搞得我精神高度集中,脑海中考虑的全是船着陆的问题,将自己的生死置之度外

第二十六章 伊斯莱尔·汉兹之死

了。我吃惊地伸出脑袋,注视着大船下面的浪花在四处飞溅。也许在内心深处感到一丝不妥,我下意识地转过了头,这个举动,在某种意义上说救了我的命。可能是身后的细微响动惊醒了我,我似乎看到一个身影正慢慢接近我,这甚至可以说是一种防卫的本能,就像猫儿的嗅觉一样。一句话,在我转过身的时候,汉兹手握匕首,已经逼到了我的跟前。

我们突然打了一个照面,互相瞪视了一眼,都禁不住大叫起来。然而,这叫声是不同的,他的叫声像野牛向目标进攻,而我的叫声是由于惊骇而发出的。说时迟,那时快,他向我直冲过来,我赶紧向船的另一侧躲去。我这一跃开,掌握在我手中的船舵顿时倒转起来,并且来势很猛,这下给了我喘息的机会:船舵刚好抵在汉兹的前胸,让他暂时停止了行动。

他这一愣神,我趁机就逃离了不利的位置,可以随意在甲板上跟他周旋了。我跑到主桅前,把手枪从口袋里掏了出来。汉兹此时又逼了过来,又向我冲过来,我平静地举起手枪,向他瞄准,并且扣动了扳机。但是,尽管扳机响了,但是子弹没有射出来,而且也没有爆裂声,原来火药被海水浸湿了。我对自己的鲁莽行为气愤不已。真的,有那么多时间,怎么就忘了给手枪安装新火药呢?否则的话,我现在还不至于如此狼狈,跟一只被屠杀的羔羊一样。

汉兹尽管腿部受伤,但身手却是很麻利的。他的脸因愤怒而涨得通红,头发也四处散开了。我不打算再用另一支枪向他射击了,我知道这样做肯定没效果,里面的火药肯定也湿透了。我此时必须意识到这点:绝对不能节节后退,不然的话,我会再次被他逼到船头上去的——就跟刚才一样——我被他逼到了船尾的一个角落里。一旦被他抓住,那把带血的匕首肯定会送我上西天,我最后的感觉可能就是匕首的锋利了。我紧紧地抱住主桅,伺机行动,紧张得不敢丝毫怠慢。

汉兹明白我想跟他周旋，他马上收住了脚步。在很短的时间内，他不时地假装要进攻我，并且转换着角度。我就机灵地躲闪，随着他的进攻而相应地躲避。说实话，这种玩法我早就在家乡黑山湾的岩石旁做过，然而今天，这种游戏太危险了，紧张得我心跳加速，一点也不敢放松。说到底，在玩这个游戏的时候我还是占了上风，我身法灵活，而这名受伤的老海盗是很难抓到我的。我的畏惧之情逐渐消失，并不时地考虑这件事如何收场。在与他追逐方面，他肯定不会很快捉住我的，然而如何脱离他的魔爪，现在还没有良策。

就在我胡思乱想之时，大船冲上了沙滩，震得船身剧烈地摇动着，船底在接触到浅滩后，顺势向左倾斜过去，甲板被高高地抬起，大约倾度为四十五度，排水孔里的水哗地流出来，不下于一百加仑，甲板和船舷处顿时水流成池。

我们俩人都摔倒了，迅速地向排水孔滚去。那名死去的奥布赖恩也在重力的作用下，直着胳膊直滑下去。我和汉兹几乎身体挨着身体，在滚动中，我的头碰在他的皮鞋上，牙齿差点儿断裂。甲板的突然抬高使我的处境更危险，我必须刻不容缓地逃离这个地方，否则，敌人向我再冲过来时，我就无路可逃了。我马上行动起来，身体向上一蹿，抓住了后桅的软梯，立即拼命地向上攀去，一直到桅顶横桁上，我才坐下来松了口气。

我的脱险全凭着身体灵活。在我向上爬时，匕首在我脚底下不到半英尺的地方划了一下，没有刺中我。我发现汉兹呆若木鸡，一脸的后悔样，张大嘴仰视着我，无可奈何。

我终于等到了一个反击的空当，立即把好的火药塞进了手枪。一支手枪已装填好。为了避免意外，另一只手枪也被装上了弹药。

我的这一举动，汉兹是怎么也没想到的，他清楚地意识到大势不妙。他踌躇了一会儿，竟不知好歹地顺着软梯向上爬，把匕首咬

第二十六章 伊斯莱尔·汉兹之死

在嘴里,那样子简直痛苦极了,他的那条伤腿折磨得他连声哼哼,因此他的爬行速度很笨拙。我手中的两把手枪已经完全装好了弹药,等他爬到软梯的三分之一处时,我双手各握一把手枪,对他进行了训话。

"亲爱的汉兹,"我说,"你敢再动一下,我就结果了你的命!你说过,在活人面前,死人永远是死的。"量他笑不出声来,逗了他一句。

他马上不动了,脸上的肌肉在痛苦地扭曲着,我断定他又在打什么坏主意。这个主意是很难想的,他显得很沮丧。有了这样一个居高临下的位置,我禁不住哈哈大笑起来。他的喉咙抽动了几下,才无精打采地说话,脸上是迷茫和绝望的神情。他把嘴里的匕首拿下来,而其他的姿势仍是老样子。

"吉姆,"他叹口气说,"你我都费了不少心思,我们很有必要订一个君子协议。如果船不突然倾斜的话,你早就没命了。然而我实在运气不佳,真的倒霉透了。我现在只有服输了。说真的,我这样一个饱经风霜的老水手,竟然在一个小孩子面前低头,真是难受得很。"

他的这番甜言蜜语把我吹得飘飘然了,就好比一只高傲的公鸡,因飞上墙头而沾沾自喜。猛然间,他的右手向身后抡了一下。我听到一件利刃像冷箭一样,冷飕飕地向我飞过来。我顿时感到肩膀上疼痛难忍,像被某物击了一次,我的肩膀被某物钉在了桅杆上。就在我惊慌失措和疼痛难忍之际,拿在手中的手枪不由自主地扣动了扳机,随后又从手中脱落。我到底是如何扣动扳机的,是凭主观意识吗?我不敢肯定。我确定自己没有瞄准任何目标。然而,除了手枪落到甲板上外,汉兹也发出了一声尖叫,双手也脱离了软梯,一头栽进了下面的水里。

第二十七章 "八个里亚尔！"

因为船体的抬升，桅杆在水面上很显眼地直伸着。我所坐的桅顶横桁，底下有一湾海水。刚才汉兹在软梯上，没有爬多高，离甲板很近，因此他落水的位置在我和舷墙当中。他在被鲜血染红的水里挣扎了一下，然后就不再动弹了。等水面完全恢复寂静后，在船侧的水里面，能清楚地看到他蜷缩在那里，在他身旁还有两条鱼游来游去。可能由于船体在轻微地晃动，他也在有节奏地浮上浮下，似乎企图立直身体。然而他确实完蛋了：不仅中了枪，而且又溺在水里。他原计划在这里结果我的性命，不幸却自己成了牺牲品，成了鱼的食物。

我想到这个的时候，一种想呕吐的感觉涌上心头，背上和胸前顿时热血直涌，飞速向下流淌。那把匕首，像火红的烙铁，死死地把我钉在桅杆上。但是，我所畏惧的不是伤痛，而是担心自己可能从桅顶横桁上掉下去，正好落在汉兹所在的那潭平静的血水中，说真的，对于疼痛，我咬紧牙关就能挺过去。

我使劲地把横桁抓在手里，感到手指都隐隐作痛。我把眼睛闭上了，以避免目睹这惨状。过了一会儿，我的头脑逐渐清醒过来，内心也不再慌乱了，我的控制力又恢复了。

我的第一个想法就是拔出匕首，可能是我太累的缘故，我想也许匕首在桅杆上刺入太深，于是很快就打消了这个想法。我不禁打了一个冷战。真是不可思议，这一抖动却有了效果。匕首实际上只擦过一层肉皮，仅仅伤到了我的一点皮毛，我抖动时，这层肉皮就从匕首上脱离了。不用说，血流淌得更多了，然而我却能自由活

第二十七章 "八个里亚尔！"

动了，上衣和衬衫还被钉在桅杆上。

我使劲一侧身体，衣服马上就脱离了桅杆，我疲倦地从右舷软梯下到甲板上面。我被吓坏了，至于汉兹刚才落下去的那个左舷软梯，我根本没有勇气再从上面爬下来。

我下到船舱，以便包扎一下伤口。肩膀上淌着血，很疼。幸亏只伤了一层皮，伤口并不严重，我挥动胳膊也还可以。我环顾了一下，从另一种意义上讲，这条船属于我了，因此，我最后需要做的一件事便是，把奥布赖恩的尸首清除出去。

在上文已经讲过，这名海盗滑到了大船的船舷，像一个恐怖又狰狞的怪物，僵死在那里；他的身材跟活人并无不同，但缺少了生机和活力。在这种僵硬的情况，处理他很省事。经历了那么多险象环生的残酷场面，对于死人我已经司空见惯。我伸手扯住尸首的腰部，就跟搬一袋小麦，鼓足力气就把它抛到了大海里。他在水面上激起很大的浪花，那顶红帽在水面上漂浮着。过了一会儿，水面又恢复了平静，汉兹和奥布赖恩偎依在一起，随着水的摇动而轻轻地抖动着。奥布赖恩并不算老，但那光秃秃的头颅让人感到很老。他仰躺在水里，他的敌人汉兹的膝盖托在他的脑袋下，有许多小鱼在他俩的头部飞速地游动着。

整条船上只有我自己了，此时潮水将上涨，眼看就要进入黄昏了，松树的侧影慢慢地向水湾延伸，甲板上投射出稀稀落落的水纹。西风又刮了起来，尽管有东侧小山峰的阻挡，但船上的索具仍然摇动起来，发出优美的响声，帆也不甘寂寞地鼓胀起来，发出啪啪的声音。

我意识到大船处于危险之中。我麻利地把三角帆解下来，放到甲板上，然而主帆却让我头疼不已。在大船倾斜后，主帆的下桁很自然地就伸向了船外，在水面上横立着两英尺长的帆和桅帽。这会带来很大麻烦的。我对紧绷的帆篷束手无策，不敢贸然行动。最后,我还是把升降索割断了。随后,桁顶部的帆马上就松弛下来,伸展着向大海落去。我也只能这么做,因为我没有力气拉动收帆索,我所做的就这些,伊斯班臬拉号只好顺其自然了,就好比我自己。

暮霭渐渐布满了整个锚地,最后一道霞光穿过树林的空隙,倾泻在古老的残船上,甲板上的鲜花在霞光的照耀下发射出熠熠的光辉,像一颗颗闪亮的明珠。我身上有一丝凉意。潮水开始飞速地退去,伊斯班臬拉号倾斜的程度越来越严重,似乎要翻转过去。

我在船头上向外面观望了一会儿。海水是很浅的,我轻轻地爬到船外,为了预防意外,我用双手紧紧抓住断锚索。海水漫到我的腰部,沙地较坚硬,有一些起伏。我鼓足了勇气,向岸上走去,大船在我的身后孤零零地伸开了它的主帆,船体向一侧猛烈地倾斜着。太阳在此时几乎完全钻入了地平线。在迷迷茫茫的暮色中,不断摇摆的松树发出簌簌的低叫。

庆幸的是,我是在很大收获的情况下,重新返回了陆地。伊斯班臬拉号就停放在那里,上面的海盗都一一毙命了,它可以自由地载着自己人在海上航行了。我恨不得立即回到家中,向众人炫耀一下。我的私自外逃,可能会受到非议,然而我带回了伊斯班臬拉号,这是最大的功劳。我猜想,就是斯摩列特船长本人,也不会说我白费时间的。

我这样狂想着,心情愉快地向小木屋和我的同伙那里大步走去。我突然想起,基德船长锚地是由几条小河流汇集而成的,而最小的河流,就发源于双峰山的右侧。我决定向双峰山走去,计划从小河的源头穿过去。在源头,树木减少了许多,我在较低的斜坡行走,很快就到了山脚。过了一段时间,我蹚过了小河,水深约达到小腿肚处。

从这里到本·甘恩的距离很近,即我曾经放过荒滩的地方。我

第二十七章 "八个里亚尔!"

行走逐渐小心起来,不时地向四周看一眼。这时夜幕已完全降临了,在我穿过双峰山的空隙处时,在夜空中,我观察到了闪闪的亮光;我想那一定是一堆篝火,某个岛上的人在旁边做晚饭。但是我不解的是:他真是太胆大啦!从我这里就可以看到篝火,那么他就不怕在沼泽地驻扎的西尔弗发现吗?

夜色越来越暗,我只能凭感觉向目标进发了。在我身后的双峰山,以及在我右侧的望远镜山,看上去很朦胧了,夜空中的星星发出微弱的光泽。我在低洼的斜坡深一脚浅一脚地走着,不时被灌木丛挡一下,几次跌进了沙坑。

我的眼前突然亮堂起来。定睛一看,在望远镜山的顶部,一缕亮光透了出来。眨眼间,我注意到在树丛当中,一个圆盘似的亮物升了起来,那肯定是月亮了。

在月光的照耀下,我加快了步伐,以便尽快赶到目的地。我有时跑,有时走。不用说,在我接近栅栏外的树丛时,我还是多了个心眼儿,把脚步放慢了,以防不测。因为如果太冲动,很有可能被当做敌人而受伤,那就对我太不公平了。

月亮渐渐升高了,在树丛的空隙处,泻下了斑驳的倒影,然而在我正前方的树林里,我发现了一道不同于月色的光亮。这种光亮或隐或现,给人一种温暖的感觉,就像篝火的灰烬,发出通红的热光。

今天是太奇怪了,我感到茫然不知所措。

我好不容易进入寨中,在林中的平地上停住了脚步。寨子的西边缘被月光照得通亮,而另外的地方——木屋也不例外——仍然处于黑暗之中,然而亮亮的光辉还是给夜色披上了一层银装,错落成黑白搭配的棋盘样的方格。在木屋的一侧,有一大堆灰烬,散发出红红的热光,在清柔的月光衬托下,别有一番风致。除了轻柔的风声外,整个院内没有一个人,而且没有任何响动。

我看到这些情形，心中疑虑重重，甚至有些恐怖。如此大的篝火，绝对不是我们烧的。根据船长的吩咐，我们对使用木柴是相当节俭的，有时可以说是小气。我认为在我离开这段时间内，肯定发生了什么事。

我赶紧隐蔽起来，躲避在一个黑暗的角落里，慢慢走出了栅栏。

为了确保不发生危险，我匍匐在地上，不声不响地向小木屋一步步挪去。在我靠近小木屋时，那颗悬着的心终于放下了。因为我听到屋内有很重的呼噜声，听起来很刺耳；我是最讨厌听到这种声音的，但如今听起来，感到很是欣慰，它表明我的好朋友都安然无恙，在幸福地唱歌，听起来特别顺耳。即使在通过某港口，值夜班的人很响亮地告诉我"一切顺利"，我也不会像今天如此兴奋的。

还有，我必须明确指出的是：他们对防范事务太粗心大意了。如果西弗尔带领一帮人，偷偷摸进来，他们肯定会凶险万分的。这一切，应该归因于船长的受伤。我此时不禁自责起来，这里如此缺少人手，我却不辞而逃，让他们处于如此危险的境地中。

我很快就摸到了屋门外。屋里很暗，什么东西也看不到。我能听到响亮的鼾声，但让我感到不解的是，在这些呼噜声中，有一些异样的响声，跟鸟儿啄食或扑打翅膀差不多。

我蹑手蹑脚地向屋里走去，想不动声色地躺在自己的铺位上，心中却窃笑不已，想象到他们明天看我的那种诧异态度，真是太有趣了。

我一不小心被绊了一下，软乎乎的，肯定是某个人的腿。那人胡乱哼了一声，随后又睡着了。

就在此时，黑暗中突然有一个刺耳的声音响起来。

"八个里亚尔！八个里亚尔！八个里亚尔！八个里亚尔！"

第二十七章 "八个里亚尔！"

这种叫声持续不断,而且中间也没有间隔,好像一架很小的风车在不知疲倦地转动。

噢！西弗尔船长的绿鹦鹉——肯定是它！我明白了,屋里的啄食声是鹦鹉在啄一块树皮时发出的。它现在正担任防务工作,并且做得相当有效。这只鹦鹉就是用这种唠叨不休的鸣叫,来告诉众人我进来了。

我惊魂未定,被这情景弄呆了。随着鹦鹉的尖叫,睡在屋里的人立即起了床,我清楚地听到了西弗尔船长的叫骂,这种声音很是恐怖:

"是谁？"

我想逃到屋外,然而却与一个人撞了个满怀;我急忙转身,不料又撞到另外一人的怀里,我被那人死死地抱住了。

"拿火把过来,狄克！快！"西尔弗催促道,看来,我已经没有逃跑的希望了。

木屋里很快就有一个人出去了,不一会儿,他就举着火把进来了。

第六部　西尔弗船长

第二十八章 身陷敌营

屋子里被红红的火炬映得通明,而我看到了我最害怕看到的最糟糕的场景。房子和那些贮藏品全被那帮海盗抢占了。我们被他们抓获的人一个也不在屋里,而面包、猪肉和那桶白兰地还原封未动,我更加害怕和绝望。我心里承受着巨大的内疚,因为我没能患难与共——我唯一能猜想的结局是海盗们杀死了我的伙伴。

房子里边没有一个生灵——除了那六个海盗。有五个此时惊醒过来,一跃而起,杀气腾腾,脸涨得红红的。剩下的那个正抬起身,拿手臂支着,满脸惨白,没点生气,他可能是刚被打伤,缠在头部的绷带有点点血痕,受伤处很可能还是最近才包上的。此人准是昨天晚上海盗全面侵犯时我们开枪打伤的那个,后来他进了树林,逃了回去,可我还认得出。

那大个子约翰的肩膀上站着一只鹦鹉,它的嘴正摆弄着它的毛发。西尔弗的那套好看的绒面呢礼服仍在他身上,我们双方谈判那会儿他就穿着,不过此时已经撕坏了好几个地方,可能是因为挂上了有刺的灌木,而且还沾了好些泥,往日的风范荡然无存。更别说他的脸色,紧绷绷的,一脸惨白。

"噢,"他说,"是吉姆·霍金斯,好好好!太好了!是到这儿出任贵宾吗?欢迎欢迎!"

他坐在白兰地酒桶上,把烟塞进烟斗里。

"狄克,给我点点火,"他说。烟燃起来了,他接着说:"伙计,好了。把火炬放到柴堆去吧。伙计们,霍金斯先生用不着你们立在这里招待他,你们都去睡吧。我说得没错,你们大可放心,霍金斯先生是不会怪罪的。吉姆,我说,"他在吸完一口烟后取下烟斗,"你能来这儿,让人同情的老约翰会高兴死的。我早就知道你准是个机智的家伙,我见你的第一眼就看出来了,可我真是想不通,你怎么会在这里出现呢?"

当然,我一字没说。我被他们要求立在那儿,背贴着墙,我正视西尔弗,心里绝望恐惧,脸上却表现得若无其事。

西尔弗深藏不露,几口烟之后,他接着侃侃而谈。

"现在你已经到这儿来了,吉姆,"他说,"那咱们就说说心里话。我认为你是个机灵的家伙,又年轻又英俊,当年我也如此,所以我始终很欣赏你。你如果愿意入伙,那就了却我一桩心愿了,你同样会分得一份金银珠宝,你也就不用愁这一生的温饱问题了。亲爱的,如今你可算来了。我总认为斯摩列特船长虽然在航海方面是专家,可他定的要求太苛刻。他一直说'尽责是第一位的',这的确没错。可你呢?抛下他自个儿溜之大吉。大夫恨得你牙都痒痒,称你为'没心肝的小畜生'。总之,你不会再被他们接受的,你已经没有自己人了。看来你是别无选择了,非入西尔弗的伙不可,除非你孤家寡人地自立为王。"

谢天谢地,我的自己人还没死。他这一席话,要说是让我不好受,倒不如说让我放心;对他所说的,我半信半疑,可诸如他讲对于我的逃之夭夭,大夫他们非常愤怒,我还是信的。

"你现在是自投罗网,这不言而喻,"西尔弗还在唠叨,"你也心知肚明。我想强扭的瓜也不甜,咱们还是心平气和地说个明白。你如果心甘情愿,那就入我们的伙;你如果不愿意,吉姆,你完全可以这样答复我:不。小伙计,我是不会强迫你的。如果哪位水手还能讲出比我更有道理的话,我就死无葬身之地!"

"我必须回答吗?"我说,说话的声音都是颤抖的。我听出来了,他这是说得轻巧,可话里面暗藏杀机,只要他认为是时候了就

第二十八章 身陷敌营

会干出来。我的心都到了嗓子眼儿了,脸烧得慌。

"小家伙,"西尔弗说道,"没人逼你。你仔细考虑考虑。亲爱的,没人要你立马回答。我一直觉得很高兴能和你在一块儿。"

"那好,"我逐渐轻松了些,说道,"你允许我选择的话,我想我应该可以问几个问题:这到底是怎么回事?你们怎么会来这屋里?我的那些自己人都去了哪儿?"

"你是说这是怎么回事?"有个海盗嘀咕道,声音低沉,"哼,天晓得这是怎么回事。"

"住口,这儿轮不到你说话!他没对你说,我的伙计。"西尔弗很严厉地训斥那个海盗。然后,他回头答道,语气又恢复到先前那么温和:"昨天暮色临近时,霍金斯先生,李甫西大夫手举白旗到我们这儿。他对我说:'你们被抛弃了,西尔弗船长,有人乘船逃走了。'没错,他们可能是在我们吃喝玩乐的时候乘船逃走的。这我承认,他们的举动没让我们当中的任何一个察觉。当我们赶过去时船真的被开走了。这一帮笨蛋你看我我看你的呆样儿我是第一次见,这你可以完全信任我。李甫西大夫说:'咱们谈谈吧。'我们协商好了,我们来这儿,全部。我们的话就是一整条船从桅杆顶到船主体都属于我们,包括全部贮藏品、白兰地酒、房子,当然还包括多亏你们早已准备好了的木柴——你们可真有心计。你要问他们如今到哪里去了,这就超出我所了解的范围了,不过肯定是不在这里了。"

他随之又慢条斯理地吞云吐雾。

"我当然可以转述那时结尾的一段话,以避免你错以为我们的协议中也包括了你。"他接着又说道,"当时我说:'你们要走的总共有多少人?'他答道:'包括一个受伤的,共四个。要说那个年轻人,随他去吧,我也不想理他了,天知道他滚到那儿去了。一提到他我们就恨得咬牙。'这可是复述大夫的话,一字未改。"

"情况就是这些了吗?"我问道。

"允许你知道的恐怕就是这些了,小伙计。"西尔弗回答说。

"那我如今就是一定得有所决定了?"

"恐怕是这样,我可是言出必行的。"西尔弗讲道。

"那好吧,"我说道,"我还不笨,我心里很清楚我应该怎么决定。你们要拿我怎样,随你们的便,我无所谓。自打知道你们这帮人,我亲眼见到去见上帝的人已经够多的了。但是,还有些情况你们必须清楚,"说着,我越来越冲动,"第一个,你们如今的情况非常糟糕:船没了,金银珠宝也没了,连人也没了,你们的情况很不好。可能你们也想弄清楚这一切都是谁在捣鬼,你们听好了:是我,全是我弄的!那天夜晚,大陆已经在望了,我藏进苹果桶里边,偷听到了你——约翰,包括你——狄克·约翰逊,当然还包括如今长眠大海的汉兹的讲话,而且不到一个钟头,你们的每一个字都已被我传达到船长那里。要说到那条宝船,当然了,那锚的绳索也是我斩断的,那帮待在船上的你们的伙计也是我干掉的,你们谁也别再妄想能再见到那条船,它已经被我弄到很秘密的地方去了。现如今,理应是我讥讽你们,而不是相反。我始终就在这件事中处于优势。对我而言,你们也就如同一只只苍蝇,没什么值得恐惧的。至于我,让我生让我死那都是你们的事儿。可我还有一言,就一言:你们一旦让我安全离开,咱们既往不咎。以后要是你们由于曾经是海盗而遭受起诉,我还可以全力以赴地解救你们。如今该由你们决定了。要么多沾一个人的血——你们得不到半点便宜;要么让我走,要是你们有一天遭受惩罚,还有我这么一个人可以证明你们也做过好事,或许能保住小命。"

我几乎喘不过气来了,我稍微顿了一下。我很吃惊,这帮海盗全都愣着,如同六只羊,瞪着眼望着我。我借他们还在瞪着我发愣之机,又开始讲了。

第二十八章 身陷敌营

"西尔弗先生,"我说,"我确信这里修养最高的人就数你了。如果我有个三长两短,希望您能通知李甫西大夫,让他明白我是如何去的。"

"一定一定。"西尔弗答道,我弄不懂他说话的语气,很模糊,既像是讥讽我居然临死还对他进行要求,也像是被我的气势感动了。

"我还要加上一件事,"一个脸色很红的老船员说道,"我和他在大个子约翰办的在布里斯托尔码头的酒店里见过,"他姓摩根,"当时黑狗就是被他看穿的。"

"还有,"那个船上的伙夫又加了一条,说道,"我还想起了一件事:比尔·蓬斯被一个小机灵鬼骗走了一张地图,那个小机灵鬼就是他。总之,都是吉姆·霍金斯搞砸了我们的好事!"

"那还不送他去见上帝!"摩根诅咒我说。

他的行为如同才二十岁的年轻人——手握尖刀,一跃而起。

"住手!"西尔弗训斥他,"你算老几,汤姆·摩根?你恐怕还把自己当做这儿的船老大了吧?你恐怕还没尝过我的手段吧?你如果再在我面前放肆,我就弄你去那些个比你先行一步的人到的地方。这三十年,但凡有和我过不去的,不是在帆桁顶挂着,就是在海里做鱼饵,哪个幸免过?汤姆·摩根,你最好把我说的当回事儿。"

摩根闭嘴了,不过剩下的几个有点不服气。

"汤姆讲的可是事实。"有一个讲道。

"你已经把我折腾这么久了,"又一个说道,"我要再在你手下供你折腾,约翰·西尔弗,我还不如去死。"

"伙计们,还有别的吗?都讲出来!"西尔弗大怒,将身子前倾,仍坐在酒桶上,右手拿着烟斗,里面的烟还在烧,"你们都有嘴,还有什么要讲的全都倒出来。谁有话要讲就走出来。我这一大把年纪,虽然老了,可一只朗姆酒囊就想在我眼前耍威风?咱们这行有咱们的行道,你们自诩是碰运气先生,也就应该明白。我在这儿等着。谁不服气就拿刀上来比试比试。别看我只剩一条腿,可我还想在吸完这斗烟之前瞧瞧他的内脏是什么颜色。"

那帮人全呆着,一句话不说。

"你们可真孬,不是吗?"他又接着说,烟斗又回到他嘴边,"瞧瞧你们的德行,居然没人站出来和我比画比画。你们不会是连当今最常用的英语都理解不了吧?你们让我当你们的船长。我之所以能坐这把交椅,那是由于你们差我太多,整整差了一海里①。如果你们没人有勇气像个碰运气先生那样和我比比,那我所说的就是命令,你们最好还是信的好!这个小孩是我生平见过的最优秀的家伙,我非常欣赏他。就咱们现在这屋里的人而言,就你们这帮懦夫,你们随便挑两个合一块儿也不如他那么有男子气概。你们最好将我的话当真,你们可以试试,试试谁有胆量动他分毫!"

这之后便是长时间的悄无声息。我扬着头,背靠墙,虽然心仍是咚咚直响,不过觉得现在有了一丝生机。西尔弗沉稳得如同在教堂,嘴边挂着烟斗,两只胳臂叠在一起,靠着墙坐着。不过他却眼珠四转,目光一直落在他那群桀骜不驯的伙计身上,看他们有何举动。那几个海盗慢慢汇集到小屋的那一角边,我听见了他们在那里窃窃耳语,声音很小,如小溪流一般。他们偶尔会挨个望我们几眼,而此时,他们那张惶恐的脸就被红红的火炬映得很清晰,虽然只是那么一两秒钟。然而,他们注意的是西尔弗,没注意我。

"你们如果要对我说些什么,"西尔弗边说边对着很远的地方吐了一口痰,"那就说大声点好让我听清,否则就别嘀咕。"

"对不起,西尔弗船长,"其中一个海盗回答说,"许多我们这

---

① 一海里(1.852公里)比一英里(1.609公里)还要长。这明显只是打比方。

第二十八章 身陷敌营

种行当的规则你却经常不服从,可我想你最好还是执行一定的条令。现在我们都有些意见。我们并不是任人欺负的,和别的船的船员一样,我们也应享受同样的待遇——就算我大胆了吧。我想我们有权凑在一块儿交谈——这也是依你自己说的条令办事。对不起,船长,虽然我认可现在这船长仍然是你,可我想我能享受我的待遇:出去协商点事。"

这是个长得很凶狠、三十四五岁左右的大个子海盗,眼珠子泛黄,他稳步走出屋外时,对着西尔弗行了一个很文明的水手礼。另外几个在随大个子出去,路过西尔弗身边时,都行礼并说一声。"得照条令来。"一个人说。"水手们商量一下。"摩根说。他们如此这般你发一言我讲一语地鱼贯而出,最后火炬边上只剩下了西尔弗和我。

船上的伙夫立马从嘴边取下烟斗。

"你好好听着,吉姆·霍金斯,"他很急促地讲道,声音低得几乎听不到,"现在是你生死攸关的时候了,更恐怖的是他们不让你一下子就死,他们会折磨你。他们在合计颠覆我。可是,你现在也清楚了,我对你十分偏袒。那是由于我被你的那些话说动了——刚开始我并没想过要偏袒你。我是越想越觉得没意思:让我碰上这么些个丧气事儿,最终还会被绞死。可我想你说得对。我自言自语道:'约翰,如今霍金斯需要你拉一把,以后你也同样需要他拉一把的。约翰,他如今就指望你了;真的,你也只能指望他了。你们是一条绳上的蚂蚱。现在你帮帮你的一个证人,将来你也需要他把你从绞刑台上救下来!'"

我隐约懂了他的话的含义。

"你的意思是死定了?"我说。

"那是一定的,上帝可以作证!"他答道,"船没了,命也难留,没得救了。吉姆·霍金斯,那天当我发现我们的船不在海湾里的时候，虽然我这人不服输，可我明白，一切都结束了。要说那些个伙计，他们要是能搞出什么花样来那才叫怪呢。这你不用担心，那伙人全是懦夫和蠢猪。我肯定不会让他们伤着你的。可是吉姆，咱们可要知恩图报：我落难时，你别让大个儿约翰荡秋千。"

我非常吃惊，难以置信。这个饱经风霜的老海盗，十足的匪徒首领，居然连我这样生还机会尚很微小的人也要试一试。

"我定会尽力而为。"我对他说道。

"那就这么说定了！"大个子约翰愉快地说，"你说话的确像男人。王八羔子！我总算有了一线生机。"

他拄着拐杖挪到放在柴堆上的火炬旁，又点燃了烟斗。

"吉姆，你要记着，"他过来对我说道，"我可不是蠢猪。我如今是替绅士们说话了。船已经被你弄到一个可靠的地方了，这我清楚。我不明白你到底是如何弄去的，可我相信船在的地方一定很可靠。对于汉兹和奥布赖恩，无论谁我都没很信任过，我想他们应该是水鬼了吧。你别忘了：我什么也不问，可你也别对我问这问那。我明白我已经全结束了，你是个值得信任的家伙，这我也明白。噢，你还很年轻，咱们联手，前途无量啊！"

他从酒桶中弄出些白兰地。

"你不想尝尝吗，孩子？"他说。

我谢了他的好意，自己没要。

"那我自己就不客气了，吉姆，"他说道，"我需要刺激刺激头脑，待会儿费神的事儿还不少呢。要说费神的事儿，我还想知道点事：吉姆，大夫他为什么会把那张图交给我呢？"

我脸上的神情显得十分吃惊，看得出这表情并不是我故意装出来的，他也知道，要再追问也问不出所以然了。

"千真万确，那张图是他给我的，"他说道，"可事情可能没这

第二十八章 身陷敌营

么简单,肯定有问题,这可毋庸置疑,吉姆,不过我还不清楚这是福是祸。"

又一口白兰地进了他的嘴,他那硕大的头晃了晃,那表情好像总是暗示将来不会顺利。

第二十九章 又是黑票

海盗们花了相当长的一段时间进行讨论,他们中的一个刚从外面进来,对西尔弗再一次表示致敬（我感到其中有讽刺的含义）,想暂时借用一下火炬。西尔弗答应得非常干脆,此人马上离开了房间到外面去了,我们两个人再一次被黑暗所笼罩。

"吉姆,很快就会起风了。"西尔弗冲着我说。此时的西尔弗显得十分和蔼可亲。

有一个枪眼离我很近,我站在旁边透过它朝外看去。篝火已快燃尽,极其微弱的火光只映出旁边一小块地方,我顿时理解了海盗们使用火炬的原因了。木屋和栅栏中间有一个斜坡,他们汇集在那儿:火炬在一个人的手上发出亮光,中间还有一人屈膝而立。跪立着的人抽出一把刀子,刀锋闪着各种光彩:时而映着月光,时而反照着火光。剩下的几人弯着腰,似乎还没搞懂那人在干什么。不光有刀子,好像还有本书在他手里拿着。此时他们手里还拿着这么一样不合时宜的东西,我感到疑惑不解,突然,那人再次直身而起,然后他们集体拥向木屋。

"那些人走过来了。"说完话我便在原位站好。因为如果我监视他们的行为被他们觉察,我感到尊严会受到伤害。

"孩子,不用怕,叫他们朝这儿来吧,"西尔弗说着,一脸轻松,"应付他们我还有一绝招。"

他们推开门,在门口五个人聚成一团,有一个被拥到前面。他放慢脚步靠过来,小心翼翼,很不果断,伸在前面的是攥得紧紧的右手。在其他地方你看到这种情况,肯定会感到好笑。

第二十九章 又是黑票

"小家伙，朝这来，"西尔弗扯着嗓门说，"我不会拿你怎么样。你这蠢货，我还明白事理，不会让你为难，快把东西交过来吧。"

西尔弗的话真管用，他不像刚才那么害怕了。他快步来到前边，给西尔弗一个什么东西后，就转身飞快地跑回同伙中间。

船上的厨师朝那东西上扫了一眼。

"果然没错，是黑票！"他嚷道，"纸是打哪儿来的？啊，了不得了！这下可糟了！这不是《圣经》上的纸吗，哪个家伙竟然敢把《圣经》弄坏？"

"坏了！"摩根也嚷着，"这下可坏了！我原先就预料到结局好不到哪儿去，你们看我说得没错吧。"

西尔弗哼了一声接着说："你们很可能是刚刚讨论了才这样做的，这样你们可都白干了，是哪个家伙的《圣经》？"

"狄克的。"海盗当中有人说。

"真是你的，狄克？快请求上帝饶恕吧，"西尔弗说道，"我的话千真万确，狄克今天可是倒霉了。"

可此时一个高个子瞪着黄眼珠说话了。

"约翰·西尔弗，快闭嘴吧，"他嚷着，"把黑票放到你手里，这是大家依照常规达成的共识，那么你也应该照例瞧瞧它的后面到底有些什么。然后你才会把一切弄明白的。"

"多谢了，乔治，"船上的厨师接过了话茬，"你做事情从来都是很果断的。乔治，咱们这一行的行规你倒是很熟，对这一点我挺满意。那好，我瞧瞧有些什么。呀！怎么是'下台'呢？书法确实不错，就像书本上的字迹，对此我确信不疑。难道不是你写的吗，乔治？这群人当中你的确是出类拔萃。要是你做了船长，我感觉也在情理之中。但我还想再借你的火用一下，不知行不行，用这个烟斗抽烟的确有些别扭。"

"行了，"乔治接着说，"你再想骗人是不可能了。你的美丽的谎言虽然很中听，但是派不上用场了。你最好离开酒桶，我们一起来投票决定。"

"我错认为你精通行规，" 西尔弗对此不屑一顾，"别来糊弄我，我还非常清醒。不过我想提醒你一句，现在的船长还是我。你们什么时候把反对我的缘由陈述出来，我再给你们以回答。现在你们使用黑票是毫无意义的。等我答复你们以后，咱们再说好了。"

"哼，你尽管放心，"乔治针锋相对，"咱们都按老规矩办。首要的原因：这次咱们白跑一趟，主要责任都在你身上，要是你不承认，算你有种。其次：我们这个地方进来容易出去难，是你放任敌人走掉。我不清楚他们走掉的原因，他们想离开这儿总是不可怀疑的。还有：我们想追回他们，又是你进行阻拦。哼，约翰·西尔弗，你的面目我们已经很清楚了。你想两头都得好处，这难道不是你的错吗。最后一点：是你庇护了那个小子。"

"就这些吗？"西尔弗显得很从容。

"这些还不行吗？"乔治毫不示弱，"像你似的弄得乱七八糟，我们一个个忙死忙活的，到头来竹篮子打水——一场空，我们岂不是白忙活一场。"

"那好，这几条意见我挨个儿答复给你听。是你说的，这次我们白跑一趟，责任都在我，对不对？我的计划你们早就明白，而且还明白假如听我的话，今晚早就返回伊斯班袅拉号船上了，也无任何伤亡，既舒坦又稳当，满船堆着金银珠宝！但是，我的设想是被谁破坏的？不要忘了，我可是你们的船长，可强迫我过早行动的又是谁？头一天我们来到岸上，又是哪一个把黑票给我？这出荒唐的闹剧到底谁领头开演的？哼，这出闹剧可真是好看，还让我也加入其中，有些人的表演比伦敦城外正法码头上的水手舞还要精

第二十九章 又是黑票

彩。究竟是谁带头干的？是安德森、汉兹，还是你，乔治·墨利，在这些胡作非为的蠢猪当中，就落下你还没有去喂鱼。正是你们这几个家伙把大家的好事给搅坏了，你还如此厚颜无耻，想取代我当船长！苍天有眼，发生这样的事情真是荒谬透顶！"

西尔弗停顿了一会，乔治和同伙的表情发生了变化，我可以断定船长的话起了作用。

"刚才说的是第一点，"受人控告的船长继续说，情绪激昂，擦着汗珠，可能是因为他的嗓门实在太大了，"实话跟你们说，同你们讲话我难受得要呕吐。你们不但毫无教养，也缺记性，你们到海上来会做什么？当初你们的爹妈是怎么想的？做水手，做碰运气先生！你们能做裁缝就烧高香了！"

"约翰，接着说下去，"摩根说话了，"还有好几条没说呢。"

"哼，好几条！"约翰接下去说，"罪名倒是不小，对不对？你们都知道这一回是弄砸了。但是，我敢说，你们根本不明白砸到什么地步！绞刑架在等着咱们呢，想到这我会变得麻木。这样的情况你们可能见过：犯人悬在半空里，绑着锁链，大鸟盘旋在尸体四周。乘潮水出海的水手会看着说：'这个人是谁？'当中会有人说：'啊，是约翰·西尔弗，原来我们彼此非常了解的。'尸体随风摆动，船走远了还能听到风吹锁链的叮当声。我也是爹妈生养的，结局怎么会如此悲惨呢？这还要多谢乔治·墨利，多谢汉兹、安德森，还有其余一些把好事搅坏的蠢货。有关这个小家伙的第四条，你们想听就竖起耳朵听着！他做人质不是很恰当吗？把一个人质无缘无故地放掉是什么理由？这样做太不明智了。我感觉，他是咱们最后的救命稻草，对此我深信不疑。这个小家伙要被你们结果了，我不同意，弟兄们！第三条还没讲，对不对？在我看来第三条确实有些讲头。一位名副其实的大夫天天来看你们，对此都忘得精光了吗？杰克，忘了你脑瓜上的口子了？乔治·墨利，你六小时抽搐一次也忘了吗？现在的眼珠子还跟橘子皮似的，他难道对你们毫无用处了？你们可能还不清楚，有船会来搭救他们吧？千真万确，并且不会太久。人质有什么作用，你们到时候会清楚的。要说第二条，你们对我如此打算的原因表示疑惑。可事实上哀求我这样做的正是你们这些家伙。想想你们当时的模样，一个个垂头丧气，无精打采，要不是我的这笔买卖，你们早被饿上西天了！可这还算不了什么。实话和你们说，我是另有目的才想做这笔买卖的，不信你们看看就会明白的！"

随着话音，他伸手一扬，一张纸飘到地板上，我瞟了一眼，竟然是那张裹着油布的黄纸地图，我在比尔·蓬斯箱子里曾见过，上面赫然打着三个红叉。大夫出于什么原因把地图传给他，对此我深感纳闷。

可是，假如说我对此表示疑惑，那么，当地图出现在其余的反对者眼中时，他们的表情更加不可捉摸。他们把那张纸争来夺去，活像饿狼看见了小羊一般，谁也不能拿着保持多久，他们争先恐后地看着地图，阵阵叫骂声和幼童似的叫声给人一种错觉，认为他们不仅发现了朝思暮想的金银珠宝，而且财富已被稳稳当当地装运上船，将高奏凯歌而回。

"没错，"当中有人发话了，"正是弗林特的图，一点错也没有。杰·弗二字下面画有横线以及丁香结，恰好是他签名的特征。"

"毫无疑问，这太棒了，"乔治说，"但我们要运走财宝，没有船怎么办？"

西尔弗起身一跃，一手抵墙，非常严厉地冲乔治说：

"你小心点儿，乔治。你再不识抬举，随口乱说，咱们就进行决战。如何弄走这些东西，我能有什么办法？正是你们这些蠢货，吵吵嚷嚷，胡作非为，搞丢了我的纵帆船，我还没问你们，你倒反来问我！当然问也毫无作用，猪脑子也比你们的强些。乔治·墨利，你

第二十九章 又是黑票

讲话可要有些教养,用不着我再去指导你,我说的你不用怀疑。"

"此话不假。"老摩根附和着说。

"那还用说。"船上的厨师又说话了,"船被你们搞没了,宝藏又是我发现的。到底道理站在那一方?我要对你们声明,厨师我是不想再做了!你们想推举谁做船长就推举谁。我再也待不下去了。"

"西尔弗!"海盗们吵成一片,"一直紧随烤全牲!船长永远属于烤全牲。"

"哈哈,这就对了!"厨师提高嗓门说,"乔治,下一回可能会轮到你,耐心等待吧。谁冒犯了我,我从不挂记在心,也算运气了你。可是,弟兄们,黑票我们怎么处理?现如今成了一团废纸,狄克的《圣经》无故受损,就自认晦气吧!"

"往后起誓还能用这本《圣经》吗?"狄克嘟着嘴说,显而易见,他对此次的自惹麻烦感到忐忑不安。

"书页已不完整还能用?"西尔弗对此感到好笑,"那可行不通,这跟照着歌曲本宣誓没什么两样,肯定不行。"

"真不行!"突然狄克面露喜色,"可我还不会把它扔掉。"

"吉姆,接着,看看这东西,你也开开眼界。"说着话,西尔弗朝我抛来一片纸。

这张纸片圆圆的,有银币那么大。一面原本没有任何字迹,是最末一页的《圣经》,原来如此;另外一面是最后一部分的《启示录》,在我老家时,其中的一句深深地铭刻在记忆中:"城外除了狗,就是杀人犯。"炭末布满了有字的一面,我的手指变得黑糊糊的;另外一面上有两个字:"下台",也是用炭划上去的。这件珍品我保留至今,但是已字迹模糊,只有一些指甲痕一类的东西还留在上面。

此次冲突终于缓和下来。不一会儿,一通酒下肚,伙计们都睡下了。一个解气的主意被西尔弗提出:乔治·墨利去给大家站岗。而且还发话:要是耍任何诡计,只要被发觉便会结果了他。

　　过了很长一段时间,我还是不能入睡。老天有眼,我的确要思虑相当多的事情。下午的时候,我危在旦夕,把一个人弄死了。此时,那人的样子却浮现出来。西尔弗现在耍弄着各种狡诈多变的手腕:反叛者被他攥在手心里,同时他自己的安全、性命也要得以确保;不管是木头,还是稻草,来者不拒,他都不会放过。他睡得相当踏实,一声声的呼噜可证明这一点。但事实上,他的处境也是非常险恶,他的结局将是被处以绞刑,他是个坏人,这一点不用怀疑,但想到这些,我总免不了替他担忧和着急。

第三十章 君子之言

我被一声粗豪而响亮的叫喊——其实我们所有的人都被——吵醒了,岗哨本来倚在门梃上昏昏欲睡,这一下,我瞧见他也一跃而起。喊声传自丛林旁边,对我们叫道:

"哎,告诉你们这些住在木屋里的家伙!大夫到了。"

大夫的确是赶到了。一听见他的叫喊,我欣喜若狂,可是除了喜悦,我还有一些别的感触。我曾经违背命令,私自溜走,想起这些,我就觉得害羞。要是在他面前,我都会找一个地缝钻进去,因为如今我竟处于那些人的掌握之中,而且四周危机重重。

现在旭日刚刚东升,所以我猜他动身时天肯定还黑着。我朝枪眼那儿奔过去,朝外面瞅去,发现在没膝的晨雾里面,他昂然挺立,与上回西尔弗到这儿商议事情时特别相似。

"大夫,原来是你!早安,先生!"西尔弗满脸堆笑,他已将睡魔赶开了,喊道,"你倒挺不错的嘛!早起的鸟雀好捉虫,这老话是一点都没错。乔治,好宝贝,振奋一些,过去帮把手,扶李甫西大夫从木栅栏上越过来。没出什么问题,你那些患者身体健康、精神饱满。"

他讲了许多啰里啰唆的话,在小山顶上,一只胳膊底下支着根拐杖挺立着,另一只手扶着木屋的墙壁。这个高个子约翰,无论语气、举止和神态都同过去毫无二致。

"为了你,我们带来了一件礼物,你绝对猜不出是什么,先生,"他接着说道,"一个小客人住到了我们这儿,嘿嘿!说是新来的乘客也行,说是新来的房客也可以,他生性快乐活泼,长得漂漂亮亮；昨儿个晚上他的睡眠很踏实，整个夜晚就睡在我老约翰的身边。"

此刻，从栅栏上越过来的李甫西大夫已经距厨师不太远了。他的语调和刚才不同了，这我听得出。他询问道：

"竟然是吉姆不成？"

"没错，回来的就是吉姆。"西尔弗答道。

大夫立即止住了脚步，但是一言不发。他就那样呆着，有那么好几秒，似乎永远都没法挪动脚步了。过了一会，他才重新迈步。

"就这样吧，"最后，他说话了，"暂且将公事处理完毕，交情过会儿再谈。西尔弗，我似乎是从你那里听到这句话的。带我到你们的患者那儿，我先看看他们。"

之后，他钻进了木屋，朝着我的方向，点了一下头，面无表情，直接到病人那儿，给他们看病去了。虽然他非常清楚，在这样一群从来都不讲道义的凶残的人里边待着，他能不能活下去都是个问题，但看上去他好像什么也不担心。他就像进入了一个老实本分的英国家庭中给他们看病一般，同患者非常自得地聊着天。那些人也受到了他那表情的感染，就仿佛过去的事情都不存在似的，在他们看来，他仍旧是在船上为大家诊病的大夫，而他们还是水手——厚道并且可以依赖。

"我的朋友，你比过去要强一些了，"他朝那个绷带裹在脑袋上的人说道，"你差点就活不成了，你的头真是坚硬，简直像是用钢铁制作而成的。乔治，身体如何，有没有好转？你的脸上仍旧没有血色，在肝功能方面你十分不正常。有没有服药？嘿，朋友们，他有没有服药呢？"

"服下去了，先生，他服了药，的确是服了。"摩根回答说。

"大家都明白，从我开始为叛乱分子治病以来（照我看来，倒不如叫做狱医），"李甫西大夫说道，语气轻松诙谐，叫人乐意听，

第三十章 君子之言

"使所有的人安然无恙,在我看来是本人义不容辞的责任,只有这样,才能押你们到乔治国王和绞刑架那里。"

听到这句碰到他们痛处的玩笑话,那些凶残的暴徒你看看我,我看看你,却都当做没听见一般默不作声。

"先生,狄克感觉很难受。"其中一人说道。

"有这回事?"大夫问道,"狄克,到我这儿,露出舌苔给我瞧瞧。哎呀,要是他感觉良好的话,那才见鬼了呢!法国人看见他的舌苔会惊慌失措的。他同样感染上了热病。"

"没错,"摩根应声道,"他将《圣经》给损毁了,这是上天对他的惩罚。"

"这是由于——照你们的话说——你们连驴子的聪明劲儿都赶不上,"大夫并不同意他的意见,说道,"甚至都不能发现干净空气与瘴气的不同,以及干爽的土地与难闻的散布疾病的泥沼之间的区别。据我推测——不过,我也不敢确定——你们极有可能全部感染了疟疾;你们得在遭不少罪之后才有望从这种病症中痊愈。你们睡觉的地方是沼泽地,我说得对不对?西尔弗,我无法明白你的某一方面。你应该说是这伙人中间最为聪明的一个了,但是,我认为你却缺乏最基础的医学常识。"

大夫按照顺序将药品发给他们,他们就如贫民小学的小学生那样听从医生的吩咐,看起来叫人忍俊不禁,那唯命是从的神态与他们杀人如麻的海盗、叛乱分子的身份极不相符。

"可以了,"大夫说道,"今天先治到这里吧。要是你们不反对的话,此刻,我希望能同那个男孩儿聊聊天。"

他边说着这话,边以一种随意的神态朝我这个方向扬了扬脸。

在门那边,乔治·墨利到处吐着唾沫,他正试图将一种难以下咽的药物吃下去。大夫说出这个愿望之后,他闻听此言,马上将涨得通红的脸扭过来,大声叫道:"没门儿!"接着又嘟囔了一句骂人话。

西尔弗叉开五指，朝酒桶上狠狠拍了一下。

"闭嘴！"他高声嚷道，同时就如一头雄狮般打量着四周，"大夫，"他降低了自己的声调，继续说道，"我明白，你对这个男孩颇有好感，所以这件事早在我预料之中。你对我们这些人都挺不错，大家都很感谢你。我们像喝甜酒一般服下了你开的药物，这表明你是我们大家所信赖的人，这你又不是没有看见。我会把这些事都摆平的。霍金斯，你可算是个讲义气的青年人，虽然你出身贫寒。你可否以自己的名誉向我发誓，绝不干不辞而别的事情？"

我非常干脆地对他发誓说我不会不辞而别。

"那么，大夫，"西尔弗说道，"请你先出去，站到木栅的外边。我会等你站好了之后领着这个孩子走下来，你们就可以聊天了，但必须一个在栅栏外边，一个在栅栏里边。再会了，先生，见到屈利劳尼先生和斯摩列特船长，就说我们大家向他俩问好了。"

刚才，都是西尔弗凶狠的吼叫才使这些海盗噤了声，如今大夫前脚迈出了木屋，他们马上就开始发泄自己的不满。所有人都将矛头指向西尔弗，说他是个两面派，为了讨好对方，向对方投降，不惜使同伴的利益受到损害。总而言之，这些话丝毫没有夸大其词，他现在所做的事与他们的指责完全相符。事实是显而易见的，他究竟如何平息他们这次的不满情绪，我是一点都猜不出。可是，别的人毕竟都无法战胜他，并且由于昨天晚上他占了上风，这使他在改变他们的想法方面非常有利。他对他们冷嘲热讽，用所有和傻瓜有关的名称来称呼他们，叫他们饭桶、蠢驴。他说只能够送我去大夫那里同他聊天。当着他们的面，他挥舞了一下那张地图，向他们发出质问：就在今天这个即将出去挖掘宝藏的关键时刻，他们难道要违背协议不成？

"不，不可以！"他说道，似乎每件事在他心里都有了谱，"我

第三十章 君子之言

们要违背协议也行,但那必须得在一定的时机上;可是,在时机还未到来时,即使需要我把他的靴子泡在白兰地酒里刷洗,只要能骗得过那位大夫,我也会去做的。"

说完这话,他吩咐那些人燃起火堆,然后就让他们发傻去,他自顾自撑着拐杖,用另一只手搭着我的肩部,便大摇大摆地走出门外。他们之所以哑口无言,并非被他劝服了,而只是无法对他的花言巧语作出反驳。

"走的时候慢一点,小家伙,走得别太快,"他告诉我说,"如果咱们两人走得太快,被他们瞧见了,他们肯定要立即一拥而上把咱们抓回去。"

在木栅的另一边,大夫早就站在那里了,而我们就以舒缓的步伐走过沙地,朝大夫走过去。等走到能够听到正常交谈声音的范围时,西尔弗马上止住了脚步,停在那里。

"大夫,希望你不要忘记这些事,"他讲道,"你可以从吉姆那里听到我是如何使他保住了自己的小命,并且是如何几乎被取消了地位,对我所说的,你但信无妨。大夫,我可是为这件事把命都押上去了,要是有谁同我一样的处境,想听到一些叫人放心的话也没什么不可以理解的吧?希望你能明白,除了我,连这男孩都得冒生命的危险。大夫,你做一点善事,为了使我能够干下去宽宽我的心,我求你还不行吗?"

来到户外,从他的同伙和木屋方向转过脸来的西尔弗,一下子就换了另外的神态:他的面颊全都凹陷了进去,说起话来哆哆嗦嗦,他真是比所有的人都更会演戏。

"约翰,你担心了,对不对?"李甫西大夫说道。

"我可不是没有胆量的人,大夫,我不会有一星半点的怯懦!"他打了个响指,"我之所以敢讲这些话,就是因为我有胆量。但说实在的,脑海中要是浮现出绞刑架的画面,我总是不由自主地哆嗦。你为人忠厚善良,并且说到做到,你是我所遇到的最好的人!我明白你定会记住我所行的善事,同样,你也会牢记我做过的恶。你看,我不会妨碍你私下里同吉姆聊天的,立即就会躲得远远的。我可是做到仁至义尽了,你说什么也要记住我的这点好处!"

说完这话,他就朝反方向走了几步,在我们聊天的声音所能传到的范围之外停下来,坐到一个树桩上面,自顾自地吹起了口哨,一边将身子扭来扭去,一会儿瞅着我,一会儿瞅着大夫,一会儿又瞅着那些好勇斗狠的匪徒,他们在沙地上来来往往——正在为重新燃着火堆而忙碌着,而且为了准备早餐,将猪肉和面包干从木屋中取出来。

"唉,吉姆,"大夫叹道,语气中满是遗憾,"你重新困在了这里。我的孩子,这是你自己犯下的错误,只能自己品尝苦酒。上帝为证,对于你,我的确连一句苛责的话都不想说。可是,无论你是否愿意听,我都要讲一句话:你在斯摩列特船长身体健康时,由于怕他会阻挡你而未逃掉;后来你逃掉了,那时他身上已受了伤,对你无能为力。说实在的,这种事只有一个没有胆气的人才干得出来!"

我对此没有什么可否认的,于是流下了眼泪。

"大夫,"我回答道,"我早就将自己骂得一无是处了,除了我的生命,我没有别的可以弥补过错了。所以你用不着继续骂我了。现在我之所以还留着一条命,完全是西尔弗帮了我的忙。希望你不要怀疑我,大夫,我并不畏惧死亡,并且我也罪有应得,只是,我害怕受到拷打。要是我受他们拷打讯问的话——"

"吉姆,"大夫没容我继续讲下去,他的语调不复有刚才的平静,"吉姆,我无法眼看你遭到拷打。你跟我一块儿逃离这里,快翻越木栅栏吧。"

"大夫,"我讲道,"我已经发过誓的。"

第三十章　君子之言

"我明白,我明白,"他说道,语气极不平静,"吉姆,如今只有将这些抛在一边了。我会帮你负担全部的羞耻与苛责,我的孩子;可你要是待在这里,却是我绝不能容忍的。赶紧翻过来。你翻身一跃,就可以来到我这儿,即使是羚羊也跑不过我们的。"

"不行,"我作出了回答,"你自己也很清楚,如果你处在我的地位上,同样会耻于做这种事的。我同你、乡绅、船长都没有什么不同,做这种事是违背我的意愿的。我必须待在这里不走,因为我发过誓,而且不能辜负西尔弗对我的信任。但是,大夫,我希望你能听完我所有的话。我很有可能在他们的严刑逼供下,招出航船所在的方位;你或许还不晓得,我早就搞到了伊斯班裊拉号。我虽然冒了很大的风险,但也幸亏有老天爷照应着。如今,在北汊的南滩就泊着那条船,差不多快被高潮线遮没了。如果没涨大潮,航船就搁浅在那里。"

"航船!"大夫由于激动而喊出了声。

于是,他就一言不发地听我大概描述了一下自己的冒险。

"似乎上帝安排好要这样,"听我叙述完那些经历后他评论道,"我们怎么会眼睁睁地看着你去死而袖手旁观呢?因为使我们化险为夷的每一回都是你。我们肯定不会袖手旁观的!否则我们会良心特别不安的,我的孩子。敌人的诡计是被你识破的,而本·甘恩又是被你碰上的——即使你到了九十岁的高龄,无论以前还是将来,这都是你毕生所成就的最了不起的业绩。哦,我想起来了,谈到本·甘恩,真是不可能有谁比他更会胡闹了。西尔弗!"他喊了一嗓子,"西尔弗,有句话算是我对你的忠告,"那厨师应声来到近前,他接着讲道,"对于寻找宝藏一事,你们千万不要太过心急。"

"先生,我会全力照你的吩咐行事,但恐怕力不从心,"西尔弗说道,"要想保全我自己和这个男孩的性命,我们只能去寻求宝藏，所以只好求你宽恕我了。对于我所说的，你不必怀疑。"

"就这样吧，西尔弗，"大夫劝道，"如果只能如此的话，那我不如再透露一点消息：如果你们已经离宝藏不远了，对于喊叫要千万留心呀。"

"大夫，"西尔弗答道，"说实话，我觉得你们没有公平地对待我。你们从这所木房子里搬走，并且赠给我那张图，我一点都不明白你们到底搞的什么名堂，不是这样的吗？你只要发下话来，却要我盲目地遵从，但又连一句让我感到有盼头的话也不对我说。不成，你们欺人太甚了。要想让我继续听你的吩咐，就得清清楚楚地告诉我你们到底搞的什么名堂。"

"没门儿，"大夫沉思着，说道，"要我再告诉你一些事就超过我的权限了。西尔弗，这个秘密并非只和我自己有关，要不然我肯定答应透露给你了。可是，这些就是我所能透露的最后消息，而且，我甚至还多告诉你一些了。我对你讲的是实话，船长定会因此而责怪我的！首先，你可以从我这儿得到些希望：西尔弗，只要咱们可以从这个捕狼的陷阱中安然无恙地逃掉，只要你在作证时能说实话，那么，为将你救出去，我会想尽办法的。"

立刻，西尔弗脸上绽出了笑容。

"我深信不疑，先生，就是我母亲来宽慰我，也不过如此了。"他说道，语气中满是喜悦之情。

"我的第一条忠告就是这个，同时也是对你的妥协，"大夫接着说道，"第二条忠告是针对你个人的：你一定要领着这个孩子，与他寸步不离。你只要叫我的名字，我就会出来帮你的忙。为了保全你们的性命，我马上就去安排。我说的话到底算不算数，到时候你肯定就懂了。吉姆，再会。"

然后，在栅栏那一边，李甫西大夫伸出手同我的手握了一下，朝西尔弗颔首示意，接着便朝树丛的方向急匆匆地离开了。

第三十一章 寻 宝 记

——弗林特的指针

"吉姆,"除了我和他没有别人在场的时候,西尔弗才开口道,"要是说我使你免于一死,那么,你也使我免于一死。我一定会牢记这件事情的。刚才那会儿,我用眼角的余光监视你们,发现大夫朝你勾了勾手,劝你逃离这里,你说不可以的情景被我瞥见了,同我用耳朵听见没有什么不同。吉姆,这辈子,我心里不会忘掉此事的。我得向你道谢,是你使我在强攻没有取得成功之后,首次得到了希望。吉姆,事到如今,为了寻找宝藏,我们只好听天由命了,而且据我推测,干这种事,我们很难有好果子吃。咱俩只能紧密地团结在一起了,只有这样,当碰到恶劣的情况时,你我才不至于丢了性命。"

恰在此刻,从火堆的方向传来了一个人的喊叫,那是告诉我们可以吃早餐了。很快,地面上七零八落地就坐满了所有的人,一齐享用面包干和煎咸肉。就是烤熟一头牛,那堆由他们燃起的火也显得绰绰有余,如今,要接近这堆火,只能特别当心地从上风向凑过去,那火实在是太旺了。这群海盗还同样糟蹋着吃食,差不多要三倍于这些人才能吃光做好的早餐。有个海盗大笑着,神态癫狂,朝火堆那儿将没吃完的食物全都抛了进去;火堆立即猛地旺了起来,火苗向上直蹿,并且发出很大的噼啪声,因为这燃料也太特殊了。像他们这种过一天算一天的人,我还是头一回见到。对于他们做的那些事,只有一句话才可以准确概括——今朝有酒今朝醉。虽然他们能够在初次交锋时玩命地打,可是,如果没能取得胜利,他们就会在长期的战斗中一败涂地，这可以从他们浪费食物、站岗时呼呼大睡中看出端倪。

在一个角落里，西尔弗单独一人坐着享用早饭，在他的肩膀上则趴着弗林特船长。虽然这些人的所作所为十分不像话，但他却没有批评他们一句。他的样子从来没有像现在这样满腹心机过，我因此而大吃一惊。

"嘿，朋友们，"他开口道，"你们不知是几世修来的造化，竟然能让烤全牲的脑筋替你们出谋划策。所有我想知道的，我全都搞明白了。他们确确实实掌握着那艘航船。目前我仍不是十分清楚他们在何处泊着那艘船，但是，一旦宝藏到了手，咱们最终还是会得到船，大不了找遍海岛的每一个角落。咱们现在明显胜过他们，不说别的，那两只小船还在咱们的掌握之中。"

就这样，他口若悬河，夸夸其谈，满嘴都是热乎乎的煎咸肉。他通过此种手段来使他们重燃希望之火，并使他们信赖他，而且，据我猜测，他这也是想使自己振作起来。

"谈到这位人质嘛，"他接着说道，"照我看来，这一回的聊天当成为他与朋友的永诀。要感谢他的是，某些秘密还是我从他们的交谈中得到的。目前，已没有什么事情了。我必须在他身上绑一根绳子牵住，让他寸步不离地跟着我们一块去寻找宝藏。为了不出什么意料之外的事情，你们千万不能忘记，咱们要将他看管好，就仿佛看护金子一般。但是，这也只是权宜之计，我们寻到了宝藏和航船之后，就可以满心欢喜地重归大海。为了报答霍金斯先生的善举，到那个时节，我们要跟他做一了断，让他好好尝尝我们的厉害。"

当然，这群海盗是非常兴奋的。可是，我的心里却忧愁得不行。只要前面他讲的那个计划具有可行性，西尔弗——这个耍两面派手法的无耻小人——肯定会全心全意地把这个计划进行到

第三十一章 寻宝记

底。事到如今,他仍然想左右逢源。不用说,要是能跟海盗共同携着宝藏远离法律的制裁,他当然求之不得,因为我们这一方所能给他的全部希望也不过是使他免于被绞死。

退一步说,就算他被形势所逼不得不遵守对李甫西大夫的诺言,我们也处于一种极端险恶的境况之中。如果他的同党发现自己的猜测是正确的,那我同他两人就只能豁出去了。我们是没有办法战胜五名身强力壮的水手的,因为我还没有长大,而他则是个独腿的残废,你想一想就明白了。

我不仅担心这两个问题,而且还对我那些好友究竟想干什么百思不得其解。有两个问题我搞不懂:他们从木屋中搬出去意欲何为?把地图拱手奉送又为的哪般?在这里面最叫我难以理解的是西尔弗从大夫那里得到的最后一个忠告:"如果你们已经离宝藏不远了,对于喊叫要千万留心呀。"读这本书的朋友们假使能处在我这个地位思考问题,就不难明白,为何早餐在我的嘴里了无滋味,为何我随着众海盗开始寻找宝藏时心事重重。

我们这些人如果在其他人看来,定是非常怪诞可笑的:大家身上都裹着水手服,衣服上满是油迹与污点,而且还都全副武装——只有我一个人是例外。西尔弗身前挂着一支步枪,身后同样挂着一支,一把大弯刀被他佩在腰间,他穿的是两侧有口袋的方摆外套,在口袋里,又放了两把手枪。在他肩膀上,弗林特船长趴在那里,将水手们所讲的零星言语没有什么意味地咕哝着——他的样子本来就很怪诞,因为这个而更加登峰造极。我在这个船上厨师的身后亦步亦趋地走着,绳子的一头绑住我的腰,另一头有时会被那只不用拐的手牵着,有时则被他的牙齿咬住,那牙齿非常有劲儿。当时我的样子,与一头受到绳索束缚的要表演舞蹈的熊瞎子没有什么不同。

各式各样的物品扛在剩下的那些人肩膀上:他们从伊斯班袅

拉号拿到陆地上的第一批物品是铁锹和洋镐——此时正被几个人扛着；另一些人则背着食物，有猪肉、面包和白兰地，那是要用来当做午餐的。昨天晚上，西尔弗所言非虚，因为据我所见，全部这些给养都是从我们储备的物品中拿来的。没有了大船，他和他的同党之所以不必靠白水和狩猎生存，完全是因为他同大夫之间达成了某种协议。他们绝对是喝不下白水的，并且一般说来，水手是不善于打猎的。还有一点，如果水手没有吃的，那他们必定也缺乏弹药。

所有的人携带着这些东西踏上了征程，连那个头部受伤的家伙也跟着走，实际上，徒步行走于烈日之下，必定会加重他的病情。这由七个人组成的队伍队形散乱，走起路来慢慢吞吞，最后在停泊着两只小船的海滩处停下了脚步。海盗们喝醉了酒后便胡作非为，连小船都跟着遭殃：他们弄断了一只小船的座板，湿泥巴糊在这两条船上，舱里还存着一些水。他们想将两条船都划走，以免发生危险。朝锚地底部的方向，我们分成两组乘着两条船出发了。

在行进的过程中，大家对于地图上那个标志产生了分歧。那个红色的叉子是无法显示精确方位的，因为它给画得过于宽大。并且，写在图后面的那些话意义十分不明确。读这本书的朋友或许还没有忘记，那些话是这样的：

一棵大树立在望远镜的肩上，方向是北东北之北。

骷髅岛，东东南偏东。

十英尺。

最紧要的任务是确定那棵大树在哪儿。就在正对我们的那个地方，有一块台地——差不多有两百到三百英尺那么高——将锚地遮住了。望远镜山南部山坡再向南一点就是台地的北边了，由北向南地势渐渐升高，便成为后桅山，山上地势险峻并且岩石密

第三十一章 寻宝记

布。台地上到处都长着松树,有的高大,有的低矮。很多地方都有那么一棵与周围松树品种不同的四五十英尺高的巨松鹤立鸡群,但是,我们只有到达目的地,通过罗盘的指针才可能确定到底哪一棵树是弗林特船长所指的"大树"。

虽然话是这么说的,但是所有坐在船上的人都找了一棵看着顺眼的树当做那棵大树,当时,船连一半的水路还没有走到。唯有高个子约翰将肩头耸动了一下,提议说要想确定该如何行事,只有先到达目的地。

为了不使自己很快就感到筋疲力尽,我们听从了西尔弗的建议,只使很小的劲儿划动船桨;我们划过了一条漫长的水路,最终在第二条河——即顺望远镜山一面山坡淌下来的河流,那山坡上树木丛生——的河口处踏上了陆地,从那个地方朝左拐过去,然后就顺着斜坡朝台地顶端进发。

刚开始时我们攀登的速度非常缓慢,这是由于地面上泥潭密布,并且还有长在泥沼上的杂草、灌木纠结起来挡住了我们的脚步。可是,随着山坡一点点变得险峻,路面的泥土也变得干燥坚硬起来,树木同先前那些相比,更高一些,枝叶也更稀少一些。我们逐步接近的地方,正是海岛上景色最为优美的那部分。草地上差不多长满了馥郁芬芳的金雀花和缀满花朵的矮树丛。肉豆蔻丛颜色鲜绿,时不时同松树长在一起,那松树有着深红的枝干,其树荫覆盖着广大的面积,二者相映生辉,妙不可言;前者与后者互相衬托,因为一个是气味浓郁,一个是清香宜人。这些还不算,虽然头上有烈日炎炎,但那空气清爽得很,使人精神为之一振,就像使我们的大脑感到清醒的一剂药物,真是妙不可言。

众海盗将队伍铺散呈扇形,蹦蹦跳跳地走着,时不时高叫几声。我和西尔弗落到了扇形队伍的中后部。我被系在绳子的一端。路上的砾石既光滑又松动,他走起路来不免上气不接下气。有几次他差一点站立不稳从山上滚下去,还幸亏我扶住了他。

这样走了半英里左右之后,我们即将抵达台地的最高点,走在队伍最左边的那人突然之间就像被什么吓着了,失声尖叫了一下。他接着又不停地惊叫着,引起了其他人的注意,朝他奔跑过来。

"宝藏绝不会被他找到的,"从右边跑来了老摩根,他一边嚷着一边迅速地掠过我们身前,"这里离山顶还有一段距离呢。"

他说的没错,等我们来到出事地点之后,才搞清楚果然是另有原因。有一具尸骨横卧在一棵松树底下,那树异常雄伟挺拔,绿色的藤蔓将尸骨牢牢地缠绕起来,并将几根小骨头拽离了骨架悬吊了起来,衣物的残片还散落在地面上。那一刹那,所有人都发自内心地打了个冷战,对此我深信不疑。

"他曾当过海员,"乔治·墨利作出了这样的判断,别的人都没有他有胆量,所以他能够凑到近前认真研究衣物的残片,"怎么说他的衣服也是水手服。"

"嗯,嗯,"西尔弗应道,"几乎就可以肯定他是个海员。怎么能指望一位主教来这种地方呢?但是,真叫人不可思议!这具尸骨看起来姿势非常怪异。"

说的也是,如果仔细观察一下,就会发现要一个人以这样的姿势死去几乎是不可能的。死人以一种笔直的姿态横卧在那里,双脚和双手分别指向相反的方位,而那双手则高举过头,仿佛准备跳水一般,这具尸骨只有几个地方显得不那么整齐(造成这种紊乱的原因,或许是大鸟叼啄了尸体上面的肉,以及藤蔓一点点将尸骨缠绕起来)。

"我脑筋不灵,可也开始明白是怎么回事了,"西尔弗开口道,"罗盘在我身上;骷髅岛的岬角尖部就如一颗牙齿那样显露出来,它就在那个方位。我们要想明白其中原委,只需要沿尸骨的这道

第三十一章 寻宝记

直线把方位清楚地测定出来。"

然后他就取出罗盘,按照刚才的想法测量了一下。尸骨正对着骷髅岛,罗盘指针恰巧对准了东东南偏东。

"我想的的确没错,"厨师喊了起来,"路标就是这具尸骨。以此为起点,直接朝着北极星的方向走下去,金黄耀眼的金子和白灿灿的银子必定在前方等着我们。可话又说回来,实际上,每当我头脑中浮现出弗林特的样子就忍不住浑身打哆嗦。我敢百分之百地肯定,这是他耍的一个手段。那时候,除了他,没有任何人曾率领着六个人登上海岛;六个人都死于他的手上,有那么一个则被他拽到此处,用来标记罗盘测好的方位。对此我都可以打赌!你们看,这骨头很修长,还有黄色的毛发。准是阿拉代斯没错。汤姆·摩根,你对阿拉代斯还有印象吗?"

"嗯,嗯,"摩根应声道,"我当然没忘。他欠着我的债,并且在登陆时拿走了我的刀。"

"一说起刀子,"海盗中的另一位开口道,"他附近为何看不到有刀子?弗林特肯定不会把水手的东西拿走,这不符合他的性格;飞鸟也绝对不会去叼那把刀。"

"分析得有道理,非常正确!"西尔弗高声称赞道。

"此地空空如也," 墨利绕着尸骨寻找时开口说道,"我认为这不太正常。连一块钱币或者一个烟盒都找不到。"

"没错,的确不太正常,"西尔弗赞许地说道,"并且还使人觉得特别别扭。乖乖!我认为,朋友们,幸亏弗林特已经魂归西天了,否则咱们大家可能就会毙命于此。他们那会儿的人数是六个,如今我们也有六个人。但时至今日,他们早已化为了六具枯骨。"

"别这样说,弗林特一命呜呼时,我就在现场,"摩根开口道,"给我领路去看的是比尔。那时两枚一便士的硬币分别放在他的双眼上①,人已经挺尸了。"

"他真的已经魂归极乐了,没命了,在地狱里待着呢,"那位头裹绷带的人开口道,"但话又说回来,弗林特的幽灵是众幽灵中最有可能跑出地狱在人世间逛来逛去的。我的上帝,他临死之前闹得可真叫凶!"

"没错,我同意你说的话,"又一个人开口道,"他有时会怒气冲天,有时会叫人给他拿朗姆酒,有时又放声高歌。他这辈子只会演唱一首歌,歌名叫《十五个人》,朋友们。说实话,自那件事起,我一听到那首歌就腻歪。他临死时气温特别高,窗子都敞开着;这首传唱了很多年的水手歌谣就飘出了窗子,真真切切地传进了我的耳朵里,那个时候他的魂灵已被地狱之王差遣来的鬼使带走了。"

"打住,打住,"西尔弗开口道,"对于此事我们不要再多说了。可以确定的是,他的魂灵早已待在地狱,再也不可能到人世间逛来逛去了。青天白日的时候,他绝对不可能跑出来,对我说的这些你们不必怀疑。你们这样精神紧张反而会把自己吓坏。启程吧,去挖金银财宝。"

听了他的话之后,众人自然而然地重新踏上了征程。可是,这群海盗没有像刚才那样乱冲乱撞,也没有在丛林中大喊大叫,他们彼此走得很近,连交谈也放低了声音,虽然这是白昼,而且阳光灿烂。时至今日,一提起那个早已魂归地府的海盗首领,他们的心跳还是会加快,因为他们太害怕他了。

---

① 一种外国的风俗习惯,为了使死者瞑目,要将硬币盖在死者的双眼上面。

第三十二章 猎 宝 记

——树丛中的人声

这群强盗因为恐惧而两腿战栗,而且病痛缠身的海盗及西尔弗都需要作一些休整,总而言之,在爬到台地的最高处之后,他们迫不及待地坐到地上。

我们所处的方位不管向前边还是后边看,视野都非常开阔,这是由于台地的地势斜向西边。我们向前可看到森林的岬角,掩映在树梢后面,并被海涛拍打着;我们朝后望,则是锚地和骷髅岛,还有沙尖嘴以及烟波浩渺的宽阔海面,就在东岸低地的外侧。零星几棵松树生长在望远镜山上,而山上还有几处颜色深黑的直立岩壁,这山就耸立在我们的脑袋上边。激烈的浪涛在遥远的地方同礁岩相撞,化为水沫,发出巨大的响声;在灌木丛中,有许许多多的昆虫发出细微的响动;除了这两种声响之外,四周安静极了。旷野中既没有人的身影,也没有漂落在海面的船帆,一片旷渺,使我们那种寂寞无助的感觉更加强烈了。

西尔弗坐到地上,拿起罗盘,将几个方位测定了一下。

"从那边到骷髅岛之间连一道直线,"他开口说道,"在这条直线上长着三棵'大树'。照我估计,那边陷下去的地方应该是'望远镜的肩'。如今宝藏对我们来说是唾手可得的了,即使让三岁幼童寻找也不会觉得困难。按我的意愿,不如暂且待在这里用餐。"

"我没有食欲,"摩根咕哝着,"我脑海中一浮现弗林特的形象,胃里就满满的。"

"没错,我的宝贝儿,他魂归地府,你真该捂嘴偷着乐。"

"他好像恶鬼那般丑陋,"说着这话,第三个海盗身上哆嗦了一下,"面色是青黑的!""他之所以有那样的面色,完全是朗姆酒的作用,"墨利插嘴道,"面色青黑!没错儿,事实上他就是有着一张青黑的面孔!"

他们交谈时音调一点点低沉了下去,到最后几乎变为悄悄话了,一点都没有破坏丛林那安静的氛围,他们之所以会这样,是因为看到了那具尸骨,并且想起弗林特的容貌的缘故。突然,一个尖细而清越的颤音从我们前面的森林中传了出来,所演唱的歌词和旋律我们丝毫也不陌生:

> 装死人的箱子哟,十五个人忙着在扒——
> 哟呵呵,朗姆酒来了,大家快点尝!

这使那群海盗极度惊恐,几乎都要魂飞魄散,照我以往的见闻,还未发现其他人有过这种丑陋的神态。就仿佛有魔鬼附了这六个人的身,他们的脸色立即变得灰白;有人一跃而起,有人则将别人牢牢抓紧,摩根则直接匍匐在地面上。

"弗林特在唱歌,我的——!"墨利禁不住高声嚷道。

歌声毫无征兆地开始,又毫无征兆地突然结束,就像演唱者被谁用手把嘴给堵住了,歌声几乎是在中途一下子消失。万里无云,风和日丽,看我听来,那从绿意盎然的森林里传来的歌声是很美妙的,而与我同路的这些人听到它却给吓成这样,这让我更加百思不得其解。

"别坐着了,"西尔弗非常艰难地张开嘴唇蹦出这样几句话,他的嘴唇没有半点血色,"不能这样。收拾一下就动身吧!这实在是件非常不可思议的事情,这个声音对我来说非常陌生。但是,有一点你们不必怀疑,那就是这歌声必定出自一个活生生的人。"

第三十二章 猎宝记

他讲这些话的时候,逐渐不那么害怕了,一点点红晕重新浮上他的脸颊。听到他的分析,别的人也逐渐消除了恐惧。恰在此刻,又传来了那个声音;这声音是一种遥远的呼喊,听起来显得很微弱,远不是什么歌声了,此时,这声音激荡于望远镜山的悬崖绝壁之间,听着就更可怕了。

"达比·麦克—格劳!"对于这个声音,唯有悲鸣二字方可描述,"达比·麦克—格劳!达比·麦克—格劳!"就这么反复不停地号叫着。接着那音调又有点升高,还有一句脏话夹杂其间(我没有把它写进来),嚷着:"达比,把朗姆酒给我端过来!"

所有海盗的黑眼球都翻了上去,就仿佛长在地上一样一动不动。他们就这样悄无声息地一直朝前面瞪视着,一副魂飞魄散的样子。那声音停下来了,有很长一段时间,他们一直都是那样。

"这次可是确有其事!"海盗群中有人开口说道,语气特别愤怒而沮丧,"我们马上就启程吧。"

"他的临终遗言就是这句话,"摩根有气无力地说道,"我半点都没记错。"

狄克把他的那本《圣经》掏出来,嘴里咕咕哝哝,开始向上帝祈祷。狄克所得到的教育是非常完善的,那还是他成为航海的海员、与恶棍为伍之前的事。

可是,西尔弗到底并未被吓倒。他恢复了自己的勇气,虽然他上下牙打哆嗦的声音已被我听见了。

"知道有达比这个人的,"他小声地自言自语道,"在这海岛上就只有我们几个。"然后,他努力使自己重新振作起来,喊道:"朋友们!我是不会因恐惧而退缩的,不管碰到的是活人还是鬼魂,因为我此行的目的是寻找宝藏。弗林特尚在人世的时候,我自始至终都没有畏惧他。时至今日,以上帝的名义发誓,我同样不会畏惧他那现形的幽灵。有一批宝藏,可以值到七十万镑,就藏在距我们不到四分之一英里远的地底下。我这个人向来靠运气生活,要我在一个当海盗的脸色青黑的老酒鬼(而且他早已魂归天府)面前打退堂鼓,临阵脱逃,置数量如此巨大的财宝于不顾,这怎么可能?"

可是他的同党还是那样垂头丧气,畏畏缩缩,这是显而易见的;而且他对死者的亵渎反而起到了负面作用,使他们因此而更加惊慌失措了。

"住嘴,约翰!"墨利劝道,"对于鬼魂要尊敬一些。"

别的人由于恐惧而哑口无言。他们若是胆气十足的话,就会逃得远远的;可是他们却在约翰身边围得很紧,好像要从他身上汲取勇气,他们太害怕了,连逃跑的胆量都没有。西尔弗已使自己的胆怯和软弱减少了很多。

"幽灵?不排除有这样的可能,"他开口道,"可是我对一件事相当困惑。我刚刚听到的,是有回声的。我们都知道幽灵是没有影子的,是不是这样?既然如此,我就弄不清楚了:如果是幽灵在号叫,那回声又怎么会出现呢?你们自己判断一下,这不是有点反常吗?"

我认为这个理由是很不充分的。要使迷信的人相信你的话,一般人根本搞不清楚该用哪种手段。可是,乔治·墨利出乎意料地稳定了激动的情绪,这让我感到很不可思议。

"没错,你讲的很是那么回事儿,"他开口道,"约翰,你肩膀上的家伙到底还是聪明的,说得对极了。朋友们,该动身了!刚刚那会儿,我认为大家并没有正确地思考问题。如今回忆一下,我并不否认那声音同弗林特的极为相似,可根本就是另一个人的。这声音更有可能是其他什么人的,更有可能是——"

"没错,更有可能是本·甘恩!"西尔弗高声嚷道。

"没错,你说得完全正确,"摩根本来俯卧在地面上,这时他

第三十二章 猎宝记

马上支起膝盖,使上半身抬了起来,"这与本·甘恩的声音是一模一样的!"

"这还不是一样的吗?"狄克发问说,"同弗林特相同,本·甘恩也早就命丧黄泉了。"

可是在那些当过多年海员的人看来,他的问题是非常幼稚而滑稽的。

"没人会害怕本·甘恩,"墨利回答道,"他活着也好,死了也好,他对任何人都构不成威胁。"

他们刚才还十分激动,现在却马上变得平静了,而面孔也慢慢泛起了血色,这真是一件不寻常的事情。很快,他们重新恢复了交头接耳的状态,时不时闭起嘴凝神谛听。待了一段时间以后,觉得四周静悄悄的,便再次拿起工具踏上了征程。最前面开路的是墨利,西尔弗的罗盘被他端在手中,测定一条指向骷髅岛的直线,以使他们不从正确的线路上偏离。他并未说谎:本·甘恩活着也好,变成幽灵也好,没有人会害怕他的。

只有狄克在走路的时候还将《圣经》拿在手里,东瞅瞅、西望望,一副战战兢兢的样子。可所有人都对他表示不理解。西尔弗还对他大加嘲讽,说他胡思乱想。

"我又不是没有告诉过你,"他开口道,"你的《圣经》早被你损坏了。幽灵是不会理会它的,因为连用它发的誓言都没有效力。纯粹是瞎胡闹!"他停住脚,撑着拐杖站了一会儿,并用肥大的手指打了个响指。

可我立即就发现,这个青年人患着很严重的病症,所以狄克他是无法获得平和的心境的。李西甫大夫曾经诊断狄克得了热病,而由于天气炎热、身体困倦以及受到惊吓,他的体温又高了好多。

在台地的最高处走路非常轻松,因为林木非常少。我前面已经谈到了,台地的地势偏向西面,因此我们基本都是在下坡。松树有的雄伟有的矮小,每棵树都离别的树比较远,肉豆蔻和杜鹃花虽然是成丛地生长,但也有非常宽阔的空地裸露在它们之间,承受着烈日的照射。就这样,我们向着岛子的西北方横穿过去,离望远镜山的肩膀逐渐近起来,同时那片西海湾——我刚刚还乘坐着一条摇摇晃晃的小船驶过了它——在我的视野中也变得逐渐模糊起来。

我们抵达了第一棵大树的位置,但它所处位置与图上不符,这是通过测量发现的。同样的情况也发生在第二棵树的位置上。在一篷灌木丛的上方差不多两百英尺,巍然屹立着第三棵松树。这棵树的主干呈深红色,粗得像一座小屋,树荫极其宽广,就是一连人马在这里操练都没有问题。它在所有的植物中,堪称一个大块头,就是在航海图上标明它当做航标都可以,因为如果是在海上,不管从东面还是从西面都可以在相当远的地方望到它。

但是,有价值七十万镑的宝藏埋藏在广阔的树荫里——这才是我的同路人关注的焦点,至于这树如何雄伟,他们并无兴趣。他们离目的地越来越近,骤然暴富的想法将他们原来的胆怯扫除一空。他们所有人的眼睛里都发出明亮的光芒,而走起路也逐渐轻松起来;那座宝藏占据了他们的所有念头,每个人都将实现的美梦——终生富贵荣华,快乐自在——使他们向往不已。

西尔弗瘸着腿朝前方走着,嘴里念念有词,他那扩大的鼻孔连续地一开一合。他有时会大声叫骂,与一个疯子没有什么不同,那是因为他那流满臭汗的赤红面孔上落了一只苍蝇。绑在我腰间的那根绳索被他用劲拉住,他还总是瞅着我,一副恶狠狠的表情。我心里明明白白的,他已对隐藏自己的情感失去了耐性。他把自己曾经许诺过的话和大夫的忠告全都忘掉了,因为这个时候宝藏马上就会到手了,他也变得无所顾忌起来。他是想拿到那些金银财宝,并在夜色的掩护下将伊斯班袅拉号据为己有,在航船上卸下那些宝藏,在岛上大肆杀戮,使每个善良的人都死于非命,接着

第三十二章 猎宝记

他就会实施自己最早的计划,驾起航船,携带着宝藏和罪孽远走高飞,对此,我深信不疑。

我是如此忧愁而烦闷,因此在寻宝者急促的脚步后面我显得速度太慢。有时我的脚步会踉跄一下,一旦出现这种情况,我身上的绳索就会被他狠劲儿一拽,并被他用恶毒的目光瞪上一眼。只有狄克自己还在咕哝着什么,一会儿念祷词,一会儿念诅咒,他被甩到队伍的最后面,并且其体温也逐渐升高。看到他那个样子我更加难受了,并且,我的脑海中不断地浮现出昔日发生在这片台地上的悲惨事件。在我的幻觉中,我看到了那个脸色青黑、肆意妄为的海盗(后来,他在萨凡纳命丧黄泉,虽都快要没命了,却还哼着水手调子,高叫着让人给他拿酒),他将自己的六个伙伴干掉了,而且就在这个地方。当年这里肯定是惨叫连连,不停地回荡着,而如今则只是一片寂静无声的丛林。想及此处,那惨烈的喊叫又在我耳边响起——我确定我听到了。

在树林中行进的我们现已抵达了它的边缘。

"你们大家全都随着我的脚步前进!"墨利高喊了一声,队伍前部的那些人又努力加快了前进的脚步。

可是,我们发现他们猛地止住了脚步,而这只不过走了十几码远的路。先是小声的惊呼,然后逐渐变为高声大叫。西尔弗仿佛是有恶魔附了体,急促地用拐杖点着地面,快步向前跑过去。马上,我和他也被惊呆了,木然地站在那里。

有一个巨大的土坑横在我们前面。坑壁的泥土早就剥落了,小草已在坑底萌出了绿叶,因此这是个很久以前就有的坑了。一把从中间折断的十字镐柄、几块胡乱堆在一起的货箱箱板被抛弃在坑底。我发现有字印在里面一块箱板上,那是用烙铁烙上去的三个字"海象号"——弗林特的船就以此命名。

显而易见的是,早就有人找到了宝藏并将其全部运走了。七十万镑已成泡影!

第三十三章 首领宝座的倾覆

　　他们原本抱着的巨大热望,却在转瞬之间化为泡影,这在人世间也算是前无古人、后无来者了。刹那间,这六个家伙就仿佛被雷电当头击中一般。可是,遭到了这样的打击之后,西尔弗差不多立刻就重新恢复了冷静。不久以前他还全神贯注于追求财富,就仿佛是骑手在赛马时一样快马加鞭,但却在顷刻间看到这条路原来是封死的。可是,他还同以前一样有着一个清醒的头脑,很快就稳住了阵脚,他采用了另一套行动方案,而这时其他人还不相信他们的幻想真的已经破灭了。

　　"吉姆,"他对我耳语道,"为了预防有不测事件发生,拿着这家伙。"

　　他一边说,一边往我手中放了一把双筒手枪。

　　与此同时他又朝北方迈了几步,就仿佛什么都没有发生一样,而他们五个人和我俩之间就以这个土坑为界,成为两个营垒。接着,他朝我使了个眼色,并点了点头,意思就是"情况对我们很不利"——我对此毫无异议。现在,他用一种友善的眼神看着我,这使我对他产生了一种发自内心的厌烦之情,我烦他总是翻手为云,覆手为雨,竟然不由自主地小声说道:

　　"你此刻再一次当了叛徒。"

　　对于我的嘲讽,他连回应的机会都没有。这群海盗陆续跳进坑里边,嘴里喊叫着、诅咒着,然后用手掘开泥土,一边抓起木板胡乱抛到一边。一枚金币被摩根发现了,他拾起那枚金币,嘴里便滔滔不绝地冒出了凶狠之极的咒骂。海盗们将这个可以值到两畿尼

第三十三章　首领宝座的倾覆

的金币互相传看,就这样过了十几秒钟。

"两畿尼!"墨利朝西尔弗挥动着那枚金币,怒吼道,"你许诺的七十万镑就这么一点儿?你这个人不是很擅长进行交易吗?你这个榆木脑袋的笨蛋,把什么事都搞砸了!"

"我的孩子们,继续掘土吧,"西尔弗一点也不羞愧,他嘲讽他们道,"说不定你们会找到几粒花生。"

"花生?"墨利吼叫着,声音特别尖锐,"各位,想必你们都听清楚了吧?说实在的,这个人肯定已经知道会有这样的结果。他的表情将什么都表露无疑了,你们可以看他的脸,同写着字没什么不同。"

"哦,墨利,"西尔弗讥讽他道,"又开始做当船长的美梦了?你真是野心勃勃,佩服,佩服。"

可这回,墨利得到了其他所有海盗的支持。这些人不断转过头来恶狠狠地瞪着我们,一边朝土坑外边爬去。但他们都爬向西尔弗对面的那边——照我看来,这对我们未尝不是一件好事。

就这样,以土坑为界,一边站着两个人,一边站着五个人,双方都虎视眈眈,可谁也没有胆量抢先发难。西尔弗非常沉着冷静——他倚在拐杖上直挺挺地戳在那儿,静静地同他们对视——这是我以前从未目睹过的。我应该承认,他实在是勇气过人。

又过了一会儿,好像为打破这沉寂的局面,墨利讲了一段话。

"各位,"他开口说道,"对方阵营不过是由两人组成:其中之一是个一条腿的老家伙,咱们之所以傻乎乎跑到这里受到如此巨大的欺骗,完全都是他使的诡计;另外一个是小浑蛋,我一直都恨不能挖了他的心。如今,朋友们——"

他看起来似乎是想率领其他四人冲过来,于是就举起胳膊大声喊叫。恰在此时,耳边传来"乒!乒!乒!"——三道滑膛枪的火光钻出了灌木丛。墨利一个倒栽葱,摔进了土坑;另一个海盗——就是脑袋上裹着绷带的家伙——原地转了个圈儿,就仿佛陀螺一般,跟着直挺挺地摔进了土坑里,魂归地府,只是手脚还不停地抽搐。幸存的三人转过身去发足狂奔。

高个子约翰眼明手快地拔枪就打,击中了尚在垂死挣扎的墨利。临死之前,墨利的目光盯住了他。

"乔治,"西尔弗开口道,"这样你我就两不亏欠了。"

几乎是在同时,肉豆蔻丛中钻出了李甫西大夫、葛雷和本·甘恩,他们端着青烟未散的滑膛枪奔至我们这里。

"快追,"大夫高声叫道,"别磨蹭,朋友们!我们千万不可落到他们后面,否则就得不到那两条小船了。"

就这样,我们跑着穿越长到人胸口的灌木丛,迅速朝海岸方向挺进。

为了不被我们落下,西尔弗用尽了全力。他差一点就弄断了自己的胸肌,拄着拐杖急速跳跃着前进;他跑得真是太用力了,照大夫看来,就是个身体完好的正常人也是无法承受的。虽然他已倾尽全力,但我们已站在台地最高处时,他还在距我们三十码上下的地方继续跋涉,并且大口大口地喘着气。

"大夫,"他叫了起来,"你们用不着跑得太急!看那儿就明白了!"

事实上,我们根本用不着跑得那么快。在通向后桅山的路上,三个海盗仍旧沿着刚开始逃跑的方向狂奔着——这是我们从台地上视野宽广的地方所瞭望到的。同他们相比,还是我们离小船更近,就这样,为了休息一会,我们一行四人暂且坐了下来,高个子约翰则缓步行进,并将脸上的汗水擦掉。

"大夫,真是太谢谢你了,"他开口说道,"你在最关键的时刻赶到那里,使我和霍金斯免于死亡。啊,本·甘恩,难道真的是你?"他继续说道,"你的确表现不错。"

第三十三章　首领宝座的倾覆

"没错，我就是本·甘恩，"放荒滩的水手非常害羞，在回答问题时身子拧来拧去，仿佛鳗鱼一般，"西尔弗先生，别来无恙？"他问这话时又过了很长时间，"我认为你从来都那么健康。"

"本·甘恩，本·甘恩，"西尔弗低声说道，"你狠狠地耍了我一次，这实在出乎我的意料。"

叛乱者在逃命时丢掉了带来的工具，葛雷被大夫差遣去从中取一把铁镐回来。做完这件事，我们就慢步走下山坡，朝停泊着小船的海岸奔去，在行进的时候，大夫概括地叙述了这一段时间里所发生的事情。西尔弗对这个故事表现出特别的关注。故事中的真正的主人公便是本·甘恩——那个介于正常人和傻子之间的放荒滩的水手。

本·甘恩长时间地独自在荒岛上生活，那堆骸骨是被他找到的，而骸骨旁边的各种物品则被他悉数捡走。而且，他还寻得了宝藏。他刨出了那些宝藏（是他将折成两截的十字镐木柄弃置在坑底的），并将宝藏用肩膀和脊背从大松树那里搬运到别处，即他在海岛东北角双峰山上的一个山洞。他来回往返的次数无法计算，等他最后转移了全部宝藏，稳妥地储存到那里之时，距伊斯班裒拉号的到来还有两个月。

一天下午大夫诱使本·甘恩说出了这些不为人知的事情，而那天正是海盗们强行进攻寨子的日子。大夫于次日清晨发现那艘大船已经从锚地那里消失了，于是他就去同西尔弗做了笔交易，为了在搬出寨子进军双峰山的过程中不发生危险，为了离开疟疾横行的沼泽地远一些，也为了更方便地守护宝藏，他赠给西尔弗那张业已作废的地图和补给品（这是由于本·甘恩的山洞里有许多腌山羊肉，那都是他亲自动手做的）。

"吉姆，一想到你，"他开口道，"我便总是悬着一颗心。但是，我得先照顾那些忠于职守的伙伴。你不可以责怪谁，因为你并未忠于职守，对不对？"

本来，那叫人震惊万分的空欢喜只是送给叛乱分子的礼物，可今天早晨他却看到参与其中的人中还有我，就这样，他火速赶往山洞，找了葛雷和放荒滩的水手与他同行，向大松树的方向沿海岛的对角线斜贯过去，只将乡绅安排在船长身边给他端饭送水。可他很快就不得不差遣善于奔跑的本·甘恩先行一步，在前面想办法使海盗的行进速度放慢，因为他发现他们已在我们后面远远地落下了。本·甘恩灵机一动：以前与他在一条船上工作的那些家伙都很迷信，他就用这一点使他们感到胆怯。他想的这个点子居然大获全胜，这使葛雷和大夫争取到了宝贵的时间，抢先在目的地隐藏起来，等待那些寻找宝藏的海盗们到来。

"啊，"西尔弗喊道，"多亏了霍金斯不离我左右，要不然，你就是看到他们将我老约翰千刀万剐，也会无动于衷的，大夫。"

"肯定会是这样。"李甫西大夫回答道，语气相当干脆。

此时我们抵达了目的地，在小船那里停下了脚步。其中一条船被大夫挥起十字镐刨了个大洞，另一条船满载着我们一行人，将要走水路绕到北汊那里。

我们驾舟走了差不多八九英里那么远。所有的人都在摇着桨橹，这也包括西尔弗，虽然他早已精疲力竭了。我们很快就驶出了海峡，并从海岛的东南角（我们四日前曾行经此处，那是为了将伊斯班衾拉号拽进海峡）绕道过去，如箭一般滑行于宁谧无波的海面。

行经双峰山时我们望见了一个靠在滑膛枪旁边站岗的人，他身边是深不可测的山洞洞口，那山洞属于本·甘恩。站着的人是屈利劳尼乡绅，为了向他打招呼，我们舞动着手帕，同时欢乐地吼了三下，我们当中叫得最欢的，当数西尔弗。

接着，小船又行驶了差不多三英里的路程，便到达了北汊的入

第三十三章 首领宝座的倾覆

口处。才到那里,伊斯班袅拉号就映入了我们的眼帘,此时它正随波逐流。它之所以会漂离浅滩,是因为潮汐的缘故。幸亏风不太大,并且潮水也不像南锚地那般凶猛,否则或许它就从此不见踪影,或许我们找到它时,它已被岩礁撞成一条永远无法航行的船。但是,它如今只有一面主帆损坏了,别的部分基本都安然无恙。我们又找到了一只锚,将它沉进海水中有一英尺半那么深,做完了这件事,我们调转船头划向朗姆酒湾,那儿离本·甘恩藏宝洞是最近便的。到达目的地之后,葛雷被派往伊斯班袅拉号上值夜班守护航船,于是他就划着船独自离开了。

沿海岸到洞口的路是一道地势舒缓的斜坡,而且也不崎岖。在坡路顶端,乡绅站在那里恭迎着我们的到来。他以友善而慈爱的态度迎接我,却对我私自离开的事绝口不提:他没有责备我,但也没有称赞我。他一见到西尔弗则怒火中烧,面红耳赤,可对方还非常讨好地冲他点头哈腰呢。

"约翰·西尔弗,"他开口骂道,"你是个不折不扣的恶棍、诈骗犯——先生,你所进行的欺诈令人震惊。他们希望我不指控你。我答应了,我是不会指控的。但是,先生,你终究要在良心上过不去,因为有太多的人死于非命。"

"我太谢谢你了,先生。"高个子约翰道了谢,并向他鞠了个躬。

"把你的感谢收回去吧!"乡绅厉声向他吼道,"这在很大程度上使我无法完成自己的义务。从我面前滚开!"

我们全部钻进山洞里。这个地方空间开阔,并且空气新鲜,一线清澈的泉水流淌进来,汇聚到水池中,水池的四周长着蕨草。沙子覆盖在地面上。洞里点着很大的一堆火,旁边是斯摩列特船长躺在那里。我们发现金币、银币以及铸成立方体的金块码了好几大堆,搁在山洞深处的一个地方。火光摇晃不定,只勾勒出那些东

第三十三章 首领宝座的倾覆

西的模糊轮廓。这就是弗林特的宝藏,我们这些人为此跋涉了千山万水,而十七名伊斯班袅拉号上的水手也因此而命丧黄泉。我认为任何一个仍活在世上的人都无法确切地说明,在聚敛这些金银的过程中,有多少鲜血和泪水为之流淌,多少艘巨轮葬身洋底,多少胆量出众的人被迫遮上双眼走板子,多少发炮弹穿行于空中,多少恶行——羞耻的、诡诈的、无情的——因之而出现。在这些罪行中占有一席之地的,还有岛上的西尔弗、老摩根和本·甘恩这三个家伙,并且从中取得好处也是他们共同的奢望。

"吉姆,别站在外面了,"船长开口道,"吉姆,你在某些事情上表现得非常杰出,是个很棒的小家伙。可是,我心意已决,我要是再出海肯定不会让你也跟来了。我最受不了的是,你同一个生来就被惯坏的孩子没有什么不同。噢,约翰·西尔弗,你来了?来到此地有何贵干呀?"

"先生,我来这儿是想干回我的老本行。"西尔弗回答说。

"哦!"船长便没有再讲别的话了。

当天夜里,我同好友共进晚餐,吃得真是痛快!有本·甘恩做的腌羊肉,有别的各式美味佳肴,还有一瓶特别好喝的陈年葡萄酒,是伊斯班袅拉号的藏品。我们是世界上最最欢乐和喜悦的一群人,对此我深信不疑。我们身后的一个黑暗角落里坐着西尔弗,虽然离火堆很远,但他却吃了不少东西;他会在别人想拿某件物品的时候迅速跑过去为其代劳;他在我们纵声欢笑时也哈哈地笑着——一句话,他重新变为在海上航行时那个手脚勤快、和和气气、善于拍马屁的船上厨师。

第三十四章 尾 声

我们的工作于次日凌晨就展开了。我们的任务非常艰巨，因为我们人手本来就不多，何况要徒步一英里左右将那数量巨大的黄金转移到海滩上，然后划着小船行驶三英里将其装进伊斯班聂拉号。我们一点都不害怕那三个现在仍待在海岛上的叛匪，因为要避免他们对我们发动突然偷袭，安插一个放哨的站在山顶守望就可以了。而且，我们都相信，经过这么多次交手，他们已经害怕了。

所以，工作按照计划有条不紊地进行着。在朗姆酒湾和伊斯班聂拉号之间负责用小船水运的是本·甘恩和葛雷，在他们还没到岸上的时候，其他人则负责往海岸上搬运金银。一根绳索两端分别拴上一根金条，搭在一个成年人的肩膀上，就足够他背的了，并且步伐还无法迈得快一点儿。我的工作是待在山洞中往面包口袋里不停地装金币，这是由于我劲儿不够大的缘故。

积聚在这里的金币各式各样非常驳杂，很像比尔·蓬斯箱子中的那些金币，只是前者比后者更值钱，并且种类也更为丰富。在我看来，分门别类地整理这些金币，其中的乐趣简直无法形容。就种类来说，包括英国的金畿尼、双畿尼，法国的金路易，西班牙的杜布龙，葡萄牙的姆瓦多，威尼斯的塞肯；金币上面铸有欧洲所有国家最近一百年以来的国王头像；其中的钱币有些来自东方，样子奇形怪状，有的图案好似束束细线，又仿佛是片片蛛网；有的钱币给铸成圆的，有的则铸成方形；有些钱币中央有方孔，看起来似乎能用绳子串着围在颈项上面；照我看来，这里聚集的钱币大概囊括了世界上所有的种类。我整天都弯着腰，并连续不停地整理打包，腰酸

第三十四章 尾声

背痛叫人难以忍受,因此,我认为那数量一定是巨大的,即使是秋天飘落的枯叶也不会比它更多。

一连几天,我们都在辛勤劳作。大船上一天就要装进价值惊人的一批金银,并且还有一批价值惊人的金子夜里放在山洞里,以备第二天继续装运。我们中断了与剩下的正在逃窜的三个叛匪的接触,不知道他们在这段时间里有什么样的举动。

最后有一次黄昏,我同大夫一起散步,爬上了一座小山的尖顶,从那里可以俯瞰岛上的低地,这可能是第三天了。此刻,一阵嘈杂的声音从夜色浓重的山下随风传来,这声音既像尖声叫嚷,又像是吟唱,我们只听到了这声音的一部分,然后一切重归安静。

"希望上帝能赦免他们的罪行,"大夫开口道,"叛匪们就待在那里!"

"先生,他们肯定在撒酒疯。"西尔弗跟在我们身后,此时插嘴说话了。

照我看来,如今西尔弗是完全不受约束的,他将自己看成是一个受到特殊对待的朋友和侍从,虽然整天都得不到一个好脸色。他虽然被所有的人瞧不起,可自己却并不当一回事,自始至终都非常热心地为其他人做这做那,以博得他们的好感,说实在的,在这方面没人比得上他。可是,只有本·甘恩到现在还非常敬畏那当年的舵手,对他客客气气的,其他人则都像使唤一条狗那样对他呼来喝去。说实在的,我欠着他的人情,因此我待他还算可以;虽然我完全可以憎恨他,而且这憎恨要超过所有其他人的,他曾在台地上想出新的阴毒计划来背叛我,而这是我亲眼所见的事情。大夫之所以要用严厉的口吻回应他,我想你也该知道原因了。

"撒酒疯?照我看来好像是在说胡话。"大夫开口道。

"先生,你说得对极了,"西尔弗立刻赞许道,"不管他是撒酒疯,还是说胡话,都同咱们没有什么关系。"

"西尔弗先生,就是我想说你这个人有良心,你或许也不一定会同意吧,"大夫冷冷地一笑,开口道,"因此你可能会奇怪我怎么会产生这样的念头。如果我可以确定他们真的是说胡话(三个人里肯定有一个体温特别高,对此我十拿九稳),那么我就会不顾自己之安危,从这个营地走出去,依照我职业道德的规定到他们那里救死扶伤。"

"我不得不冒昧地提醒你一句,先生,你必会因为做了这件事而抱憾终身,"西尔弗开口道,"我可以肯定地告诉你,你那比金子还要贵重的性命将因此而不保。现在我不希望咱们阵营的人出事,更不能对你的性命安危坐视不理,毕竟我和你都已是同一个阵营的人了,并且你还有恩于我,这恩情可昭日月。但是山下的那些人就不同了,他们言而无信,就是心里有悔改的意思,做出来的仍是背信弃义的事;并且虽然你言出必行,可他们会对此表示彻底的怀疑。"

"这话的确不假,"大夫开口道,"你这个人是言而有信的,我们对此很清楚。"

我们所知道的有关那三名海盗的最后一点消息就只有这些。还有一回,遥远的地方有一个声音——是射击声——传到了我们耳中,据推测,他们正在射猎野物。在讨论之后,我们一致同意不带他们走,让他们继续在海岛生活。本·甘恩对此积极响应,而葛雷也非常同意这个决定。我们留给他们的东西,有大量枪弹火药、许多腌羊肉、一些药物和别的生活必需品、工具、衣物、我们不用的一张帆、长十英尺左右的绳索。还有一大批烟草也是我们留下给他们用的,这是大夫格外关照过的。

在海岛上,我们再也无所牵挂了。我们在航船上装载了全部金子,存了充足的淡水;为了应付不时之需,还装上了剩下的山羊

第三十四章 尾声

肉。在打点好全部事情之后,我们在一个清晨起锚出航,从北汊把船开了出去。以前我们住在木屋里,以抵抗敌人的进攻时,有一面旗帜一直飘扬在屋顶上面,那是船长挂上去的。时至今日,挂在我们头顶上并迎风招展的,还是这面旗帜。

没过一会儿,我们就发现自己的一举一动原来一直都处于那三人的严密监视之中,这倒是出乎我们的预料。在海峡行驶的途中,有一段水路我们的船离南面的岬角特别近;在岬角的沙尖嘴那里,我们目睹了这样的情景:他们三人跪倒在地,双手上举乞求饶恕。可能船上的所有人都狠不下那个心弃他们于不顾、任其自生自灭。可我们对上一次叛乱仍心有余悸,不愿担这种风险了。即使将他们运到国内,等待他们的也只有绞刑架,这其实更残忍。大夫高声朝他们说话,把我们留下的生活物资以及存放物资的地点都向他们讲明了。可他们还是不停地把我们的姓名一遍遍叫着,并以上帝的名义希望我们能做做好事,要不然他们就会在此毙命了。

船最终也没有停泊的迹象,并且逐渐离他们远去,而他们的叫喊也已非常微弱了,见此情景,他们当中有一人——到底是谁我也无法确定——猛地一吼便一跃而起,托起滑膛枪开了一枪。西尔弗脑袋上方嗖地飞过一颗枪弹。枪声响过,一个洞出现在主帆上面。

经过这件事,我们只能在舷墙后藏身。等我再次伸头察看动静的时候,发现他们早就从沙尖嘴那儿离开了,而且,船也逐渐远离沙尖嘴,它在我们的视野中变得朦胧起来。以上就是我所了解的那三人的最后情况。蔚蓝的海平线在快到正午的那会儿将藏宝岛上海拔最高的山峰给遮没了,见到这种景象,我几乎心花怒放。

除了船长在船尾的一张褥垫上躺着负责指挥工作之外,其他所有在船上的人都必须投入到工作当中去,因为我们缺乏必要的人员来驾船。船长的伤不像原来那么严重了,可若是不安静地休养还是会有危险。为了能够顺利返航,我们必须招募一些海员,所以我们的目的地是一个西属美洲①的海港,它离我们是最近的。抵达那个海港,我们全都疲惫不堪,这是因为一路上总是变风向,并且还有两回特别大的风浪。

我们所停泊的港湾处于陆地的包围之中,环境幽雅宜人。此时已是夕阳西下,我们的四周出现了数量众多的小渔船,船主有黑人,有墨西哥印第安人,还有混血人种,他们将自己的水果与蔬菜拿给我们看,希望我们能购买,并且还说要是我们将钱币扔到水中,他们很乐意让我们看看他们是怎样潜水找寻那枚钱币的。以前在海岛时我们所处的环境充满了危险,到处都是杀戮,相形之下,这里几乎可称得上是天堂,这里有无数张微笑的脸(特别是黑人)、香气四溢的热带水果,尤其还有城市里刚点起灯盏时的景象。我跟着大夫及乡绅下了船,想去狂欢一个通宵。他们进城之后同一艘英国军舰的舰长交上了朋友,和他聊天,而且还登上了他们的军舰去做客。一句话,我们度过了非常美好的时光。黎明即将到来的时候,我们重归伊斯班袅拉号。

除了本·甘恩之外,甲板上空无一人。我们从小船上下来,刚上了大船,便见他向我们乞求宽恕,在乞求时那姿态非常古怪,令人不可思议。西尔弗逃掉了。他是在几小时之前乘着驳船从这里离开的,并得到了这放荒滩的水手的默许。本·甘恩希望我们能够明白,如果"那位独腿先生还在船上待着",那么说不准什么时候我们就会被他弄死,因此他的所作所为并无别的企图,只想使我们平平安安的。可还有一件事情发生。逃跑的时候,船上厨师并未两手空空。他找了个机会偷偷在舱壁上挖了个洞,窃取了一袋金币,大概值三四百畿尼;他过的是四海为家的日子,这些钱对他将

---

① 在中南美洲,西班牙过去占领了不少殖民地。

第三十四章 尾声

来是很有帮助的。

照我看来,船上的所有人均欢欣鼓舞,因为既打发了他又损失不大。

简短点说,在招募了一些海员之后,我们一路无事,抵达英国。伊斯班袅拉号在布里斯托尔靠岸了,而此时此刻,为了接应我们,勃兰德里先生还想着要招募一班人马呢。除了我们这五个人,其他伊斯班袅拉号的船员都没有返回。"酒和魔鬼夺走了其他人的性命"——这句话半点也没说错。只是歌中的那一艘海船的下场是非常可怕的,我们的情况还是要好些。那首歌是这样描述那艘海船的:

> 出航的船员有七十五人,
> 平安返回的只有一个人。

我们五人全部分到了一些金子,数量相当可观。只是每个人的品性都不一样,所以在使用这笔钱的方法上各有不同,有的使用合理,有的则胡乱挥霍。如今,斯摩列特船长已从原来的职位上退了下来,终止了自己的航海生涯。葛雷对自己的钱使用得非常合理,而且他还特别希望能混出个名堂,于是在航海技术方面倾注了大量的精力。他如今已成为一艘巨型商船的投资人之一,并担任船上的大副。那艘船性能卓越、设备先进。而且,他成了家并有了自己的孩子。说到本·甘恩,他用了不到三周时间就将分给他的一千镑挥霍一空了,而且有的钱还丢了。他是在第二十天回到我们这里的,并且身上已经不名一文了,所以要是说得再准确一点儿,应该是十九天,三周时间都不到。然后就发生了一件事:乡绅雇他为自己守门——这是在海岛时他最害怕出现的情况。现在他还活得好好的,尽管乡下顽童总是寻他开心,但还是觉得他挺可爱。他会在礼拜日和教会过节的时候,参加教堂中的唱诗。

我们再也没有关于西尔弗的任何一点音讯。这个只有一条腿的海上流浪者是那样令人生畏，不过，我们最终还是走出了他的阴影。而且，据我猜测，他必然回到自己的黑人妻子那里去了，可能还同她（也包括弗林特船长）生活得非常美满。我认为，他也得过几年幸福快活的日子了，因为他别指望到了地狱里之后还能够活得舒服自在。

　　弗林特曾经埋了一些银块和武器，就我掌握的情况来看，那些东西仍藏在原处。我最巴不得没人去动那些银块和武器，不管现在还是将来。要想让我重归那个可诅咒的海岛，无论是以公牛还是以车绳来拽我都不行。惊涛骇浪撞在海岸时的如雷巨响时常出现在我恐怖异常的噩梦里。有几次我一跃而起坐在床上，从那噩梦中惊醒，可是我耳边还隐约可以听到一些余音，那是弗林特船长在刺耳地叫着——"八个里亚尔！八个里亚尔！"